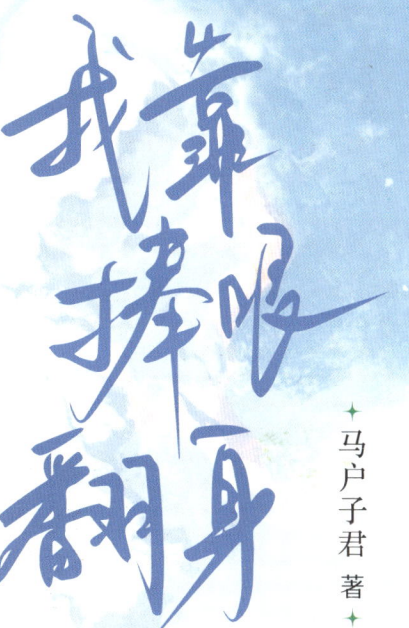

我舞颠狂捧翻身

马户子君 著

全两册·上

目录 CONTENT

- ◇ · 楔　子　　　001
- ◇ · 第一章　　002
- ◇ · 第二章　　028
- ◇ · 第三章　　052
- ◇ · 第四章　　077
- ◇ · 第五章　　104
- ◇ · 第六章　　131
- ◇ · 第七章　　158
- ◇ · 第八章　　188
- ◇ · 第九章　　217
- ◇ · 第十章　　245

- ◇・第十一章　　　　　273
- ◇・第十二章　　　　　297
- ◇・第十三章　　　　　320
- ◇・第十四章　　　　　344
- ◇・第十五章　　　　　367
- ◇・第十六章　　　　　391
- ◇・第十七章　　　　　415
- ◇・第十八章　　　　　439
- ◇・第十九章　　　　　463
- ◇・第二十章　　　　　486
- ◇・第二十一章　　　　513
- ◇・番外一　期待　　　534
- ◇・番外二　皇子们的小故事　544

要么被时间冲淡不留印迹，
要么就泛滥成灾，铺天盖地。

马了了君.

楔 子

【叮！是否确认进入属于你的全息世界？】

【是。】

随着一句话落，舱门缓缓关闭，苏徜意眼前浮现出一片蔚蓝。

这是"未来科技"新推出的一款全息游戏，可以让体验者进入自己设定的场景空间，或是进入与自己的人生截然不同的剧本世界里。

目前这款游戏尚未发行，需要一批体验者先进行内测。由于技术并不完善，可能存在漏洞，因此体验者在内测过程中会承担一定的风险。

全息世界游戏启动的倒计时在耳边响起，苏徜意微垂的睫毛颤动了一下，意识渐渐模糊……

有风险就有风险吧！他迷迷糊糊地想，等到全息世界游戏正式发行时就不是一般人能买得到的了，还不如趁这个机会好好体验一把。

如果能重新过一次"苏徜意"的人生，他想拥有一个完整的家。

第一章

"砰!"一声闷响。

苏徊意捂着后脑勺倒吸一口凉气,他睁开眼睛一看,发现自己正趴在床底。

什么情况,他不是应该在床上睡觉吗?难不成从床上滚到地上之后又侧身滚进了床底?

不得了,他可能是全自动滚筒。

苏徊意揉了揉脑袋,顺着床底往外爬,打算出去看看现在的情况。

按照他进入全息游戏前的设定,这个"世界"里的他应该是家庭和睦,父母健在。

刚爬了半截出来,苏徊意忽然意识到不对劲。卧室里一片昏暗,阳台外的光透过玻璃门照进室内,隐约可见简约而有格调的陈设。

他瞳孔一缩,这不是他的卧室。

没等他搞清楚状况,房门突然被人推开,下一秒,灯光将整个房间照亮。

视线慢慢聚焦,苏徊意抬起头,和门口的男人面面相觑。

男人的长相很符合当下大家对成熟男性的审美,高大的身材,英挺的五官,浓密的睫毛下是一双深色的眼睛。此刻的男人收敛了自身的锐气，像一把藏着利刃的刀。

所以……这是谁？

状况之外的苏徊意还没回过神，男人已经大步朝他走来。

男人停在苏徊意跟前，冷峻的眉眼透着凌厉，目光沉沉道："你在这里做什么？"

语气熟稔，他们似乎认识。

苏徊意沉默了一瞬，随即腼腆地低下头，道："想给你一个惊喜。"

你既熟稔，我亦毫不客气。

然后，他就看见男人的脸黑了。

对方的目光落在床底，语气带了点微妙的嘲讽："在这种地方？"

苏徊意抬头，道："所以说是'惊喜'。"

两人对视片刻，男人审视的目光移到苏徊意身上，带上了几分思索。

空气有片刻的凝滞，半晌后对方开口："地板好趴吗？"

苏徊意回过神，这才发现自己还趴在地上，而且半截身体都在床底。他赶紧爬出去站起身，腿却陡然一凉。

苏徊意低头一看，差点晕过去——他竟然只穿了件宽大的白衬衣，下半身是条大裤衩，而且还光着脚。

对方沉沉的目光落在他脚上，道："确实挺'惊喜'的。"

好讽刺的语气……

苏徊意能感觉到眼前的男人对他的观感相当差，但他一点头绪也没有。

男人见他不说话，又问："你清楚自己的身份吗？"

苏徊意心底激动：我不清楚的地方可多了！

"苏徊意，苏家养着你可不是让你丢人现眼的。"

苏徊意一下愣住了。什么苏家？什么养他？

现实世界中，他爸早就重组了家庭，而他自从他妈去世后便孤身一人，哪有谁会养他？

他重设了自己在全息世界游戏中的角色，也只是要求"家庭完整"而已。男人口中的"苏家"莫名让他感受到一种权贵的气息。

等等！苏徊意猛地意识到一件事，低头快速打量了自己一番。

刚才思绪太混乱，他现在才发现这压根就不是他的身体！

轰！仿佛平地一声惊雷在苏徊意脑海中炸响，他大脑空白了五六秒，指尖都被震到打战——这里不是他设定的"全息世界"！内测系统恐怕是出错了，将他投放到了别的剧本里！

仿佛为了证实他的猜想，他的脑海中忽然涌入了这个世界的剧本——

随着无数的信息在脑海中缓缓展开，苏徊意总算知道这是怎么回事了。他是"苏徊意"没错，但已经不是原来那个自己，他成了一个剧本里的恶毒养子"苏徊意"。

大概是因为和角色同名同姓，家庭背景也符合他的设定，他才被投错了地方。

整个剧本快速录入到苏徊意的脑海中，看到最后他简直瞠目结舌。

总的来说，这个角色就是"干啥啥不行，搞事第一名"。

剧本中的"苏徊意"是个孤儿，在孤儿院里长大。后来，"苏徊意"凭借着精致的外表和甜言蜜语，成功俘获了前来收养小孩的苏家家主苏纪佟的心，被对方抱回了苏家，一夕成为苏家最小的儿子。

苏纪佟是个成功的企业家，也是个大慈善家，虽然已有三个亲儿子，但他待"苏徊意"丝毫不差，真心把他当最小的宝贝儿子疼。

剧本中的"苏徊意"有一副美丽的皮囊，其下是蛇蝎心肠，有了苏家养子的身份并不满足，还惦记上了苏家殷实的家产。因为一次巧合，"苏徊意"得知了自己压根没登记入苏家户口簿的事，瞬间就疯了！

他迅速意识到，这样一来，苏家的财产不就同他无关？狠毒如他，怎么能容忍这样的事发生。他暗下决心，既然如此，他就自己夺过来！

于是他三番五次地迫害兄长，企图独吞家业，甚至还制造了一场车祸，结果却被兄长们将计就计、联手反击，不但摔断了"狗腿"，还被撞成了智障，最后在精神病院度过了凄惨的余生……

回顾完剧情的苏徊意顿时整个人都不好了。

难怪苏持对他冷嘲热讽，就凭原角色那副德行，对方没把他暴打一顿扔出去都算仁慈。

苏徊意细数了一下原角色在剧本中的所作所为：颠倒黑白、搬弄是非、挑拨离间，给兄长们泼脏水，后来还出卖了苏氏机密……原角色这次出现在苏持的床底，也是打算给苏持泼脏水。

苏徊意搞不懂为什么苏家三兄弟能放任原角色作妖这么久，苏家家主苏纪佟也跟眼瞎心盲似的，一直以为原角色善良单纯。

百思不得其解之后，他最后归结于剧本 bug（漏洞），马蜂窝一样千疮百孔的系统剧本 bug。

现在他顶替了原角色，不知道这种 bug 还会不会持续……

定了定神，苏徊意又看向眼前的男人。现在他有一件事亟须确认。

"你刚刚叫我什么？"

"苏徊意。"男人重复了一遍，随后冷嗤一声道，"不然呢，徊意？小意？弟弟？"

咯噔！苏徊意心头一跳，声音颤抖道："苏持？"

"怎么？"对方好整以暇地环着胳膊，算是应了。

苏徊意顿时觉得一阵天旋地转。

还真是苏持！剧本中苏家正牌的继承人、苏家的长子，也就是他名义上的大哥。

他总算对上剧情了——自己这会儿出现在苏持的床底，便是原角色打算趁机冤枉、抹黑苏持。

苏徊意额间一跳，想到内测合约上那句"风险自担"，后脑勺隐隐作痛。

苏持见苏徊意目光涣散，思绪不知道飘到了哪个角落，不由得加重语气道："我对你之前做过的那些阳奉阴违的事选择睁一只眼闭一只眼，是因为爸宠你，我不想惹他心烦，但你最好适可而止。"

苏徊意下意识地问出心中的疑惑："你为什么不试试让他烦一次？"

这样不就斩草除根，一劳永逸了吗？

苏持无语片刻，问："怎么，想让我向爸揭发你？"

苏徊意立马挽回道："不了不了！"他朝苏持伸出一截小手指，"这些都是我们兄弟之间的小秘密。"

苏持冷笑。

苏徊意识趣地收回手，瞥了一眼苏持的脸色，想了想，垂下自己卑微的头颅，道："对不起，我不该擅自进你的房间。哥，我以后不会了。"

苏持看着苏徊意，没有说话。

苏徊意长得眉清目秀，那双眼睛尤其漂亮，眸光清润，眼角微微耷拉着，稍一垂眸就有种可怜的意味，更别说掉眼泪的时候了。

他却总是用这张毫无攻击性的脸来骗取他人的信任，以达到自己的目的，真是虚伪、做作、令人厌烦！

不过令人惊讶的是，他今天居然会认错？

苏持嘲讽道:"你的新招?"

苏徊意伸出两根手指,在胸口比画了一个心的形状,说:"我的真心。"

苏持的目光落在那颗屁大点的心上。

"哥,我能回去了吗?"苏徊意收回手,"我腿冷。"

苏持抬眼,问:"我害的?"

苏徊意很有自知之明,说:"是我自作自受。"

苏持说:"你知道就好,记住你刚刚说的那个词。"

自作自受。

苏徊意向对方保证道:"你放心,我已经记在心里了,且每天都会拿出来温习,一遍中文,三遍英文,听一遍默一遍,再组词造句……"

"哦?你还会英文?"

苏徊意发挥卓越的创造力,说:"I did,I dead.(我做了,我死了)"

苏持深吸一口气,摆摆手,示意苏徊意带着他的特色英语赶紧滚。

苏徊意相当识时务,拉住衣摆就往门外走,快到门口时,苏持突然叫住他:"等等。"

苏徊意不明所以地回过头,只见苏持的目光在他身上扫视了一圈,沉着冷淡得像在分析数据一般,而后苏持冷冷地说:"你的私生活我一概不管,但别把不良作风带到家里来,也别做多余的事。"

苏徊意连忙表态道:"我知道的,我已经重新做人了。"

他是真"重新做人"。

苏持不置可否。

苏徊意一看就知道对方没信,但也能理解,要是苏持随随便便就信了一个从前劣迹斑斑的人,那离"天凉苏破"也不远了。

只是他现在的处境相当糟糕，这个剧本里就没什么"金手指"来洗脱他之前的污名吗？总不能让他自己拿汰渍手洗吧！

苏徊意一边开门一边安慰自己，也许是实行了交通管制，他的"金手指"还在路上。再等等，等出了这道门，他的"金手指"必然……

"小意，你在这里做什么？"

卧室门拉开，苏徊意惊愕地抬头，对上门外同样一脸惊愕的苏纪佟。

苏纪佟的目光在触及屋内的苏持后，顿时更加惊愕，措辞也随之变了，他问："你们在这里做什么？！"

苏持："……"

苏徊意："……"

这可真是太巧了！

苏徊意内心有一万只土拨鼠在尖叫，去他的"金手指"！这根本就是黄泉引路人的手指！

他恍惚之间还看到那只手朝他招了招，似是在说：愣着干吗？上路啊！

苏持皱着眉走上前，见苏徊意一句解释都没有，脸色顿时如正月的寒风般料峭。

他还以为苏徊意这次老实了，原来在这儿等着。

苏持半阖着眼，掩下深沉的眸色，道："爸，你找我？"

"是有事找你。"苏纪佟的目光依旧惊疑不定，最后落在苏徊意身上，"小意，你穿这身在你大哥房里干什么？"

苏徊意刚刚沉浸在"金手指"破灭的悲凉之中，一时没顾上苏纪佟，这会儿才勉强打起精神，说："我找大哥借衣服。我的衬衣弄脏了，明天想穿，来不及去买，就来问大哥借一件。"

苏纪佟客观评价："他的衣服对你来说太大了。"

苏徊意向苏纪佟展示，说："这大小穿在我身上很时髦。"

"……"苏纪佟对自己的审美产生了怀疑，偏头问苏持，"时髦吗？"

苏持一言不发，看着苏徊意瞎扯。

这人还是那副谎话连篇的德行，但有哪里不一样了。

没得到回应的苏纪佟作罢，只道："我觉得一般，你要真是想追求时髦，爸爸改天让人定做两件新的给你。"

苏纪佟的目光停留在苏徊意头顶迎风招摇的一撮头发上，他忍不住伸手将之捋平，说："以后缺了什么跟爸爸说就是，兄弟之间别争东西，知道吗？"

"我知道了，谢谢爸爸。"被父爱包裹的苏徊意觉得浑身舒坦。

看来原角色留下的bug还在，虽然他没等来自己的"金手指"，但苏纪佟就是他的护身符！

苏徊意激动得想上前紧紧拥抱自己的护身符，但手臂刚打开，后领就传来一股阻力。

苏持勾着苏徊意的后领，说："你不是小孩子了。"言下之意就是，注意自己的言行举止。

"……"苏徊意品出其中的告诫意味，默默收回手。

苏纪佟的遗憾之情顿时溢于言表。

孩子嘛，不管长多大在父母眼里都还小，他巴不得老大、老二、老三都像小儿子一样黏着他这做爹的。

苏纪佟当初去孤儿院的时候本来打算收养个女儿，找个贴心小棉袄，结果苏徊意一看见他和他夫人就扑上来。

苏徊意长得好看，在一众小孩里鹤立鸡群，嘴巴甜又会哄人，苏纪佟和夫人商量了一下，干脆抱回了第四个儿子。

他想到这里，又看了一眼苏徊意，后者被苏持提溜着，一副蔫头耷脑的样子，却没有表现出反感，看来兄弟两人的感情还是不错的。

"小意，回去把衣服换了，我和你大哥说点事。"苏纪佟道。

苏持闻言松开手，苏徊意立马溜到苏纪佟身边，像是游戏里"跑毒"一样跑回了安全区。

苏持眼角微抽，转头进了卧室。

苏徊意趁机给了苏纪佟一个抱抱，小声道："不是不'抱'，时候未到。"

苏纪佟无声大笑。

苏徊意出去后，房门一关，屋里只剩下苏纪佟、苏持两父子。

苏持看了眼苏纪佟脸上未消散的笑意，隐隐头疼，说："爸，别太惯他。"

知人知面不知心，苏徊意就是一条养不熟的白眼狼。

苏纪佟摇头说："小意就是小孩子，跟你们几兄弟不一样。他以前受了苦，被亲生父母抛弃，我对他也没什么要求，能喜乐平安就好。"

苏持抿着嘴没有回应。像苏纪佟这个年纪的人都有些固执，他一直认为苏徊意是个单纯缺爱的小孩，苏持没法改变苏纪佟的看法。

以前，苏纪佟是父爱泛滥。精英教育在一定程度上剥夺了继承人的情感和自由，苏家必须有人出来挑大梁，所以苏纪佟没办法像寻常人家的父亲一样宠溺他们三兄弟，于是便在苏徊意身上弥补了这份缺憾。

后来，苏纪佟上了年纪，对苏徊意更加疼爱，从某种程度上说，苏徊意不仅仅是苏纪佟的养子，更是他心底的善意的寄托。一个人拥有了财富和权势后，若还能够行善和爱人，那么说明他依旧坚守着道德的底线。

苏纪佟一开始收养苏徊意是有目的不假，但毕竟养了苏徊意将近二十年，早就把对方当亲儿子般疼了。

苏持扭转不了父亲的想法，只能想办法把那个不安分的养弟拉回正道。

苏纪佟不知道大儿子在想什么，两人谈完公司的事后，苏纪佟又说："后天有个聚会，你带着小意一起去吧。"

"他之前就去过一两次，觉得没劲。"

苏纪佟不赞同："小意腼腆、慢热，多去几次，混熟了就有劲了。"

苏持思及苏徊意前两次的表现，不禁质疑起这两个形容词的释义，但碍于自家老爸的坚持，只得道："那我明天问问他。"

苏徊意一觉醒来，已经是大天亮。他站在洗漱间宽大的镜子面前，看着里面那张陌生的脸发愣。

平心而论，原角色的长相确实出众，他照镜子的时候也被惊艳了一瞬，而且仔细看时还能发现，原角色的五官跟他原本的长相有些相似——眉目柔和，眼角微微耷拉着，唇形饱满，含了一颗唇珠，不过组合起来却又跟他原本的长相有些许差别，有种神奇而又微妙的联系。

苏徊意突然想起什么似的凑近镜子，一把拉开领口，随后呼吸蓦地一滞。

这副身体的脖颈右侧有一颗小小的红痣，位于肩上半指，和他自己原本的身体特征一样。

其实苏徊意昨天就隐隐感觉到了，他和原角色有某些重合之处，他在面对剧本中的角色时也毫无距离感，仿佛真的和大家相处了十几年一般。

苏徊意若有所思地拢好领口,转身下楼吃饭。他心想,既来之则安之,虽然被投错了世界,但日子总得继续过。

餐桌旁,家主苏纪佟、夫人于歆妍和长子苏持三人依次而坐。

苏家二子苏简辰在国外做项目,下周才回来;三子苏斑在首都读博,这个时间还没放假,所以现在家里只有他们四人。

苏徊意乖巧地挨个问过早安,随后落座。

他刚坐下,头顶翘起来的一撮头发就被苏纪佟捋了一把。苏纪佟道:"明天有个聚会,你跟着你大哥一起去吧。"

苏徊意吃着燕麦,冷不丁嚼到两颗葡萄干,舌头一卷,把葡萄干吐到盘子里,顺从地回道:"好的呀。"

苏持是决定他命运的关键人物,要多多与其相处才能洗脱自己之前的污名。

苏纪佟给了苏持一个得意的眼神:看吧,小意多乖,我就说他会去。

苏持不想跟他爸 battle(争论)这个过于主观的问题,将视线落在那两颗葡萄干上,问:"挑食?"

苏徊意顿住,片刻后道:"戒糖。"

他是从不吃果脯的,下意识就吐了出来,没想到忽略了原角色的饮食习惯。

于歆妍笑了,柔顺的波浪卷发都在微微抖动,她说:"你既不减肥,又不长痘,小小年纪戒糖做什么?"

苏徊意抿了抿唇,说:"我太甜了……"

苏纪佟放声大笑,肩膀都在颤抖。

苏持手一顿,胃口明显下降。

吃过早饭,于歆妍打算亲自帮两个儿子挑选明天参加聚会的着装。

以往,苏持一个人出席社交场合,穿什么就是苏持自己选,现在变成兄弟两个人，得讲求搭配，既然这样，就由她这做母亲的来决定最好。

今天不是周末，苏纪佟和苏持父子俩吃完早餐就去公司了，家里只剩于歆妍和苏徆意。

于歆妍拉着苏徆意来来回回地试衣服，苏徆意试到第六套时，面部表情已经完全消失了。

有必要这么精挑细选吗？而且……

"妈，我觉得这两套没有差别。"

于歆妍不赞同地皱眉，说："怎么没有差别？左边这套袖口暗纹是云纹，收腰也明显一些；右边这套衣摆的暗纹是水纹，大气一点，而且没怎么收腰。"

苏徆意看着袖口的暗纹，心想，除非他把胳膊肘喂到别人嘴里，否则没人会注意到的。

于歆妍还在仔仔细细地分辨几套西装的差别："要不就这套云纹的，你大哥穿这个样式也适合。你们兄弟两人一起去参加聚会，得穿得搭配一点。"

苏徆意提议："我们可以穿两件一样的。"

于歆妍想象了一下，微微拧眉道："又不是套娃。"

四个小时后，于歆妍挑好了苏徆意的着装，又拉着他去了苏持的房间。

"你大哥有两三套云纹的西装，你来跟妈一起挑挑。"

苏徆意面目扭曲，为什么会有两三套云纹？！云纹还有差别吗？层积云？高积云？卷层云？

他不能理解，姑且将之当作他们的爱好。

这是苏徆意第二次进苏持的房间，他心有余悸，眼睛不由自主地往床底瞥。

于歆妍见他眼神飘忽，问："小意，你在看什么？"

"梦开始的地方……"

于歆妍以为他在说明天的聚会,说:"明天跟着你大哥好好认识一下圈里的朋友。"

"好的呀。"

于歆妍翻出几套苏持的西装,又从抽屉里拿了几副袖扣出来搭配。挑着挑着,她忽然往苏徊意手腕上一比,说:"我怎么觉得这副袖扣你戴着比你大哥戴更合适?"

于歆妍拿的袖扣是深蓝色的,滚了银边,在灯光底下看着像是星海银河。苏徊意的手生得漂亮,手背很瘦,骨节分明,手腕从袖口伸出一截,的确跟这袖扣很衬。

苏徊意眼见着于歆妍就要把袖扣摁在自己袖口上,"咻"地一下缩回手,求生欲如同井喷:"不了不了,这是大哥的。"

他不配染指!

于歆妍无奈地道:"我只是让你比一下,好看的话就定做一对差不多的给你。"

儿子的东西毕竟是儿子的,哪怕她是当妈的,也没权利送人。于歆妍在苏家当了这么多年的女主人,膝下四个儿子,她比谁都懂家庭平衡之道。

苏徊意把手藏在背后,坚决不和苏持的东西产生一丝瓜葛。

于歆妍不明白他在倔强什么,好笑地去拉他胳膊,说:"比一下而已,你大哥没这么小气。"

"不不不……"

两人拉锯了两三个回合,于歆妍一时没拿稳,袖扣"咕噜"一下滚到床底。

苏徊意:"……"

于歆妍"哎呀"一声。

你"哎呀"什么呀!苏徊意心都紧了,床底,又是床底!苏持的床底就是他的事故多发地!

于歆妍说:"小意,你看看掉哪里了?"

苏徊意定了定神,扒着床沿往床底看。

袖扣落得比较深,他沉默了一秒,矮下身,半截身子都钻了进去。

于歆妍见状吓了一跳,说:"落这么里面?你快起来,我让用人来捞。"

苏徊意发现自己钻床底钻得是轻车熟路,自暴自弃地说:"算了,来都来了。"

于歆妍:"……"

下午的会议被临时取消,不到五点苏持就下班回了家。上二楼时,他听见自己房间里隐隐传来说话声。

"小意,妈怎么觉得你浑身都笼罩着悲伤?"

"我怕回到最初的起点,也怕看到记忆中青涩的脸。"

"……"苏持顿了一秒,随后径直朝房间走去。

房门半掩着,门一推开,苏持便对上了于歆妍的视线,她正坐在床头,看到苏持时整个人微微一愣,欲言又止。

苏持顺着她的目光看向自己的床底,看到了撅着臀的苏徊意。

情景再现,苏持的心情格外复杂。

"你在这里做什么?"苏持的台词跟昨天晚上一字不差,连语调都没变,分明就是故意的!

"咚!"一声闷响从床底传来,露在床外的臀左右晃了两下,其主人急急忙忙想从床底退出来。

苏徊意撞上床板那一瞬,疼得差点晕过去。

"小意,没事吧?!"于歆妍被吓了一跳,忙站起来往床底看去,随即又转头嗔了苏持一眼,"你吓他做什么?"

苏徊意眼眶含泪地从床底爬出来,看向苏持,同时摊开手心,露出一枚袖扣,他一字一顿地道:"大哥,我在捞你的袖扣。"

但凡你有点愧疚之心……

苏持转向于歆妍,一脸淡定地道:"我只是关心小意一句,没想到会吓到他。"

苏徊意瞪大眼。

苏持这样不就是网上说的"白莲花"吗?看似纯洁,实则内心阴暗。难道这人是想以"白莲"治"白莲",用同样的招数打败自己?

于歆妍不好再责怪他,只能爱怜地搓搓苏徊意的小脑袋。

苏持看着苏徊意蔫头耷脑的样子,恍惚间竟产生了一种角色互换的快感。

哦,原来这就是"白莲花"……

新世界的大门打开了。

晚上,苏徊意回到自己的房间,刚洗完澡就对着镜子扒拉头发。

他头发生得好,乌黑浓密,发质柔顺,因此扒起来相当费力。过程中,他不知碰到了哪里,疼得他轻轻"嗞"了一声,心想那一撞肯定撞出包来了,于是又拿了面小镜子放在头顶,想看看清楚。

苏徊意不断调整镜子的角度,结果镜子晃来晃去,他看了半天也没看清楚,只依稀看到浓密的发丝之间有一片青红。

这副身体大概是易留疤痕的体质,苏徊意今天撞到头的时候,手肘也在地板上磕了一下,到这会儿,磕到的地方已经一片青紫了,痛倒是没多痛,但看着有些吓人。

当时,他看小说里写原角色"倒在苏持床边,用手在自己身上揪出一片青紫"时还觉得离谱,青紫怎么可能轻易揪出来?现在他理解了——原来是天赋异禀啊。

苏徊意躺上床时还不到十点,想到明天的聚会上可能遇到原角色认识的人,他点开微信最近几个联系人的对话框,打算先对个号。

他一打开就看到几条历史消息——

苏徊意:冯少,我是苏家老四苏徊意,有空想和您吃个饭,可以吗?

苏徊意:许少,我是苏家老四苏徊意,今天见过的,您还记得吗?

苏徊意:周少,我是苏家老四苏徊意,听说您也喜欢花草,周末的名卉展您有兴趣吗?

……

没有一个人回复,他也不需要对号了。

苏徊意叹了口气,关掉手机,下楼倒水。他走到厨房门口时,正巧跟苏持碰上,后者冷淡的眼神在扫过他手肘上的青紫时有片刻停顿。

苏徊意现在头还疼着,暂时不想刷好感,所以直接越过苏持,走进厨房倒水喝。

他喝完水上楼,刚坐回床上,门就被敲响了,紧接着,门被人从外面打开,来人竟然是苏持。

苏徊意张大了嘴,表达自己的惊讶。

苏持无视他做作的样子,径直朝他走去,等走近后才将一个小瓶子扔到他怀中。

那是一瓶红花油。

"自己擦擦。"

苏徊意看了一眼手肘处青紫的瘀痕,说:"不痛,就不擦了吧。"

苏持冷笑一声,道:"到时候又暗示爸说我虐待你?"

苏徊意解释:"不会不会……手肘上的淤青真不痛,只是看着吓人,头上那块比较痛。"

"那你就擦头。"

苏持说完转身就走,苏徊意赶忙出声:"我看不到自己的头顶!"

苏持说:"正常人都看不到自己的头顶。"

苏徊意晓之以理:"但我们可以看到彼此的头顶。"

苏持点头道:"是啊,我看到你头顶长包了。"

"……"

苏徊意目光幽幽地比了个"跪下"的手势,问:"是要我求您吗?"

五分钟后,两人站到了洗漱间里。

红花油的味道在空气中弥漫开来,有些刺鼻。苏持拧着眉,扒开苏徊意的头发,给对方擦红花油。深褐色的药汁沾了苏持一手,浸入指甲缝里,满手都是药油的味道。

苏徊意感觉苏持是在自己的头顶钻井,求饶道:"好痛好痛!大哥你轻一点,轻轻轻……"

"轻不了。"

"那就给我吹一下,就一下!"

苏徊意的声音在洗漱间响起时好似带着3D环绕音效,苏持被他嚷得头疼,在他头顶快速地"呼"了一下。

真就一下,一丝气都不多。

苏徊意头顶的一撮头发被"呼"得立起来了,一点一点的,仿佛在向苏持致谢。

苏持在心底轻嗤,这头发都比它们的主人有礼貌。

苏徊意若有所感,说:"我怎么觉得头皮发麻?你是不是又在心底吐槽我啦?"

苏持擦药的力道加重了几分。

"啊，痛！"

"不麻了吧？"

擦药擦得跟开荒一样，这兄弟情也是够淡薄的。苏徊意在心底感慨了一句，换了个话题："大哥，我的人缘是不是特别差？"

苏持毫不委婉地道："是。"

苏徊意噎了一下，又不甘心地开口："总有一两个朋友吧？"

就算是再恶毒的反派，也有同样恶毒的反派朋友吧？他苏徊意长得这么好看，哪怕冲着这张脸也不可能没有朋友！

苏持问："知道青蛙怎么叫的吗？"

苏徊意："……"

好了，他知道了，孤寡。

苏徊意第二天起来就发现手肘上的淤青比昨日更甚，隐隐还有扩散的迹象。

等他下楼吃饭时，苏纪佟和苏持已经去公司了，只有于歆妍坐在餐桌旁，端了碗鱼片粥慢慢喝着。

"小意，待会儿多喝点鱼片粥。你昨天撞到头了，得好好补一补。"

苏徊意看着自己座位前摆的那一大盆鱼片粥，半晌无言。

鱼是补脑子的吧？她是觉得他撞坏脑子了吗？

"妈，我吃不了这么多。"

"粥可以少吃点，把盆……碗里的鱼片挑出来吃了。"

苏徊意猛地抬头，面前竟然真的是盆！

苏徊意吃完半盆鱼片后，于歆妍又叫来家里的用人给他擦药。

事后，于歆妍捧着苏徊意的小脑袋长吁短叹："还好你头发多，把包给挡住了，不然晚上去参加聚会，指不定被人传成什么样子。"

苏徊意好奇地道："传成啥样啊？"

于歆妍看向他的眼神写着"果然单纯"四个字。

"说你在苏家不受宠啦,说苏家虐待你啦,说你跟哥哥们关系恶劣,大打出手啦,说你是个坏孩子啦……"

苏徊意乖巧地听着,心说后半段倒是八九不离十。

于歆妍说着说着就把自己气到了,道:"不说这个了!反正圈子里什么样的人都有,复杂得很,又爱乱传八卦,你晚上记得跟紧你大哥,别让人欺负你。"

苏徊意让她放心,道:"哪怕上厕所我也会捎上大哥。"

于歆妍抚摸他脑袋的手一顿,她神色复杂地道:"也不至于如此。"

"……"

快到晚饭时间时,苏持回来了。苏徊意赶紧上楼洗了个澡,冲掉一头红花油的味道,换了衣服下来。

于歆妍正在客厅里细细叮嘱苏持,听见楼梯口的动静便转过头去看,眼睛瞬间亮了起来。

苏徊意身材很好,浅灰色的西装裤勾勒出他线条优美流畅的臀腿,衬得一双腿笔直修长。衬衫下的腰瘦而不柴,透着韧劲。

他乌发红唇,从楼上走下来时显得一身贵气。

"这身好看。"于歆妍把苏徊意招过来,让他和苏持站在一起,"看来我的眼光还是好的,你们穿着这两身,一看就是兄弟。"

苏持的西装是深灰色的,看起来稳重大气,但又不会过于沉闷,再加上他本人身材高大,挺括的西装更能突显出他强大的气场,真是站在哪里都是众人的焦点。

于歆妍越看越满意,心想她大儿子这气质、相貌简直没人能比,她真是太会生了!

"妈,我们先走了。"苏持看了一眼手表道。

于歆妍点点头:"快去吧。"

两人上车后，车子平稳地驶上马路。

狭窄的空间内，空气并不流通，苏徊意有些不自在地拉了拉领口，望向车窗外。车窗上隐隐映出车内的场景，他的目光无意识地定格在苏持的手腕上。

宝珀的手表，蓝宝石玻璃水晶镜面、红金表圈，低调、奢华又贵气，很衬这人的气质。

"你喜欢？"

"什么？"苏徊意回头就看到苏持抬了抬手腕，他顿时哑然，没想到苏持的洞察力这么敏锐。

"没有，只是觉得大哥很适合戴这样的。"

苏持轻笑道："哪样的？"

苏徊意道："贵的。"

"……"苏持额角一跳，"俗。"

这次聚会接近酒会的形式，晚上六点正式开始。两人到达目的地时，距离开场还有十来分钟，已经有来宾陆陆续续入场了。

苏持和苏徊意两人刚从车上下来，四周就蓦地安静下来。

各种目光落在两人身上，惊愕、探寻、轻蔑、犹疑……

苏持面不改色，仿佛周围人的打量同他毫不相关。

苏徊意也面不改色，毕竟周围人的打量真的同他毫不相关。

那都是给原角色的，跟他有什么关系？

这种时候就能看出苏持的人品实在不错，虽然他很不待见苏徊意，但在这种场合下还是没丢下苏徊意。

苏徊意决定单方面谅解苏持的阴阳怪气了。

他小声同苏持道："我们也算是风雨同担过了。"

苏持也小声冷嗤一声，道："都是你带来的风雨。"

苏徊意："……"

迎宾人员在内场门口给两人做了登记,苏持转头同苏徊意道:"你自己找个地方坐着,我有点事要跟人谈,聚会开始之前会回来。"

他说完又想起什么似的,脸色变得不太好,道:"别像上次那样到处惹事,听懂了吗?"

苏徊意完全听不懂。

苏持说完就离开了,苏徊意迷茫地独自走进内场,遵照叮嘱找了个没人的地方坐下。

眼前发生的事应该是原剧本中没有的情节,这就触及他的知识盲区了。

没坐一会儿,苏徊意听到身后不远处传来一阵不大的议论声:

"那不是苏家那个冒牌货吗,他怎么来了?"

"脸皮真厚!上次他还碰瓷冯家大少,把酒洒在自己身上,大少不理他,他又去撞二少!"

苏徊意一头问号。

不是吧!他还背着这样的债?

"哦,他之后还接连撞了顾大少,孙二少,周大、二、三、四少……几乎是全场跑。"

苏徊意内心嘀咕:这原角色还真是个"瓷王"啊!

"噗!厉害了,环形小火车啊!"

"可不是嘛。这次冯家、周家、孙家都要来人,我都迫不及待想看看'小火车'又准备怎么碰瓷了!"

苏徊意:"……"

苏徊意终于知道自己为什么这么孤寡了。

美貌有什么用?原角色就是个绝美的蠢货!

他生无可恋地窝在椅子里,甚至有那么一丝丝想念苏持冰冷的态度。

屏蔽掉周围人的目光和交谈，苏徊意低头玩起了消消乐打发时间。

这里的人都在等着看他的笑话，唯有消消乐的村庄里留有一片净土。

噔、噔、噔……方块在界面上挨个消除，目标显示仅剩一步，只有三个方块没消掉。

苏徊意眉头紧锁，运筹帷幄，围魏救赵，过河拆桥……

面前突然落下一片阴影，他以为是苏持回来了，开口就道："你先待我这把破釜沉舟……"

话说到一半，他抬头一看，前面立着一个不认识的青年。

这人是谁？

青年双手插兜，目光落在他的手机上，嘴上点评着："破不了，等死吧。"

苏徊意拧眉，心想这人专门来做游戏指导的？

青年扬起下巴，含沙射影道："人贵有自知之明，一目了然的事情，就算你费尽心机也改变不了结果，早点放弃才是……"

哦，原来是来教他做事的，那没必要听了，苏徊意低下头。

噔、噔、噔……他在游戏里买了三把小锤子，把方块敲个粉碎。

"Stage Clear（关卡完成）！"手机里传出庆祝声。

苏徊意道："氪金玩家无所畏惧。"

青年："……"

从青年和苏徊意说话开始，周围人的目光就若有若无地投了过来。

大家还端着架子，只侧头小声议论，他们带来的伴儿则明目张胆了很多。

"那不是孙家二少孙河禹吗？他跟苏家那个在说什么？"

"看样子还吃瘪了！"

"哇哇哇！发生了什么，今天的'小火车'不碰瓷了吗？"

苏徇意看向青年，脑子里的名字跟这张脸压根对不上号。

原角色碰的瓷太多，也不知道这是其中哪一个。

"您好。"保险起见，苏徇意用了个尊称。

孙河禹皱着眉打量他，道："你好像变了。"

苏徇意深有同感，连连点头说："是啊，我以前从不充值。"

"……"孙河禹喉头一哽，心想谁说这个了？！

眼看挑事无果，看热闹的众人逐渐收回视线，苏徇意也选择战略性撤退，道："我就先……"

"嚯，在这儿干吗呢？"一道声音突兀地插入，兴味十足，众人刚撤回的视线顿时又投过来。

苏徇意幽幽地循声望去，看见一名胸口戴花的青年迈着长腿走了过来。他对对方的第一印象就是浮夸、纨绔。

孙河禹直接叫出来者的名字："周青成？"

周青成兴致勃勃地道："孙河禹，你又被碰瓷啦？"

这个"又"字就很灵性。

苏徇意终于对上了号，原来这两个青年是孙家老二和周家的某位儿子。

周青成停在苏徇意跟前，长臂一伸，把胳膊搭在了对方肩头。他个子高，这会儿整个人压在苏徇意肩上，大幅度弯下腰，上下左右细细打量着苏徇意，有种做戏的恶趣味。

"今天不往我身上撞了吗？"

他话音一落，四周就传出几道意味不明的笑声，众人明显在等着看戏。

苏徇意道："不了。"

"哦——"周青成一张笑脸凑上来，像是发现了什么有趣的事，他饶有兴致地问，"为什么啊？"

苏徊意惋惜道："腻味了。"

周青成："……"

"噗。"孙河禹笑出了声。

周围人："……"这还是原来那个"小火车"？！

周青成吊儿郎当的笑容挂不住了，他把苏徊意一推，有股恼羞成怒的意味，但力道不大，完了又冲着孙河禹嚷道："你哪边的啊？笑什么？"

孙河禹收拢嘴角，故作一本正经地道："我就随便笑一下。"

"我去！"周青成转向苏徊意，想为自己扳回一城，冷嘲道，"上次巴巴地贴上来问我去不去名卉展的不是你吗？"

周围人又竖起了耳朵：哦哦哦，还有八卦！

苏徊意眯了眯眼，果然是已读不回……

他淡淡道："那个是我推销群发，中间商赚差价。"

周青成："……"

周青成被气走了，像只鼓起来的河豚。孙河禹同周青成一起离开，想笑又觉得不太好，导致面目十分扭曲。

苏徊意看着孙河禹脸上逐渐扩大的笑容，若有所悟，这大概就是"虽然我吃瘪了，但我看到你也吃瘪了，我就控制不住内心的喜悦"。

他在心底抚掌赞叹：风雨同舟的友谊。

聚会开场前三分钟，苏持终于回来了。

苏徊意瞬间如同倦鸟归巢，飞到苏持身边："大哥！"

他这一声叫唤如清脆鹂鸣，婉转悦耳，苏持惊得汗毛差点立起来："怎么？"

苏徊意有些讨好地说："想你！"

全场我就只认识你！

苏持有点受不了他突如其来的示好："别说恶心的话。"

苏徊意立马收声，心想他记下了。

聚会即将开始，苏持简明扼要地同苏徊意讲了内场的几大功能区，又说："不管你要去哪里，去之前记得跟我打声招呼。"

苏徊意立马朝苏持贴近了些："大哥放心，我是不会和你分开的。"

苏持看他的眼神瞬间像看拖油瓶。

六点，聚会正式开场。主办方在台上讲了几句，然后便让来宾们随意。

会场的内场有好几百平方米，上方是黑金吊顶，下方是香槟色大理石铺地，场间装饰着花簇白羽，四周明亮宽敞。

悠扬的提琴声从觥筹交错的社交场内滑过，女士的长裙经过时带起一阵香风，错肩回眸时还有眼波流动。

虽然四周景色宜人，但苏徊意只瞄向中间餐桌上的甜点。忽然，苏持微微倾身靠近他。

苏徊意转过头，对上苏持从紧扣的领口上方露出的喉结，觉得眼前这人看起来很有男人味。

"还好，没有红花油的味道。"苏持说着又退开，"一会儿要去跟人打招呼，别带着药味。"

苏徊意收回羡慕的眼神："洗过头了。"

他自己的喉结不太明显，而且比起苏持，他体毛偏少、皮肤也比较滑，如果说苏持是只雄隼，那他就连雏鸟都不是，充其量只是颗蛋。

苏持身上有他渴望拥有的野性和血性，让他觉得对方格外有魅力。

"你在看什么？"

"我觉得大哥你很帅。"

苏持"嗤"了一声:"现在知道讨好我了?"

苏徊意回道:"我是发自内心的,你要自信点。"

苏持最近总被苏徊意说得无话可说,于是明智地结束这个话题,从服务生手中端过一杯鸡尾酒:"一会儿走一圈,挨个跟人打招呼。"

苏徊意也有样学样,姿态高雅地端了一杯鸡尾酒。

苏持带着他往另一头走,同时道:"不需要我介绍,你应该也认识吧?"

苏徊意老实承认:"不认识。"

"怎么不认识?你之前基本都见过。"他意有所指地道,"人家对你也是印象深刻。"

苏徊意沉默片刻,目光真诚地道:"放眼整个会场,在我眼里只有两类人——大哥和其他人。"

苏持瞥他一眼:"那你是什么?"

苏徊意才思敏捷:"大哥带来的人。"

苏持:"……"

第二章

苏徊意跟条小尾巴似的缀在苏持身边,同场内其他客人们挨个碰杯。有了苏持在旁边,那些放在他身上的目光收敛了很多。

苏徊意发现这个圈子里也不乏憨憨,比如和他碰杯时直呼"久仰大名",紧接着说这话的人就被同伴用眼神提醒了。

招呼到冯家两兄弟时,几人有来有往地客套了两句,苏徊意跟着苏持转身准备离开,就听见背后传来两兄弟的小声讨论——

冯大少说:"他变化挺大的。"

冯二少说:"可爱废柴罢了。"

冯大少说:"可爱不就行了嘛。"

苏徊意:"……"他都听到了,谢谢。

酒杯空了三次,苏徊意和苏持也终于快转完了一圈,轮到最后一位,苏持侧身示意苏徊意:"这位是许怔,许少。"

苏徊意将杯子递上去,道:"许少你好,我是苏徊意。"

是"小火车"!许怔浑身写着戒备,被碰瓷的记忆还有所残留,可碍于苏持在场,他只得硬生生把情绪压了下去,小心地举杯同苏徊意的杯子碰了一下,道:"小火……伙子你好。"

这都能拐回来也是厉害。苏徊意心底感叹,出言夸赞:"这个称呼真有朝气。"

许怔满脸疑惑。

苏徊意弯了弯嘴角。

苏徊意的长相确实出众,璀璨的灯光落在他这张俊美的脸上时,尤为吸人眼球,许怔不由得多看了两眼,心底的戒备逐渐消失。

许怔暗想,这人要是没有干过那些蠢事,喜欢他的人也许会很多,像今天这样正常地打招呼多好,唉……可惜了。

"苏家老幺今天懂事多了。"许怔下意识地说,随即闭嘴。他飞快地看了苏持一眼,见苏持没什么反应,又把目光投向苏徊意,随后视线微微一凝……

错觉吗?他怎么感觉苏徊意还挺高兴?

苏徊意心里是挺高兴,今天的苏徊意更懂事,不就是夸他比原角色好吗?

苏徊意高兴了,还不忘往苏持脸上贴金:"都是我大哥教得好!"

男人都是好面子的,这种场合就得抓住机会使劲夸。

苏持眼角一抽:"不敢居功。"

苏徊意又搬出那套说辞:"你要自信。"

许怔:"……"

这是怎么回事?苏家老幺的真实性格好像跟他们以为的不一样啊!

正当他想探究一二时,一道清脆的摔杯声打破了整个会场和谐的氛围。

"哐啷!"不远处,玻璃高脚杯碎了一地,悠扬的提琴声也戛然而止,淡黄的酒水洒在光洁的地板上,光晕支离破碎。

苏徊意吓了一跳,条件反射地朝苏持走近一步。苏持注意到了,没说什么。

摔杯的地方站了一男两女,男的看上去是个阔少,他身旁的红裙女子满面怒容，两人对面的女子则哭得梨花带雨。

哇哦，是"狗血"的味道！

苏徊意下意识地拽了一把苏持的袖子，后者立马甩手退开，苏徊意也不在意，伸长脖子看向发生争执的三人。

红裙女子的骂声响彻整个内场，爱好八卦的人群都闻声看过去，或近或远地观望着。

"臭不要脸的'白莲花'，装出一副可怜巴巴的样子给谁看？你那点小伎俩早就过时了！"

苏徊意看热闹正看得津津有味，身旁忽然多了两个人，苏持和许怔一左一右地站在他旁边，他顿觉十分有安全感。

苏徊意拿胳膊肘轻轻撞了一下许怔："你也来看热闹啊？"一副咱俩好的样子。

"嗯……"

红裙女子还在骂，那阔少脸上挂不住，拉了她一把："郑芹，你闹够了没有？！"

"我闹？"郑芹的声音瞬间拔高了好几度，染成梅色的指甲猛地指向对面不断抹泪的柔弱女子，她愤愤不平地说，"明明是她不要脸！拿着酒杯撞上来这种戏码早就玩烂了，你还信她不是故意的？"

苏徊意："……"好熟悉的戏码。

他暗搓搓地朝苏持身后挪了一小步。

被骂的女子抹着泪，一副我见犹怜的模样："我真不是故意的……我的鞋子不合脚，我是不小心才会撞到这位先生身上，酒也是不小心洒出来的，我都道过歉了……"

郑芹气得瑟瑟发抖，怒骂道："就没见过比你更'白莲'的！"

一道目光倏地落在苏徊意头顶。

苏徊意抬起头，正好对上苏持意味深长的眼神。

"你看我做什么？"

"呵呵。"

苏徊意怀疑苏持在内涵自己，但是没有证据。他哼了两声，继续把目光投向内场中央。

事情的前因后果在郑芹的骂声中逐渐变得明晰。

阔少名叫何竟，郑芹是他未婚妻，正怀着四五个月的身孕。她担心何竟花名在外，这次聚会才硬跟了过来，结果上个厕所的工夫，回来就见那臭不要脸的"白莲花"倒在她未婚夫怀里！

苏徊意在心底感叹：她硬跟过来有什么用呢？那种花心的男人，她就算用绳子拴住了人，也拴不住他的心。

郑芹仍在哭骂："何竟，我还怀着你何家的孩子，你对得起我吗？！"

"什么对不对得起的！人家就是不小心撞了我一下，你讲点道理行吗？"

其余人都远远地站着，不去掺和。

好好的聚会被搞得像是五金批发市场，虽然热闹好看，但也很掉价啊！

苏徊意倒没觉得掉价，毕竟他无价可掉。

他的关注点相当独特："大哥，孕妇是不是最好不要涂指甲油？"

苏持有些无语，冷冷地说："我又没怀过，我哪儿知道。"

苏徊意的目光在苏持紧实的腹部停留了片刻，接着就被苏持警告了："你往哪儿看？"

苏持是剧本中设定的最优秀的男人，哪方面都是顶级的，八块腹肌肯定有。真好啊，女人喜欢，男人羡慕。

苏徊意收回目光，夸他："大哥好身材。"

031

苏持想起今天苏徊意下楼的那一幕——衬衫扎在西裤里，腰身线条流畅。他嘴唇一动，本来想说"你也不错"，但又咽了回去。

如果两人是很亲密的兄弟，这种调侃的话他是能说的，但苏持觉得他们不是。

苏徊意就是一朵"小白莲花"、一条"小白眼狼"，偏偏不能折，不能打，只能狠狠地揉搓两下，拎着对方的尾巴警告两句，才能叫人安分一些。

苏持只好冷嗤一声："你又知道了？"

苏徊意很诚恳："用心感觉，能感觉到。"

两人的话题正要延伸到唯心和唯物的问题上，一道尖锐的声音陡然朝着他们的方向冲来："你不信他！"

学术探讨被打断，苏徊意抬眼就看见那梅红的指甲直指着他们这边，立马眼皮一跳。

苏徊意率先开口："大哥，她指你。"

苏持轻启唇齿："呵。"

郑芹本来就是焦点，她这一指，众人的视线也就跟着转移到了苏徊意身上。

哦哟，是"小火车"！

郑芹狠声道："你不信我，那你问问他啊！他碰瓷的时候是不小心吗？"

苏徊意一头问号。

郑芹手撕"白莲花"为什么要拉上他？合并同类项吗？

处于孕期的郑芹情绪本来就不稳定，何竟又当众替"白莲花"说话，她现在也顾不得什么聚会场合礼仪了，心想反正都闹大了，她没面子，"白莲花"更别想好！

她冲苏徊意叫道："你说啊！哪儿有刚好往人家身上撞的？你跟何竟说啊！"

苏徊意皱眉，心想你很牛吗？放下你的姿态。

苏持半阖着眼轻声道："走了。"

苏徊意听话地退到苏持身后，一副随时准备出发的状态。

一摊浑水，本来就跟他无关，最好别掺和。

郑芹见他要走，顿时像是失去了最后一位人证似的，噔噔两步上前，何竟立马拉住她的胳膊："你还没闹够？"

郑芹甩不开何竟，只好冲苏徊意和"白莲花"骂道："像你们这种人，手段低劣，心思不纯，被人揭穿了又想装无辜是不是？做梦！"

苏持离开的脚步猛地停住，苏徊意差点撞到他背上。

人群对面的周青成本来还在幸灾乐祸地看苏徊意的笑话，听了这话一下收敛了笑容。

他一个被碰瓷的都没这么骂过苏徊意，这女的骂这么难听做什么？

被骂的"白莲花"轻轻抽噎道："我真不是故意的……况且人和人之间怎么能类比呢？我只是撞到了何先生，又不是四处撞人……"

苏持停了下来，苏徊意便也没再走，听了两人的对话，苏徊意甚至想为这两个女人鼓掌了。

精彩精彩，你们干吗当情敌呢？当姐妹多合适，这么默契，一个二个的都来嘲讽他。

这潜台词不就是"我只撞了一个，还不是故意的，跟他这种四处乱撞的'碰瓷王'完全不一样"！

苏徊意目露叹服，旁边的苏持却冷下了脸。

苏徊意再有问题，那也该由苏家来掰正，两个外人有什么资格非议苏家的人？

苏持身上的压迫感像是一道寒流，从场内席卷而过。

033

周围嘈杂的议论声竟然诡异地停了下来,像是一锅沸水被浇了一勺冰,骤然平息。

苏持的目光扫过场内,他正要开口,眼皮底下忽然冒出一个毛茸茸的脑袋,头顶还翘着两撮头发,晃到了他前面。

苏徊意两手插着兜,顾长的身姿在众人的视线中一立,下巴微微扬着,一贯柔和的眉眼此刻有些凌厉,语调却礼貌而温和。

"这位白小姐……"

"白莲花"脸色一僵:"我不叫白小姐……"

苏徊意从善如流地道:"这位白女士。"

四周的人没忍住笑出了声。

"白莲花":"……"

苏徊意语调懒懒的:"作为碰瓷界的鼻祖,我可以说,这种行为就是故意的。碰瓷是个技术活,就像投篮一样讲究时机、角度和速度,不是见到一个人就撞上去。"

郑芹不发疯了,得意地捧着肚子,睥睨着"白莲花"。何竟立在一旁不再说话。

"白莲花"面色难看:"我说过了人和人是不一样的……"

"当然不一样,你怎么能碰瓷有妇之夫呢?"

小三比碰瓷更惹人非议,既然原角色只是被嘲笑碰瓷,那就说明他没做过更丢人的事。

"白莲花"脸上挂着泪珠,一张娇俏的脸瞬间变得惨白。她难堪地抱着自己的胳膊,在周围人鄙夷的眼神和细碎的嘲讽中摇摇欲坠。

在场的也不是是非不分的人,虽然"小火车"碰瓷的行为让人看不上眼,但勾引他人的人还是更可恨一点。

周青成眨巴了两下眼睛,忽然笑了。

苏徊意教训完"白莲花",一副大佬姿态地单手插兜,转回苏持跟前,叫了一声:"哥。"

他抬眼示意:我要完帅了,咱们赶紧跑。

苏持竟然读懂了苏徜意的眼神,嘴角一抽。

他往场内扫了一圈,含了些警示的意味,接着垂眼道:"回去了。"

苏徜意立马乖乖跟在苏持身后。

两道背影在众人的视线中一前一后离开会场,一道沉稳锐利,一道随意闲散,虽然风格截然不同,却隐隐有比肩之感。

等到两人的身影完全消失,众人才慢慢回神。

什么比肩?肯定是今晚状况频出,他们产生错觉了!

不过苏家那"小火车"跟传闻里完全不一样啊……难不成之前他都是在装傻?

出了会场,苏持和苏徜意坐进车里,车子往苏家的方向驶去。

司机在驾驶座上兢兢业业地把着方向盘,后座上的两人并排坐在一起。

苏徜意上了车就脱下外套搭在一旁,闲适之姿消失无踪:"吓……吓死我了。"

当着这么多人的面飙演技,他还是头一次!

苏持斜了他一眼:"我看你挺厉害的,还 slay(秒杀)全场。"

苏徜意心虚地摸摸鼻尖,以为苏持在责怪他蹚了浑水,解释道:"郑芹就算了,她是受害者,还是个孕妇,情绪激动可以理解,我一个大男人不和孕妇计较。白女士就过分了啊,狡辩就狡辩,干吗还内涵我?我也是有脾气的。"

苏持听到他说"白女士"就想笑,不过憋了回去。

苏徜意还在为自己的行为找借口:"而且我今天喝了酒,有点上头。男人碰了酒都是会冲动的,你懂吧?"

他说完又兀自叹息："算了，你应该不懂。"

苏持这个人理智又克制，就算喝了酒肯定也不会冲动。

苏徊意当初在脑中阅读原剧本时就觉得苏持是一个情感充沛的角色，但他的情感全被压制在一个适当的范围内，爱恨喜怒都有度。

真的能有人将情绪控制得这么好吗？苏徊意忍不住想，有没有可能有一天，苏持也会为了某件事或某个人放弃克制，从而理性全无。

苏持问："你怎么知道我不懂？"

苏徊意心想，曾经有过上帝视角的我当然知道，嘴上道："像今天这种情况我就是冲动了，但你肯定不会。"

苏持不置可否。

有生以来，苏徊意还是第一次这么耍帅。他撑着后座皮垫靠近苏持，苏持往旁边仰了仰，听到他继续道："大哥，我刚刚帅不帅？"

苏持扯了扯嘴角："碰瓷界鼻祖，必然是帅的。"

苏徊意："……"

这会儿天色暗了下来，车窗外黑漆漆一片，只有偶尔驶过商店时才会有霓虹灯的光透过车窗落入车内，在皮革的坐垫上投射出一块不规则的光格。

安静片刻后，苏持忽然淡淡开口："下次遇到郑芹这种人，你也不用忍让。"

苏徊意侧头看他。

车子已经驶上高速公路，窗外的护栏快速地倒退着，街灯的光亮被分割成块状，投在苏持冷峻的侧脸上，光影的切割线从他左侧眼睑一直斜刺到高挺的鼻梁。

苏持幽深的眸色在光影的更替间明暗交错。

"受害者如果成为加害者，那就不值得同情，尤其牵扯到无辜的人，不管是什么苦衷都不能成为借口。"

车厢里的气氛沉寂了下来，苏徜意听见自己的呼吸在昏暗的车厢中被放缓拉长，那是一个人紧张警惕时的本能反应。

他感觉苏持这番话更像是对自己说的。

苏持转过头对上苏徜意一双漂亮的眼睛："听懂了吗？"

苏徜意轻轻"嗯"了一声。

微弱的光线下，苏徜意的双眼干净得像是假的，在这样封闭的环境里，苏持忽然从心底生出一丝疲惫与希冀。

如果苏徜意这话是真的就好了，那他也会像苏纪佟一样疼爱这个弟弟。

两人回到家还不到八点，于歆妍在客厅听见开门的响动，走到玄关就看见苏持正一手撑着墙换鞋，苏徜意在旁边特别乖地抱着两人的外套。

"怎么这么早就回来了？"

一般而言聚会至少都是两个小时，除开路上的时间，两人应该只待了一个小时左右。

她惊恐地道："你们被赶走了吗？"

苏徜意佩服于歆妍丰富的想象力："是我喝了酒头晕，大哥就把我带回来了。"

于歆妍刚松了一口气，转念又想到苏徜意头上还有个包："你没喝多少吧？伤还没好呢。我让厨房给你们煲点汤，喝了再休息。"

苏持换了鞋，从苏徜意胳膊上拿回自己的外套："我就不用了。"他说完，径自上了楼，背脊笔挺，脚步沉稳，用实力诠释他有多"不用"。

苏徜意晚上没吃多少东西，这会儿饿了："我还想吃煲仔饭。"

于歆妍不赞同:"煲仔饭不行,里面有酱油,头上留疤就不好看了。"

"有头发挡着,应该是看不到的。"

于歆妍很谨慎:"万一以后秃了呢?"

"那留不留疤应该都不怎么好看。"

"……"

苏徊意最后得到了一碗汤和一份炖鸡面,寡淡得像斋饭。他吃到一半时,苏纪佟来了,后者拉开椅子在苏徊意旁边坐下,真诚地连续抛出三个问题:"聚会怎么样啊?玩得开心吗?有交到朋友吗?"

苏徊意挨个给出虚假的回答:"挺好的,很开心,交了朋友。"

苏纪佟还是不放心:"交了朋友记得常联系,感情都是聊出来的。"

苏徊意想起自己发出去的那几条微信消息,默默喝汤。

吃饱喝足,他上楼洗过澡又擦了一次药。

这次他没有找苏持帮忙,苏持应该也累了,他不想去惹人烦,于是独自艰难地摩挲着头顶的包,随便擦了点药,然后便趴在床上玩手机。他刚解锁手机屏幕,就被铺天盖地的微信提示震惊了。

我去!什么情况?

苏徊意一条一条地翻,发现有列表好友发来的消息,也有五六条待验证的微信好友申请,而且给他发消息的那些人对他的态度比之前友善多了。

许怔发来一个视频。

许怔:这是后续。

周青成:牛啊牛啊!太好玩了吧你!以前怎么没觉得你这么好玩?下次出来一起玩呗!

孙河禹发来好几张现场实拍图片。

孙河禹：郑芹给了白小姐一巴掌！啊不对，她不姓白。

……

他不孤寡了！他也是有朋友的人了！

苏徜意热泪盈眶，甚至想截图发给苏纪佟看，但最终忍住了。

最后他只给苏持发了一条消息分享喜悦。

苏徜意：我有朋友了！

紧跟着，他又了发了一张写有"布谷布谷"文字的表情包给苏持。

苏持没回，苏徜意转而继续跟新建立关系的好友聊天。

主动来找他聊天的人大多数是怀着猎奇、八卦的心态，但朋友嘛，不管最初是抱着什么目的来的，相处到后面能真心实意就好了。

就像周青成，开始是来找碴的，到后面就变成了友军。他的喜怒都写在脸上，情绪来得快去得也快，同这种人相处起来反而轻松很多。

苏徜意：今天还要谢谢你，我肯定得罪白女士了吧？

周青成：没事，你得罪的人还少吗？

苏徜意很是无语。

苏徜意：你知道白女士是哪家的吗？她的教养和礼仪不太过关啊。

周青成：嗤，我又不是谁都认识。

苏徜意从文字都能感受到周青成轻蔑的语气，他更像在说"又不是谁都配让我认识"。

苏徜意叹服，原来这才是耍帅的最高境界。

临睡前，周青成约了苏徜意过几天去射击馆玩，同行人员还有孙河禹跟孙河禹的妹妹。

周青成：孙河禹的妹妹很漂亮的，一起认识一下，晚安晚安！

苏徊意回了句"可以",向周青成道过晚安后也关了手机睡觉。

第二天,餐桌上,苏徊意假装不经意地分享了周青成约他出去玩的事,再次证明自己交到了朋友。

苏纪佟喜上眉梢,顺手捋了一把苏徊意翘起的一撮头发:"不错不错,多和朋友出去玩。你这头发怎么总是翘着?"

苏徊意没注意过自己头顶:"总是翘吗?可能睡相不好。"

苏纪佟嘀咕:"是啊,我都给你捋了好几次了。"跟天线宝宝似的。

对面的苏持抬眼看到这一幕,他没说什么,低下头继续吃饭。

吃过早饭,苏徊意抱着手机在客厅里和周青成他们聊天,四个人拉了个群聊组,叫"射击小分队"。

他正聊着,苏持拿着红花油走过来:"昨天晚上没擦药?"

苏徊意头也没抬地道:"我自己擦了。"

苏持瞥了眼他手机上快速刷屏的消息:"一会儿再聊,我先给你上药。"

手机"咚"的一声掉在苏徊意的大腿上,他惊讶地道:"你要主动给我上药?"

莫非药里有毒?

苏持冷笑一声,转身就走。

苏徊意赶紧伸手拽住他的衣角:"我太高兴了,喜悦冲昏了我的头脑!"

苏持又转回来,按着他被冲昏的脑袋,毫不温柔地给他头顶的包上药。

苏徊意打不了字,只能嗞嗞地抽着气在群聊里发表情包。群里其他人看出他的敷衍,顿时发出谴责。

周青成:我怎么觉得你的回应很冷淡?你在干吗呢?

苏徊意发了条语音过去:"我头上撞了个包,唑——我哥在给我擦药。"

周青成:!!!

苏徊意很欣慰,新交的朋友还是关心他的。

周青成:你哪个哥,苏持?苏持会给你擦药?!

苏徊意:"……"

苏持听到他发的语音,手上没停:"怎么,想跟新朋友彰显我们兄弟情深?"

苏徊意觉得对方又在嘲讽自己,反问:"那要我说'我哥在很不情愿地给我擦药'吗?"

苏持揪了一下他翘起来的头发:"碍事,再抱怨就给你拔了。"

苏徊意想起于歆妍的秃头预言,顿时噤声,苏持给他上药的动作也放缓了些。

算不上温柔,但至少不再像钻井。

苏徊意和周青成几人约的是周末。

周青成说的射击馆在市中心,是他家表亲开的,他要去玩,"刷脸"就行了。

周青成跟孙河禹去过好几次,这会儿他们已经到了大厅。孙河禹身边还站了一个少女,二十岁出头,长相甜美,一双杏眼灵动活泼。

孙月踮着脚,朝着入口处张望:"苏家收养的那个孩子呢?不是说他跟传闻中不一样吗?"

孙河禹说:"待会儿见到他你可别提收养这事。"

孙月噘噘嘴,不以为意。

她从上小学起就跟着家里人参加一些社交活动了,从来没见过苏家收养的那个小儿子,听说对方到目前为止只参加过三次聚会，看来苏家也不怎么重视他嘛。

少女的心思都写在脸上，周青成看出来了也没打算提醒她。眼见为实，苏徊意到底怎么样，还得孙月自己感受。

没等几分钟，门口就出现一道人影。

外面阳光正盛，那人走进来时，颀长的身形笼着光晕，好看得像是电影里的特效。

孙月愣了一下，还没反应过来那是谁，就听周青成喊了一声："苏徊意！"

苏家那位收养的孩子？孙月惊了，她又认真看了来人几眼。

几步之间，苏徊意已经走近。他今天穿了件略修身的深色T恤，领口有些大，露出修长的脖颈和漂亮的锁骨。他颈侧有一颗红色的痣，在冷白色皮肤的衬托下更显明艳。

孙月的内心无比震撼：收养的？在哪儿收养的？她也想去收养一个！

"周少，孙少，孙小姐。"苏徊意挨个打过招呼，便看见孙月捂着心口，一脸激动。

苏徊意有些疑惑。

"来了啊，走走，我们进去！"周青成搭上苏徊意的肩，自来熟地把人往后面带，"你之前打过枪没？"

苏徊意总觉得这句话听着很有歧义，碍于还有女生在场，他压下心头微妙的感觉："没打过。"

周青成立马不怀好意地笑道："哦——"

苏徊意："……"原来不是他想多了！

恶作剧得逞后，周青成领着几人进了一个单独的房间，然后开始指导没打过枪的苏徊意。

周青成说："你没打过枪，我教你一下姿势。身体要放松，重心放在两腿之间，挺直手腕，肌肉得适当发力……"

苏徊意听着总觉得不对劲:"等等。"

周青成问:"哦?干什么?"

苏徊意提出申请:"让工作人员来指导我就好了。"

在热心的工作人员的帮助下,苏徊意终于学会了。

砰、砰、砰……听到几发射击声后,孙月侧头看向自己身旁的人。

青年两肩平直,肩胛骨随着射击的动作小幅度耸动,腰线紧致漂亮。

"砰!"又是一发射击,结束后,苏徊意放下枪,线条分明的下颚由紧绷变为放松,喉头微动,唇角带了点笑意,很是迷人。

孙月顺着他的视线看向前方的枪靶——共六发,五发脱靶,还有一发在隔壁周青成的靶子上。

"……"旁观的周青成跟孙河禹很无语。

周青成道:"服了,你脱个靶,姿态还跟打中了十环一样孤傲!"

苏徊意依旧是那副绝世高手的姿态,老神在在地收回手:"射击讲究的是技巧和心性,前者我没有,就在后者上面努力弥补回来。"

孙河禹嘴角一抽:"补得有些过头了。"

苏徊意道:"两头总得占一头。"

其余人:"……"

从射击馆出来时,已经接近晚饭时间,几人在旁边的粤菜馆订了个包间。

苏徊意跟周青成并排坐着,对面是孙家两兄妹。几人正聊着天,孙河禹忽然"哎"了一声,指着苏徊意的肩膀道:"你这片怎么全擦红了?"

周青成闻言伸长脖子去看,随即发出一声感叹:"真的,深深浅浅的红印子。后坐力的原因吗?不至于吧,我怎么没有?"

苏徊意看不到自己的肩膀,凭感觉搓了搓:"没事,我是易留疤痕体质。"他说着,撩起袖子露出胳膊肘,"看,前几天随便磕的。"

在场的人都惊了,随便磕一下就能磕成这样?

孙月还是个小姑娘,见不得这么骇人的淤青:"怎么磕的啊?你别是被虐待了吧?"

"捡东西时磕的。"苏徊意觉得自己有必要为苏家正名,"家里人都很疼我,从来没虐待过我。"

孙月感觉苏徊意的性格还不错,又大着胆子问了一句:"那你之前怎么几乎不参加我们的聚会?"

苏徊意腼腆地抿了口茶,道:"我自卑。"

三人:"……"

一顿饭快要吃完时,苏纪佟打了个电话过来,问了苏徊意吃饭的时间和地点,就说苏持顺路,让苏徊意坐苏持的车回家。

苏徊意挂了电话,又给苏持发了地址,而后不到十分钟苏持就到了。

苏徊意站起身告别:"我先走了。"

周青成问:"怎么了,你一会儿有事?"

"我大哥来接我了。"

剩下三人惊了:"苏持亲自开车来接你?!"

他们这个圈子里规矩多得很,谁敬酒、谁开车、谁买单,都是身份高低的体现,更别说苏持,那可是如雪山劲松一般受人仰视的存在。

苏徊意也反应过来了。之前两人去参加聚会是家里的司机接送,苏持今天出门办事,那应该是他自己开车。

不是吧！让苏持给他开车？

苏徊意一边踩着红绒地毯下楼一边想，有时候事情的发展总是出乎意料，他明明是想在他大哥手下苟活的，结果现在又是让人擦药，又是让人开车。

他真是越来越放肆了。

苏持的车就停在路边，沉稳低调的黑色，线条流畅，车身光可鉴人。

苏徊意拉开车门坐上副驾驶座，侧头看见苏持一双骨节分明的大手握着方向盘，手背上青筋鼓起，延伸进整洁的袖口。

苏持光是随意坐着就有种很不好惹的气质，苏徊意见状陷入沉思：原角色是哪儿来的勇气敢得罪苏持的？

苏徊意叫道："大哥。"

苏持"嗯"了一声。

苏徊意示好道："要不我来开车？"

苏持拧眉，思索片刻后问："新的谋杀方式？"

"……"苏徊意乖乖缩回去了。

苏持一手放在换挡杆上，踩下离合器就发动了汽车，随即汇入车流。

街景在车窗外倒退，天色渐暗，一些商铺依稀亮起零星的灯光。哪怕是周末，下班高峰期的拥堵也没有得到缓解，真正为生计而奔波的人是没有假期的。

车流汇入高架桥，道路陷入拥堵。苏徊意扒着车窗去看前方的路况，呼出的热气在车窗上凝成一片水雾。

由于交通问题，车辆在行驶一段路后被迫停了下来。

苏持停车后，转头往旁边看去，正好看见苏徊意伸出食指在车窗上画了个大拇指。那个大拇指歪歪扭扭的，有点丑，他眉头一皱，正想说话，旁边又落下两个字——大哥。

看到那两个字，苏持搭在方向盘上的手指蜷了蜷。

苏徊意还拧着半个身子想把大拇指涂实，从苏持的角度望过去，苏徊意一截修长的脖颈伸入衣领底下，宽大的领口因为涂抹的动作扯开了一些，颈窝的红痣在白瓷般的皮肤上格外显眼，颈窝四周还有一片深深浅浅的红印子。

"肩上怎么了？"苏持问道。

苏徊意继续涂着大拇指，道："男人的勋章。"

"……"苏持不想听他瞎扯，"回去之后拿红花油擦一下，和胳膊上还有头上的淤青一块儿擦。"

说到擦药，苏徊意得寸进尺，回头问道："大哥帮我擦吗？"

苏持嗤笑道："你的手呢？"

苏徊意冲苏持笑得很乖："你帮我擦了头，手上沾了药就顺便了呗。"

他深信要增加肢体接触才能促进感情。

身体都贴得那么近了，心的距离还会远吗？

"你还挺会替我着想的。"后面的车按了一下喇叭，前方的车陆续往前行进，苏持说了声"坐好"，再次发动车子。

苏徊意知道苏持这算是同意了，他殷勤地从车门内侧的储物格里摸出一袋吐司，道："你还没吃晚饭吧？爸说你办完事情就过来接我了。"

"回家吃。"

"这边堵车堵得太厉害了，"苏徊意伸着脖子望了一眼前方的车流，天色比刚才又暗了些，昏暗的光线中明红的车灯连成一条线，望不到头，"等回到家都是一个小时之后了，你先吃点面包垫肚子。"

"我开着车……"苏持的话音戛然而止。

他垂眼看着递到自己嘴边的吐司，战略性后仰："干吗？"

苏徊意战略性前倾："我喂你，我手不脏。"

"我不吃。"

"会饿的。"

苏持握着方向盘的手微微收紧。

这一幕真是诡异，在将黑的天色下、长长的车流中，他那个居心叵测的养弟正举着一片吐司要喂自己。

若是放在一周前，苏持绝对会揣测吐司里下了哪几种毒，但他现在别扭大于怀疑。

他和苏徊意的关系不该这么亲近。

不知道从什么时候开始，两人的关系就有所改变了。

"拿开点！"苏持冷冷地道，"我就算饿死……"

"死在外面，从车里跳出去，也不吃一口我喂的吐司。"苏徊意贴心地为他补充完整。

苏持："……"

苏徊意撤回手，咬了一口吐司："真香。"

苏持忍耐道："不准在我车里吃东西。"

苏徊意从善如流地打开车窗，把脑袋探了出去，继续吃。

苏持黑着脸，一把将苏徊意拽回来："谁让你把头伸出去的？"

"车子又没动。"

"呵。"

一片吐司递到苏持嘴边。

苏持紧绷的下颚动了动，随后一口咬住。

苏徊意不太能理解苏持莫名的倔强，他微微蹙眉，又拿了一片吐司递到苏持嘴边，道："大哥，吃个吐司而已，不用摆出一副'慷慨就义'的表情。"

苏持："……"

两人回到家时已经八点多了。

于歆妍让厨房给苏持热了点饭菜，又叫苏徊意一起坐下再喝碗酸萝卜老鸭汤。这汤厨房炖了一下午，汤汁还鲜着。

苏持现在被那大半袋吐司噎得心慌，苏徊意喂他就像填鸭，一点停顿都没有，他还没反应过来就吃撑了。

苏持看苏徊意还有胃口啃鸭腿，心理极其不平衡："你还吃得下？"

苏徊意搬出自己的守恒定律："虽然我吃饱了，但老鸭汤是开胃的，此消彼长，被老鸭汤消化的位置刚好留出来装老鸭汤。"

苏持摸着肚子冷笑一声："当代生理学巨擘。"

苏徊意羞涩地道："那我也算光耀门楣了。"

苏持顿觉碗里的老鸭汤索然无味。

两人还没吃完，厨房里做饭的吴妈就走出来，问他们还添不添汤。

苏持说不用，苏徊意则不客气地把小碗推了推，道："谢谢吴妈。"

苏持的目光落在苏徊意的肚子上，没有鼓起来，说明还能吃。

吴妈再出来时，汤碗里还多了一大块鸭胗，已经炖得入味，好吃又有嚼劲。她道："您喜欢就多吃点，我再过半个月要回趟老家，到时候你就喝不上了。"

苏徊意嘬着汤，从碗沿上方露出两只圆溜溜的眼睛，眼神疑惑。

他不清楚吴妈家里的事，这是剧本中没交代的，又怕问了露馅，干脆不说话。苏持却皱着眉开口道："怎么了，家里有事吗？"

"小孙女要念小学了，我儿子一家准备搬到县城里住，以前那屋里还有好多我的东西，我得回去收拾。"

苏持点头道："有需要的地方就跟我们说。"

吴妈感激地道："谢谢，没什么事，就是要请一周的假。"

"没关系，家里事要紧。"

吴妈走之后，苏徊意忍不住盯着苏持看了好几眼，大概是他的视线太灼热，苏持放下碗，问："总看我做什么？"

"你很关心吴妈。"

"毕竟她照顾我们好几年了，总是有感情的。"苏持意有所指地道，"我又不是冷血的人，相处再久都对人没感情。"

苏徊意正在咬一块萝卜，闻言牙齿一抖，萝卜的汁水差点溅到桌子上。

"我特别能理解，特别感同身受！"苏徊意赶紧给自己开脱，"爸妈对我最好，我就一直把他们当亲生父母看待，大哥也对我好，你就是我亲——大哥。"

那个"亲"字拖得特别长，苏持拿筷子的手一抖："我对你好，我怎么不知道？"

苏徊意放下碗，乖顺地舔舔嘴角："大哥对我是很好，我之前犯了错，大哥都没有告诉爸，只是暗暗地嘲讽了我，用眼神威胁了我而已。"

"……"苏持扫了一眼面前的人，"你不满？"

"没有，我很感激大哥。"

苏持冷笑道："没感觉到。"

苏徊意想了想，道："那我可以跟吴妈学做饭，等她回老家的时候，就由我来做饭给大哥吃。"

苏持拿起手机翻了翻日历。

苏徊意问："大哥，你在翻什么？"

"老皇历，看哪天适合丧葬入殡。"

晚上睡觉前，苏持拿着红花油来到苏徊意的房间。

苏徊意正趴在柔软的大床上,他在被单上铺了一条藏蓝色的毯子,蓝底亮光下皮肤白得晃眼,肩头和手肘上的红痕也就更为醒目。

苏徊意听到响动,扭头看过去。

苏持的袖口已经被挽到了小臂以上,露出紧实匀称的肌肉线条。红花油和棉签稳稳当当地被他握在手中,一副娴熟的姿态。

苏徊意觉得,苏持是真的挺好,虽然对方跟他说话时还是那副讥诮的语气,却也不是完全对他不管不顾。

"上药。"苏持拧开瓶盖,把药油倒在手里搓了搓,示意苏徊意麻溜过来,"你铺毯子做什么?"

苏徊意立马蹭过去,把领口往下拉了拉,露出肩膀,那颗红痣就跟红宝石一样嵌在他的右颈侧,十分惹眼。

"我怕擦的药把床单弄脏了,衣服我也特意换了宽松一点的。"

苏持将掌心覆了上去,手指一拢,刚好包裹住苏徊意整个颈窝。苏持顿了一秒,接着用了点力,把药揉开了。

药油在手心里搓热了,覆上来的一瞬间,苏徊意只觉得握住自己肩膀的那只手宽大厚实、灼热有力,只是这只手的指腹和掌心有些粗糙,剌蹭着他的皮肤。

等药揉开了,苏徊意觉得又痛又爽,他没忍住轻哼了一声,两条腿挂在床沿上直晃。

苏持皱眉,问:"你怎么就穿一条短裤?"

苏徊意道:"在自己房里就不用穿太整齐了吧?等你擦完药,我就准备直接睡了。"

理由充足,苏持无言以对。

擦过肩上后,苏持又给苏徊意的手肘和头顶擦了药,房间里弥漫着一股红花油的味道。擦药完毕,苏持到卫生间里洗手,又让苏徊意去把窗户打开散味。

苏徊意"噔噔噔"地跑去开窗。

苏持洗完手一出来就看到苏徊意撅着个屁股趴在窗台上。

苏持:"……"

苏持忽然意识到自己的失误,兄弟之间尚且是有界线的,更何况他们还不是亲兄弟。他是家里的老大,以前弟弟们小,他甚至带着几个弟弟洗过澡,不过等弟弟们四五岁之后他就没这么做过了。

那时候他都知道弟弟们长大了要避嫌,现在居然差点忘了。

苏持道:"以后我来你房间,你记得穿条长裤。"

苏徊意开了窗,爬回床上:"我们都是男的,不用这么害羞吧?"

以前看杂志上说很多人都喜欢在泡温泉的时候谈心,苏徊意暗忖,想必要坦诚相见才更能拉近人与人之间的距离。

苏持嗤笑道:"那澡堂干吗装隔板呢?"

苏徊意思路清晰:"他们都是陌生人,而且隔板也是为了保护部分男人的自尊心……"

苏持额头青筋直跳,心里想什么男人的自尊心,这理由简直离谱!

"你不穿好,我下次不会进门。"苏持撂下这句话就转身离开,"砰"的一声甩上门。

苏徊意扯着领口,愣愣地看着卧室门口,不明白苏持怎么又重拾了他的倔强。

擦了红花油的肩窝火辣辣的,苏徊意抬手搓了搓。

他的手指带了丝凉意,和苏持的掌心形成了鲜明的对比。

他想,苏持的掌心那么热,说话为什么这么冷冰冰的呢?

051

第三章

苏徊意说到做到，开始从苏持的饮食下手。

第二天的早餐是饭团，他特意早起了十分钟，把苏持那份饭团二次加工了一下。明亮的晨光落在那个饭团上，像是镀了一层圣光。

刚摆好早餐的吴妈看得一愣一愣的：“您……”

苏徊意转头解释：“给大哥的惊喜。”

吴妈接着道：“没洗手。”

“……”苏徊意沉默半晌，随后伸出一截漂亮的小手指，“守护我们共同的小秘密。”

苏纪佟和于歆妍下楼时，就看见他们大儿子位置上的饭团形状很别致，跟其他清纯不做作的饭团都不一样。

苏纪佟问：“饭团被压坏了？”

站在门口的苏徊意目光幽深。

吴妈赶紧解释道：“这是苏徊意先生捏的饭团，给苏持先生的惊喜。”

苏纪佟惊叹：“难怪这么好看！”

于歆妍：“……”

苏徊意有点飘飘然：“仅此一个哦。”

苏纪佟看向那个饭团的目光瞬间变得灼热。

在微妙的气氛中，苏持姗姗来迟。

苏徊意在苏持进门的一瞬间就扭头去看他，招呼道："大哥起来啦？"

"嗯。"苏持面露戒备之色。他走到自己的座位坐下，低头就看见桌上摆了一个类三角形的扁平团状物。

他拿起来端详一番，问："2D粽子？"

苏徊意腼腆地道："我捏的饭团。"

苏持的表情有一瞬间的扭曲。

苏纪佟在旁边"咯吱咯吱"地咬牙，道："小意特地起了个大早给你捏的，连我这个亲手把他带大的爸爸都吃不到，你不要不识……你弟弟的好意。"

苏徊意猜他爸原本是想说"你不要不识抬举"。

苏徊意努力维持家庭和睦，道："那我下午给爸妈做山药芋头糕。"

苏纪佟的心情迅速多云转晴，连天气预报都赶不上他变脸的速度。

"我就知道小意是不会忘记爸爸的。"

于歆妍全程没说话。

吃完早餐后，苏徊意像条"咸鱼"般躺了一上午，下午开始着手做山药芋头糕。

山药芋头已煮软正准备出锅，孙河禹的电话就打过来了："我在群里@你好几次了，你怎么都不回复？"

苏徊意正在把山药芋头夹出锅，差点烫到手："我在蒸芋头，没看手机。"

孙河禹愣住："蒸芋头？你会下厨？"

053

"早上我还给我大哥捏了爱心饭团。"

孙河禹惊叹："没想到你还会捏饭团！"

"没有，我只会捏爱心，不会捏饭团。"

"……"孙河禹无语，"你把摄像头打开，我看看。"

苏徊意觉得对方只是单纯对自己抱有怀疑，无言半晌还是打开了摄像头。

镜头一开，白蒙蒙的蒸气就扑面而来，苏徊意调整了一下角度，把他上半身都拍进去，然后就低头做起自己的事情来。

孙河禹只看见蒸气散开，显出一道纤瘦的身影来。镜头里的人正一手端着白瓷碗，一手把滚圆的芋头挑进碗里，虽然只露出一张侧脸，但神情格外专注，一副米其林大厨的姿态。

要不是之前领教过苏徊意的"绝世枪法"，孙河禹差点就信了。

"对了，你在群里@我干吗？"苏徊意用筷子把一个滚到流理台上的山药拨回了碗里，姿态闲适得仿佛在打高尔夫球。

孙河禹看得胃口全无："问你要不要一起来卖酒。"

接着他大概讲了讲："我有个叔叔的厂里新出了一批酒，还没投放到市场，我打算进一批去卖，问你们愿不愿意一起。"

苏徊意手上的动作一顿："可以，但是要先去你叔叔的厂子看看。"

"肯定的，这周五叫上周青成，我们仨一起去？"

"好。"

苏徊意正等着人挂电话，却听电话那头的人迟疑地道："你自己就别吃了吧……"

他正"当当当"地砸着芋泥，问："为什么啊？"

"我怕耽误正事。"

苏徊意一头雾水。

事实证明孙河禹是对的。

晚上苏持回来看到山药芋头糕的瞬间，灵魂都仿佛被抽走了。

他在餐桌前静静地伫立了十几秒，缓了好一会儿才回神，指着拳头大小的球状物，问："伸腿瞪眼丸？"

苏徊意羞涩地垂头。

等苏纪佟和于歆妍看到山药芋头"球"时，苏持已经恢复了常态，甚至颇为期待地向苏纪佟比了个"请"的手势。

苏持道："小意特地搓了一下午来孝敬您的，您不要不识……弟弟的好意。"

苏纪佟："……"

苏徊意突然觉得苏纪佟对原角色的宠爱不是没有道理的。

亲父子互相伤害，唯有"黑心小棉袄"这里才有一丝丝虚假的温暖。

周五早上一起来，苏徊意就换了套外出的衣服。

吃饭时苏纪佟注意到了，问他："今天要出门？"

苏徊意小口咬着包子，十分乖巧："约了朋友。"

"去哪儿？让家里司机送你过去。"

"不用了，我打车到市里，再坐朋友的车一起去。"

苏徊意暂时不想让家里知道自己的打算，他想靠自己的能力赚到第一笔钱，然后给苏纪佟和于歆妍买份礼物。

苏纪佟还想说什么，被于歆妍用眼神制止了，只能遗憾放弃："那好吧，注意安全。"

苏徊意在门外等滴滴司机时，苏持的车从门口开出来。苏徊意朝他挥动双臂："大哥，大哥！"

车辆缓慢停下，车窗降下来，露出苏持那张俊美的脸，配上豪车，跟杂志模特似的。

"有事？"

苏徊意凑过去:"你不问我跟谁去干吗?"

"你会说?"

"不会。"

苏持"嗤"了一声:"那我问什么。"

苏徊意道:"但你问了就会给我带来一丝丝温暖,这样我一整天都能精神满满。"

回答他的是升上去的车窗和绝尘而去的车尾。

从苏宅到市里大约要一个小时车程,苏徊意到达约定地点时,周青成和孙河禹已经在那儿了。

开车的是孙河禹家司机,孙河禹招呼两人一起坐到宽敞的后座,还从车载冰箱里拿出两瓶鸡尾酒果饮。

去往酒厂的路上,孙河禹把情况详细讲了讲:"我叔叔的酒厂挺大的,也是上市公司,前年比较有名气的岭酒就是他家生产的。这次推出的是昆酒,品质也挺好,有岭酒的口碑在前,至少不会滞销。"

周青成纯属玩票:"我跟着你混,盈亏都无所谓,反正我啥也不懂。"

苏徊意还是第一次见到把"啥也不懂"说得如此理直气壮的人。

孙河禹又说:"苏徊意,你也是啊,别把钱都搭进来了。反正在苏家户口簿上一天,你就一天不缺钱。"

"我量力而行。"

苏徊意没说自己已经不在苏家户口簿上的事。

他的户口是在十八岁那年被迁出去的,这件事只有苏纪佟和于欬妍两人知道,就连原角色都是无意中私自翻了苏纪佟的书柜才发现的。

自那以后,他就开始了"作死"之旅。

不过苏徜意有上帝视角，他知道迁户口的原因并不是原角色以为的"不想让他分家产"，相反，苏纪佟是真正在为原角色做打算。

他们这个圈子最讲究身份，苏家就算再显赫，身为养子的他始终让人低看一等，只有真正独立起来才能得到其他人的认可。

苏纪佟替人计划得好好的，等原角色毕业之后锻炼两年，就把手底下一家子公司交到他手里，让他自立门户，也好叫别人知道，他虽然不是苏家的养子了，但依旧是他的儿子。

然而计划提前被发现，加上原角色是个白眼狼，苏纪佟的真心终究还是错付了！

想到这些，苏徜意望着窗外的景色，兀自感慨。

"大概四十分钟就到了，我先把相关资料发群里，你们看看。"

孙河禹的话把苏徜意的思绪拉了回来，他定了定神，低头开始看资料。

周青成一脸问号，问苏徜意："你看得懂吗？我怎么什么都看不懂！"

苏徜意以前是学法律与金融的："大概能懂。"

周青成啧啧称奇："传言果然不可信，你知道你的昵称又更新了吗？"

苏徜意还真不知道："不是'小火车'了？"

"冯家老二叫你'可爱废柴'。"周青成安慰道，"至少还有个'可爱'，说明你不是一个普通的废柴。"

苏徜意叹道："你可真会安慰人。"

酒厂位于市北城郊，占地广，人员进出需要严格登记。

孙河禹提前打过招呼，一下车就有工作人员带着他们往车间里走。

"这边是储酒罐，我们的白酒都会储存在里面，每一罐的最大容量在两百吨上下。往前就是生产车间……"

苏徊意还是第一次来酒厂,走进车间的瞬间就闻到一股发酵的味道。

整个酒厂共三层,内部中空,一眼望去流水线清晰流畅,半机械化半人工生产,操作规范,设备精良。

至少看着是很靠谱的。

几人刚参观完车间,就有酿酒师拿了原浆过来让他们品尝。

周青成喝不来白酒,直吐舌头。苏徊意尝了两口,酒是酱香型,口感醇厚,余韵绵长。

孙河禹问:"怎么样,还行吧?"

苏徊意咂了咂嘴,又嘬了几口酒,说:"好喝。"

酿酒师看他的酒杯都要见底了,顿时吓了一跳:"别喝多了,这个酒后劲很足!"

"哦。"苏徊意舔了一下嘴唇,拍拍孙河禹,伸出两根手指。

孙河禹一脸疑惑:"耶?"

苏徊意无语:"我是说我打算进两百万的酒。"

周青成闻言不吐舌头了,伸过手来探苏徊意的鼻息:"你喝醉了吧?"

苏徊意神色复杂:"……"醉的怕不是你。

苏徊意原本是很能喝的,上大学的时候就经常和室友一起撸串喝酒。

然而他高估了原角色的酒量。

昆酒原浆的酒精度数不低,他喝得又急,加上来时本就喝了鸡尾酒,两种酒一混合,后劲极大。

苏徊意在车上时只觉得脸颊发烫,眼泪都快要掉下来了。车窗外天色已晚,道路旁的银杏摇晃着硕大的树冠团成一片阴影,像是高中宿舍到教学楼的那条路。

车停在苏宅门外已经是十点多，从院门外看去，苏宅内还亮着灯。

苏徊意进门后"砰"地把大门一关，在玄关换了鞋就往里走。

路过厨房门口，里面传来"哗啦啦"的倒水声，他的膀胱顿时传来一阵尿意。

他探头一望就看见流理台前站了个身姿挺拔的男人。对方身材高大，肩背宽广，肩胛随着抬手的动作微微耸动着。

苏徊意眯着眼，心里想这哥们是哪个班的，他之前怎么从没见过……

他走上前去拍了拍对方，释放善意："哎，兄弟，一起撒尿去？"

"哐啷！"玻璃水壶在流理台上重重一磕，苏持差点把水倒在杯子外面。

翻了天了！

苏持拧着眉转过头来就要训斥："你……"

苏徊意突然冲着他嘿嘿一笑，"刺啦"一声拉开拉链，解开了自己的裤子。

拉链翻开，露出底下一块藏蓝色的布料，纤瘦白皙的手指搭在拉扣上，还在试图往下扯。

苏持："……"

眼看苏徊意的裤腰都掉了一截下来，苏持额头青筋直跳，低声呵道："穿好！"

苏徊意笑嘻嘻地道："穿好了还怎么尿？你这人真有意思。"

苏持跟他说不通，转身要走，侧身那一瞬胳膊却被猛地拉了一下。苏持猝不及防，身形一歪，杯子里的凉水全部倾倒而出，"哗啦"一下泼在了苏徊意凑近的脸上。

苏徊意大脑宕机了，苏持也愣住了。

苏徊意一张脸全被打湿，鸦羽般又黑又长的睫毛上挂着水珠，眸光清透得像被水浸润过。他望着苏持，两眼发直，面色绯红，空气中弥漫着一股酒气。

苏持把人拽开了一些："出去喝酒了？"

苏徊意的意识缓慢地回笼："嘿嘿。"

"……"苏持头疼。

虽然有些嫌弃，苏持还是伸出两根手指把苏徊意快要滑下胯骨的裤腰提了上去，又拉着人往门外走。

刚走到门口，半掩的推拉门突然被"哐"一声推开，两人差点和门外的人撞在一起。

门外的人诧异地道："大哥？"

苏徊意抬头看过去，只见面前立了个高大的身影，身高跟苏持差不多，体型更健硕一点，五官硬朗坚毅，给人一种刚直的感觉。

苏徊意拉了拉苏持，脑子还迷糊着："这谁啊？"

苏简辰的脸顿时黑了。

苏家老二今天才出差回来，晚上九点多到的家。刚刚听到厨房有动静，他过来一看就撞上那个心机养弟在拉扯大哥。

苏简辰一向直来直往："他又在作什么妖？"

"喝醉了。"

苏徊意虽然醉了，但也听得出这人在说他不好，他撇撇嘴，不再看苏简辰，只对苏持道："咱尿咱的，不带他。"

苏简辰的目光往下一落，又迅速撇开，他厌恶地道："粗鄙！"

苏徊意蓦地抬头瞪面前的人。

一张绯红的脸沾了水，眸光明锐似火，几缕乌黑的额发耷拉在眉眼上，水渍顺着耷拉的眼角蜿蜒滑落，像是一道泪痕。

他并没有要哭出来的样子，只是在生气。

苏简辰愣了一下。

苏持抿了抿唇，让苏简辰先出去："别和醉鬼计较，我带他去厕所。"

苏简辰侧过身，刚刚有一瞬间，他居然在想自己是不是太凶了。

怪了，醉酒也会传染不成？

对于苏徊意这种阳奉阴违的"白莲花"，他压根就不需要心软。

苏徊意被苏持拎着去了洗手间，小嘴还在叭叭地说："他谁啊，好烦！我不喜欢他。"

那人凶巴巴的，从小到大就没人这么凶过他。

"我看你是谁都不喜欢。"苏持把他揉进洗手间，"醉了倒是挺诚实。"

苏徊意直接伸手去拽裤腰，苏持转身要出门，又听苏徊意笑了声，道："但我觉得你挺好的啊。"

苏持从洗手间出来，站在客厅垂着眼有些怔神。苏简辰没走，见苏持出来就大步迎了上去："你管他干吗？"

苏持回神，手指一蜷揣进裤兜："老二，和你说了多少次，情绪收敛一点。"

苏简辰身材高大、结实，气势上却不及他大哥："我又没当着爸妈的面……"

苏持拍拍他："回去休息吧。"

苏简辰盯着苏持看了几秒："大哥，我怎么觉得你没有以前那么讨厌他了？我就出差不到半个月，发生了什么？"

苏持没说话。

苏简辰沉声道："大哥，你可别也被他骗了！"

苏持笑了笑："你大哥有那么傻？"

苏简辰这才松了口气："也是，不管苏家谁犯傻，大哥都不会犯傻。"

第二天，苏徊意起床时头疼得不行。

他以前没醉过，这是他第一次体会到宿醉的感觉，脑子昏昏沉沉，嘴里也干。

他现在就是条咸鱼干。

窗外已经大亮，晨光透过白色纱帘落入室内，在地板和床上投出菱形的棱格，明显不是早上七点的天色，苏徊意捞过手机一看，已经八点半了。

微信里，孙河禹和周青成都给他发了十几条消息，"未接通话"也有好几个。

孙河禹：到家了吧？

孙河禹：？？？你到家了吗，还是已经睡了？

孙河禹：好了，我问过你大哥了，你休息吧，有事明天说。

苏徊意瞬间清醒了，孙河禹去问苏持了？他没说别的吧？

周青成：我现在有点晕，怎么会这样……

周青成：你人呢？孙河禹说联系不上你。

周青成：不会吧，你该不会是醉倒了吧？我就说你醉了，你还不信，那两百万你还投吗？

苏徊意无语，心想他都说了那不是醉话！

苏徊意给两人回了消息，这才慢慢爬起来洗漱。

对于昨天晚上发生的事，他只有模模糊糊的印象，他记得他在出租车上就有点不清醒了，恍惚间以为自己是要回高中教学楼，后来撑到进家门，又去喝了水，好像还遇到了苏持，然后他上了个厕所，水不知道怎么洒了，然后他上了个厕所……

嗯？等等，他怎么上了两次厕所？

苏徊意百思不得其解，只得安慰自己应该是记混了。他又不是水泵，哪儿有这么强力高频的输出系统？

苏徊意在浴室冲了个澡，出来后又变回了一条鲜活的"咸鱼"。

他下楼时,餐厅里已经没人了,吴妈看到他,立马端了鸡蛋和羹汤出来:"先生让留的。"

苏徊意顿觉如春风般温暖,接过来后问:"我大哥呢?"

他要试探一下苏持的态度,别因为他喝醉了,两人的关系就回到了原点。

吴妈说:"和苏简辰先生一起去公司啦。"

苏徊意一愣,问:"二哥回来了?"

"昨晚就回来了,你们没碰上啊?"

苏徊意惊呆了,心想:没有啊!应该没有吧?

他记得剧本中塑造的苏家老二苏简辰性格刚直、情绪外露,跟苏持截然相反。苏简辰还有一副健硕的体格,光是站在那里就像一堵墙。

在原剧本里,苏简辰是唯一一个给了原角色天灵盖一拳的人!

现在他想到这一拳可能会落到自己脑门上,就一口饭也吃不下了。

苏徊意越想越觉得昨天应该发生了什么,但这记忆它就是不进脑子!

吃过早饭已经快九点,苏徊意给苏持发了微信消息,对方没回,他干脆让司机送自己去苏持公司。

他要赶在直面苏简辰之前搞清昨晚到底发生了什么事。

苏持是在集团总部工作,这个点不堵车,过去也就不到一个小时。

在总部大楼前,苏徊意下了车。保安不认识苏徊意,但认出他乘坐的是苏家的车,立马弯腰把人迎进来。

苏徊意还记得要维持苏家人的体面,于是器宇轩昂地走到前台:"请问苏持在哪一层?"

前台被他的气势震得愣了一下:"董事在顶层,我先打内线

063

帮您问问。请问先生您怎么称呼？"

"苏徊意。"

姓苏！前台的内心再次受到震动，赶紧拨打电话。

电话打完，过了三分钟，大厅一侧的电梯里就走出一名身着正装的男子，他径直走到苏徊意跟前："苏徊意先生，董事还在开会，我先带您上去。我是秦秘书，您可以叫我小秦。"

苏徊意被小秦秘书一口一个"您"叫得头皮发麻，乘电梯上楼时忍不住问："你跟我大哥也这么说话吗？"

小秦一脸严肃："发工资之前的两天是这么说话的。"

"……"苏徊意意味深长地看了对方两眼，"你身上有很多珍贵的品质。"

识时务，又耿直。

董事办公室在第十二层，这一层只有两间办公室，一间苏持的，一间秦秘书的。

苏徊意一路跟着小秦往苏持的办公室走，脑子里情不自禁地浮现出总裁文里的很多情节："秦秘书，我大哥有没有漂亮的女秘书？他肯定很受欢迎吧，有没有什么办公室恋情？你觉得公司里有没有能当我大嫂的小妖……美女？"

秦秘书道："您这很像小说里的台词。"

苏徊意住口了。这秘书思路挺清奇。

苏持的办公室宽敞明亮，落地窗占了整个墙面，整间办公室的装修风格同他卧室一样简洁有格调。

办公桌左侧是小型的会客厅，沙发、茶几一应俱全，右侧是靠墙的大书架，还有一张红木桌，上面放了些资料，还摆了个精美的地球仪。

苏徊意探头："他是想征服世界？"

秦秘书回答:"是为了提升格调。"

苏徊意回头看他:"你以后要是被我哥辞退了,可以考虑来我这里。"

秦秘书:"……"

两人正说着,办公室大门就被推开了。

秦秘书立马垂手立在一边:"苏董。"

苏持看了他一眼,又转向苏徊意,问:"你怎么来了?"

有外人在,苏徊意不好明说,故作羞涩地埋下了头:"想你了啊。"

苏持:"……"

秦秘书:"……"

秦秘书转身出门,动作一气呵成:"不打扰了。"

"咔嗒"一声,办公室大门被关上,室内恢复安静。

苏持松了松领口:"好了,没别人了,说吧。"

拙劣的借口被迅速拆穿,苏徊意也不尴尬:"大哥,我昨天回来的时候醉了。"

苏持冷笑:"能看出来。"

这一笑,苏徊意立马觉得事情不妙:"我没做什么吧?听说二哥昨天也回来了,我没碰上他吧?"

苏持的目光落在他的眉眼上,又顺着眼角滑向他张合的嘴:"你不记得了?"

"记不清了。"他追问,"没碰上二哥吧?"

苏持懂了,道:"原来你是为了老二专门跑这一趟的,就这么怕他?"

苏徊意讪讪一笑:"还好,你们都是我敬爱的哥哥,没什么怕不怕的。"

"看来你只有喝醉了才诚实。"苏持说完,不知道想到了什么,愣了一瞬，又恢复如常，"你们碰上了，但你喝醉了没认出他来。"

还真碰上了！

苏徊意背后冒汗，他觉得自己就算没喝醉也认不出苏简辰。

苏持又道："你们打了个招呼就分开了。"

苏徊意松了一口气，那看来没什么问题："对了大哥，我怎么记得我上了两次厕所？"

苏持冷眼看着他，心想一次未遂，一次既遂，姑且也算两次："你尿频尿急。"

"……"苏徊意扶额，"我总觉得你在骗我。"

"不信就算了。"

"没有没有！"苏徊意赶紧解释，"我是怕冒犯了大哥和二哥。"

苏持冷笑一声："你以前怎么没怕过？"

苏徊意觍着脸凑过去："少不更事，不提了不提了……"

苏持瞥了他一眼，没再说什么。

上午的会议结束后没有别的安排，这会儿时间快到十一点了，公司的员工餐厅已经开了门，苏徊意干脆跟着苏持去餐厅吃午饭。

"你不是董事吗，为什么还要去员工餐厅吃饭？"

"董事也是公司的员工。"

两人进了电梯，苏徊意忍不住道："大哥，你的办公室怎么在顶层？遇到火灾、地震都不好跑，很不安全。"他替人谋划，"你应该待在最好跑路的……"

"比如前台？"苏持送上选项，"或者地下停车场？"

苏徊意："……"

"叮"的一声，电梯停在三楼。

苏徊意正扭头同苏持阐述"打造十二层高的旋转滑梯"的奇思妙想，电梯门就开了。

门外侧身站着一个高大刚硬的身影，对方听到声响，一转头，厌恶的目光就落在了苏徊意身上。

苏徊意还没反应过来这是谁,就听苏持叫了一声:"老二。"

苏徊意的鼻孔瞬间变大。

苏老二!天灵盖!

他怎么忘了,苏简辰出差回来,今天肯定要到总部述职。

苏简辰看他的眼神就像看到了一只苍蝇,径直对苏持道:"他怎么在这儿?"

苏持没说话,苏徊意摸摸鼻尖:"二哥,我……"

苏简辰压根不想听这心机养弟的鬼话,掉头就走。

苏徊意腹诽:看来自己被苏简辰单向屏蔽了。

苏持把人叫住:"老二,你难得来总部,午饭一起吃。"

苏简辰猛地回头:"我看到他就吃不下饭!"

三人站在餐厅门口,十分惹眼。周围已经有员工往这边看了,苏持沉下脸:"你是吃糠长大的不成?"

苏徊意发现他大哥的反讽可能是不分对象的,苏家上下六口人,苏持雨露均沾。

苏简辰也意识到自己的失态,只能端了盘子跟在苏持后面,全程不看苏徊意一眼。

苏氏总部的员工餐厅打造得很好,比得上星级酒店的自助餐厅。苏持挑了张靠窗人少的餐桌,几人落座时,苏简辰陷入纠结。

他不想坐苏徊意旁边,离得太近;又不想坐他对面,会看到那张脸。

苏简辰卡在了半空中。

苏徊意看着苏简辰紧绷的臀腿,出言夸赞:"好标准的马步。"

苏简辰瞪了苏徊意一眼,坐在了他对面。

员工餐厅的饭菜味道很好,苏徊意打了份咖喱鸡块,夹了点烤培根和玉米,埋头刨饭。

苏持和苏简辰在谈工作上的事，即使是在餐桌上，两人也是背脊挺直，姿态优雅，端着碗，轻轻拿筷子把食物送到嘴边，细嚼慢咽。

不像苏徊意，拿头去追碗。

一顿饭快结束时，苏徊意从碗里抬起头。苏持的神色还算淡然，苏简辰的心情就相当复杂了，他难得主动同苏徊意讲了一句话："你怎么变成这样了？"

苏徊意一脸问号。

下一刻，他听见苏持发出了一声短促的嗤笑声，几乎轻不可闻。

吃过饭，几人在电梯口分开。苏徊意跟着苏持乘电梯上楼，问出心中的困惑："二哥怎么这么讨厌我？"

他刚刚捋了一下时间节点，回忆了一下剧本内容，比起后面的剧情，原角色在这之前也只是一些小打小闹，苏简辰说现在看他一眼就吃不下饭了，那是怎么忍受原角色到大结局的？

苏持起初以为这人又在装"白莲花"，但很快发现苏徊意是真的感到困惑，不由得顿了一下，问："你心里真的没数？"

苏徊意低头抠手："给点提示嘛，我也好去和二哥道歉。"

他算是怕了隐藏剧情。

"叮！"电梯门开了。

苏持一边走出电梯，一边说："老二出差前，爸送了他一盆罗汉松，你也有一盆。你把老二的那盆从楼上推下去摔碎了，转头跟爸说老二觉得你那盆更好，不喜欢自己那盆。其实老二特别喜欢，而他现在看到你就想到那盆罗汉松。"

苏徊意理解了。

高空抛物还要倒打一耙，原角色真是好不要脸。

他现在感同身受，他好生气！

也不知道苏简辰有没有在寂静的夜里抱着那盆破碎的罗汉松低声啜泣……

回到家，苏徊意"噔噔噔"地跑上楼，从自己卧室里找出了那盆罗汉松。

苏纪佟送的盆景，光花盆就价值不菲，更别说里面那棵造型精巧的罗汉松。

盆景有点沉，苏徊意将其抱到苏简辰的房间时，感觉胳膊都酸了。

他小心地把盆景放在阳台上，低头一看手指，全是一道道被盆底硌出的红印子。

"二哥，对不起。我的这盆罗汉松赔给你，请原谅我吧！"

苏徊意留下一张字条，还在上面画了个跪拜的小人，小人头顶是一撮翘起来的头发，屁股撅得老高。

做完这些，他又溜了回去。

苏徊意下午给孙河禹打了个电话。

昨天看了酒厂，他打算先进两百万的酒，如果前期销路可以，之后再投两百万。

他想过了，酒这种东西，就算卖得慢了些也不会过期。更何况有岭酒在前，昆酒要是投对了，收益肯定翻倍。

孙河禹比较慎重，只投了一百二十万，周青成跟着投了一百万。初步达成意向后，他们约了后天同酒厂签订合同。

苏徊意跟孙河禹一直聊到晚饭时间，两人正在构想一夜暴富的美好蓝图，苏持就回来了。

苏徊意坐在客厅里，听到玄关处传来的响动，赶紧同孙河禹小声道："我哥回来了，先不说了！"

孙河禹无语："投资被你搞得跟做坏事一样。"

苏徊意直接挂断电话。

苏持走进客厅："又在和你一起喝酒的朋友打电话？"

苏徊意含糊地"嗯"了一声，企图转移话题："大哥，怎么没看到二哥跟你一起回来？"

"有事？"

"我想跟二哥道歉。"苏徊意跃跃欲试，"你说我要不要给二哥也做点爱心便当？"

苏持挑眉："你是想从根源上解决问题？"

比如直接解决这个人。

苏徊意："……"

没过多久，苏简辰也回来了，跟苏持打了个招呼后就径直上楼了。

苏徊意赶紧从沙发上滑下来，顶着一撮翘起来的头发，"啪嗒啪嗒"地撵上去。

苏持靠在客厅一侧的长桌边，抱着一只胳膊在看手机，听见声响抬了抬眼皮子，又垂了下去。

苏简辰的卧室在二楼左手第一间，离苏徊意的卧室最远。

苏简辰刚进卧室换好衣服，门就被扣响了："谁？"

门打开，露出苏徊意那颗毛茸茸的脑袋，他看了苏简辰一眼，不等人把他赶出去就像条沙丁鱼一样贴着门缝溜了进去，并且反手关上了门。

"二哥。"

"谁让你进来的，出去！"苏简辰拧着眉大步走过去，伸手就要把他拽开。

苏徊意看到苏简辰这副恨不得给他两拳的架势就心虚得厉害，他靠着门企图汲取一些力量："二哥，我把罗汉松给你搬过来了。"

苏简辰捉人的手一滞，面上表情却更加恐怖："滚出去！"

苏徊意颤抖着手指向阳台:"之前是我不好,我现在知道错了。我把我那盆赔给你,二哥你可以不原谅我,但是别再生气了行吗?"

那句"可以不原谅"真的很卑微。

苏简辰看他耷拉着眼角,像是要哭,脑中突然跳出昨晚厨房门口那一幕——蜿蜒的水渍顺着苏徊意耷拉的眼角滑落,凝成一颗水珠,挂在弧度优美的下颚。

平心而论,这样的苏徊意很容易让人产生保护欲。

如果不是苏简辰知道面前这人品行恶劣,他几乎就要摆摆手说"算了"。

但这是苏徊意,那个颠倒黑白、不知感恩、无数次踩踏别人底线的歹毒养弟。

苏简辰转身走向阳台,把那盆罗汉松端回到苏徊意面前,厌恶地道:"拿走!"

苏徊意继续丢出苦情戏的台词:"我既然给了二哥,就不会再收回来!"

"那好。"苏简辰突然将罗汉松高举到头顶,作势要摔下来。青筋从他的手背蜿蜒至小臂,可见用力之猛。

苏徊意吓了一跳,硬着头皮扑上去,双手握住苏简辰的手腕:"二哥,别摔!"

这要真摔了,他俩的关系就彻底破裂了。

苏徊意的手指纤长,握在苏简辰的手腕上,力量对比很鲜明,画面看上去居然有种诡异的张力。

苏简辰正想挣开苏徊意,蓦地瞥到对方指尖那几道红痕,力道松了几分,差点没拿稳那盆罗汉松。

苏徊意大惊失色:"二哥……别摔着了,会开花的!"

"你编理由也切合实际一点,罗汉松能开什么花?"

苏徊意语气悲怆:"我说我的头。"

苏简辰："……"

苏简辰还是把罗汉松放了下来，态度却未见缓和："我要是收了，你就又变成大好人了是吧？我嫉妒你的那盆比我好，撒气把自己的摔了，懂事的你就把自己那盆送给我，哄我消气？"

苏徊意的小脑袋摇得像拨浪鼓："不是不是，是我摔的，我坏坏，这盆是我赔你的。"

苏简辰沉默了十来秒，随后道："好啊。"

苏徊意愣住："嗯？"

"你去跟爸实话实说，说了我就原谅你。"

苏徊意对上苏简辰嘲弄的目光，抿了抿唇。

苏简辰："呵，我就知道你……"

苏徊意："好，晚上吃饭的时候我就和爸说。"

苏简辰愣住，苏徊意转身出了门。

门被"砰"的一声关上，室内归于寂静。苏简辰看着手里的盆景，怔神半晌，讽刺地"哼"了一声。

苏徊意走出门后，立马像块软塌塌的果冻，贴在了走廊一侧的墙上。

妈呀，吓死人啦！苏简辰好可怕，站在他面前举着那盆罗汉松时跟泰山压顶似的。

有好几个瞬间，他都以为自己要陨落于此了！

苏徊意扶着楼梯扶手慢慢下楼，感觉腿都在打战。他穿过客厅去往厨房，经过苏持身边时膝盖一软，差点给人磕了个头。

苏持纡尊降贵地拉了他一把："你……"

"仿佛刚下床，走路要扶墙。"苏徊意神情恍惚。

"……"苏持跳过这个话题，"你去厨房做什么？"

苏徊意凄凉一笑："去看看我最后的晚餐丰盛不。"吃了好上路。

苏持沉默。

晚饭前，苏纪佟和于歆妍一起回到家。

两人今天和老朋友见了一面，苏纪佟现在事业有成、夫人美貌贤淑、几个儿子也都出类拔萃，与人谈及家事可谓春风得意。

苏纪佟正装都还没换下，脸上泛着红光，直接进到厨房嘱咐吴妈："晚上多加几个菜，庆祝一下！"

吴妈笑容满面："先生今天心情好，是要庆祝什么？"

"庆祝事业有成、家庭和睦，老天爷待我好啊！"

于歆妍嗔了丈夫一眼："多大的人了，还这么不稳重！先上楼换衣服。"

夫妻两人相携回房，走到二楼楼梯口时，苏简辰正好推门出来："爸妈回来了。"

"回来了。"苏纪佟应了声，乐呵呵地上了楼。

苏徊意坐在客厅外的走廊上，面对着小庭院。刚刚苏纪佟一回家他就躲到了这里，他需要先酝酿一下情绪。

"哗啦。"背后的推拉门忽然被推开。苏徊意回头，苏简辰正居高临下地看着他。

夕阳西下，天色暗了下来，屋内的光线落入走廊，高大的身影挡住了光亮，在他头顶投下一片阴影。

"爸妈都回来了。"苏简辰说，"记住你说过的话，你坦白了，我就原谅你。"

餐厅里，满桌佳肴，还开了一瓶红酒。

苏纪佟满面喜气地举起酒杯："来，今天加餐了！"几只酒杯在餐桌上方一碰，发出"哐啷"几声响。

苏徊意端着酒杯送到唇边抿了一小口，心想好丰盛的"断头饭"，还给他喝酒壮胆。

他深呼吸几下，做好心理准备，正要开口，苏纪佟就先一步说话了。

"今天我才知道，你们何叔叔家那俩孩子真是不省心。老大包养了一个小明星，老二把这事捅了出去，你们说兄弟感情怎么会这么差？"

苏纪佟说完，瞥见苏徊意张开的嘴，问："你也很惊讶，对吧？"

"嗯……"苏徊意缓缓合上嘴，低头扒了口白米饭。

苏纪佟继续道："老大转头就跟他爸说，老二脚踏三只船，还不如他包养小明星一心一意。你们说，哪有兄弟这么互揭老底的？"

苏徊意猛地呛了一下。

苏简辰哼出了声："这就是相处了十几二十年的兄弟，知人知面不知心！"

接下来的时间，餐桌上的话题便围绕"塑料兄弟情"展开，连于歆妍都加入了讨论。

苏徊意膝盖中箭，全程一言不发，他看苏持也没说话，不由得投去一个询问的眼神。

苏持意味深长地回望他，意思很明显：不过是些闹剧。

苏徊意："……"

一顿晚饭在激烈的讨论中走向尾声，苏纪佟举杯发表最终感言："家和万事兴，还是你们让我省心！"

水晶灯璀璨夺目，仿佛在苏纪佟周围洒下了一层充满荣誉的星辉。

苏徊意手一抖，挑落两颗大米。他抬头看向苏简辰，对方也正看着他，目光中仿佛带着刀子。

苏徊意放下碗筷，舔了舔嘴唇，道："爸。"

感言被打断，苏纪佟转头看向他："怎么了？"

苏徜意定了定神,双手放在腿上,态度诚恳:"我要认错。"

苏纪佟若有所感地卸下"星光",于歆妍也放下筷子看过来,苏持依旧淡定地吃饭,似是对接下来的事有所预见。

苏徜意道:"二哥的罗汉松,是我摔下去的。"

一旦开了这个口,后面的话就容易说出来了。苏徜意一字一句道:"我怕被爸爸骂,所以说是二哥自己摔的。"

苏纪佟撂下碗筷,脸色逐渐严肃起来。

饭桌上前一秒还喜悦祥和的气氛顷刻间烟消云散,仿佛山雨欲来,乌云压顶。

苏徜意并没有就此停下。

他认真地剖析自己罪恶的心路历程:"我觉得二哥那盆罗汉松更好看,就把他那盆摔了下去。不但如此,我还编造借口污蔑二哥,把自己的错误嫁祸到二哥的头上。"他继续忏悔着,"是嫉妒蒙蔽了我的双眼,扰乱了我的心智,让我鬼迷心窍……"

"哐啷!"一声,有人摔碗。

苏徜意的话音戛然而止。

摔碗的不是苏纪佟,而是苏简辰。

苏简辰双唇抿成一条直线,胸口上下起伏着,那张刚正的脸上生出些愠恼。

苏纪佟的注意力迅速转移到苏简辰身上:"老二?"

苏简辰也不知道自己怎么了。

大概是没想到苏徜意会坦白到这种程度,原有的臆测被现实推翻,以至于目的达到时他的心中却没有一丝舒畅与快感。

"够了!"苏简辰哑着嗓子,重重地喘了口气,"我知道你不是故意的,你不用特意这么说。"

苏徜意从被苏简辰打断时就面露惊讶,这会儿更是一脸"你在说啥"的表情。

苏持也不吃饭了，抬起头看着苏简辰。

苏简辰觉得自己现在看上去肯定很蠢，一点也不像个打了翻身仗的人。

他不顾其他人各异的眼神，"咚"的一声撞开座椅站起身，恼羞成怒地朝苏徊意吼道："你跟我过来！"

苏徊意身躯一颤：过去挨打？

苏纪佟看着小儿子跟着二儿子走了出去，接着大儿子也站起来跟在他们后面，忽然觉得自己的存在很多余。

三个儿子都走了，苏纪佟转向于歆妍："唉，怎么连小意这么乖的孩子也会撒谎？"

于歆妍比丈夫淡定，道："哪有人从不犯错的，小意能在这样的气氛下坦白，说明他是在诚心认错了。"

苏纪佟有被安慰到，回道："说的也是，我只希望他们兄弟几个能相亲相爱，不要因此生出嫌隙。"

于歆妍说："老二都把小意叫到外面去了，代表他是愿意交流的。"

苏纪佟忧心忡忡地道："但老二个性冲动，你说他俩会不会打一架？"

于歆妍提醒道："不是还有老大在嘛。"

苏纪佟悟了："夫人是说会打群架？"

于歆妍："……"

第四章

客厅外面的小庭院内,木质走廊上落满橘色的灯光。假山下是一个人工荷塘,水面平静,偶有微波粼粼。

苏徊意站在走廊底下,面前是一脸烦躁的苏简辰,身后是靠门站立的苏持。

他那两撮翘起来的头发抖了抖,小脑瓜里的想法瞬息万变:要是一会儿苏简辰的拳头落下来,他是该用后脑勺接,还是用天灵盖接?

苏简辰道:"苏徊意。"

"嗯?"这还是苏简辰第一次开口叫他的名字,苏徊意抬头就撞进对方那双情绪复杂的眼睛,"二、二哥。"

"你到底是什么意思?"

苏简辰没有动手,而是心浮气躁地来回踱了两步,又看向苏徊意的双眼:"你知道这样说的后果是什么吗?爸对你的印象会大打折扣,甚至可能不再信任你、宠爱你。"

苏徊意愣了愣,才反应过来苏简辰不是要打他。

"你不是他的亲儿子,你知道失去信任意味着什……"

"但我不值得爸的信任。"苏徊意轻声打断他,"错了就该认错,我说到做到。"

苏简辰无言以对。

做错事的人在得到惩戒之前会让人觉得可恨，可主动付出了过大的代价又会让人于心不忍，觉得罪不至此。

苏简辰暗骂自己有毛病，明明要求是自己提的，怎么到现在又后悔了？

其实苏简辰倒宁愿苏徊意什么也没说，自己才好心安理得地继续对苏徊意恶语相向，而不是像此刻一般进退两难。

苏徊意看着苏简辰的神情就知道对方在纠结什么："盆景的事，还有以前很多事，都是我不好，认错是应该的。二哥不必这么快就原谅我，我以后会慢慢弥补回来。"

话落，庭院内陷入短暂的静默，只能听到苏简辰粗重的喘息，像在挣扎些什么。

"我去！"半响，苏简辰忽然骂了一声，接着瞪了苏徊意一眼，便握拳转身离开了，"随便你！"

苏简辰的背影越过推拉门消失在客厅拐角。

小庭院内又恢复了安静，夜风习习，只剩两个人的身影。

苏持从刚才起就一直站在那儿，什么话都没说。他和苏徊意隔了四五米的距离，背对客厅，客厅里透出来的光落在他高大的身躯上，显得他肩平直、背宽广。

两人的视线在空中交汇了几秒，苏持缓步走下走廊，走到苏徊意跟前，问："真心认错了？"

苏徊意连连点头，如同小鸡啄米。

见苏持没有继续说下去的意思，苏徊意便问："大哥，你跟过来干吗？"

靠在门框上跟张对联似的。

苏持说："看你跟老二走了，我怕他揍你一顿。"

苏徊意一愣。

大概是夏末的晚风有些柔和,在这样一个暗沉的夜晚,橘色的灯光洒过来,苏徊意看着面前这张褪去讥冷的脸,竟觉得他这个大哥其实心很软。

苏持缓缓道:"特意带了手机过来,准备随时拨打120。"

苏徊意:"……"

第二天早饭前,苏纪佟将苏徊意叫到一边。

苏徊意愧疚又伤感,自己唯一的"金大腿",从今往后怕是抱不住了。他垂头道歉:"爸,对不起,昨天让你心情不好了。"

"谁跟你说我心情不好了?"苏纪佟莫名其妙。

苏徊意猛地抬眼,难道不是?

"问题及时得到解决,比表面和睦更让爸爸高兴。"苏纪佟看着苏徊意那撮翘起来的头发晃来晃去,叹了口气,伸手将其捋平,苏纪佟现在已经捋得相当娴熟了,"勇于承认错误就是好孩子,但是不要为了赎过就自污。"

苏徊意以眼神表示疑问。

"老二都跟我说清楚了。"苏纪佟拍拍苏徊意的脑袋瓜,语重心长地道,"以后要和哥哥们好好相处啊。"

言罢,苏纪佟高深莫测地负手离去。

苏徊意一口气憋在胸腔里:你倒是再多说两句啊!

他完全不懂这话是什么意思。什么叫"自污"?他本来就很污,污得不能再污!

早餐过后,苏徊意偷偷拉住正要出门的苏持。

"你知道二哥跟爸说了什么吗?"

苏持斜了他一眼:"建议你直接询问当事人。"

苏徊意羞涩地道:"我不好意思。"

"那你好意思问我?我是万能的?"

苏徊意噎了一下。他总不能说"我看过剧本了，你就是最厉害的那个。"

他凑近了点，阿谀奉承："天底下就没有大哥不知道的事。"

苏持的目光在他脸上定格了好几秒。

苏徊意看见苏持的睫毛垂下来，在下眼睑处投下半圈阴影，听到他道："可我现在就有一件不太清楚的事。"

玄关的灯光落在大理石地板上，反射出一道冷光。有一瞬间，苏徊意几乎以为自己要被看穿了。

他咽了口唾沫，问："大哥你有什么不清楚的……干吗看着我？"

苏持的目光深不可测，他反问："不然呢？"

苏徊意小心建议："你可以看看锅。"

锅里还有鱼片粥，想不清楚应该是脑子不够用。

苏持似笑非笑地道："你是觉得我该补补？"

苏徊意羞赧地垂头。

苏持盯着他看了片刻，随即收回眼神，说："不用了，留给最需要的人。"——比如你。

苏徊意谦让道："大哥不必委屈自己。"

苏持淡淡道："不委屈，你正在长身体。"

苏纪佟走过来就看到这幅兄友弟恭的画面，丝毫没感受到底下的暗流涌动，只觉欣慰：小意还是乖的，自己刚说了要和哥哥们好好相处，他立马就照做了。

"都别客气了，晚上让吴妈再做点，你们一起喝。"

"喝什么？"苏简辰从客厅里走出来，早上这个点，家里三个男人都要出门工作。

苏纪佟说："鱼片粥。"

苏简辰尚不知鱼片粥背后的含义，还主动争取道："那我也喝点好了。"

苏持："……"

苏徊意："……"

苏简辰皱眉,问:"大哥,你们这是什么眼神?"

苏徊意说了句"没什么",苏持则拍拍苏简辰,道:"老二,你可以多喝一点。"

苏纪佟虽然不明白到底发生了什么,但为了融入气氛,也有样学样地拍拍苏简辰,道:"你大哥说得对,老二,你可以多喝一点。"

话题莫名转到了鱼片粥上,苏徊意求之不得。

三个男人出门后,苏徊意松了口气,心想难道是自己转变太快,引起了苏持的怀疑,只是不知道为什么,苏持暂时没再追究……

自从和苏简辰达成了和解,苏徊意做的"爱心便当"就成了双人份。

苏简辰第一次收到"爱心便当"时,差点把它当成苏徊意的挑衅。他正要怒目而视,余光瞥见苏持面不改色地吃了下去。

苏简辰瞬间目瞪口呆。

苏徊意还在旁边,扒着桌沿看他,可怜巴巴地道:"二哥,你怎么不吃呢?你是还没原谅我吗?我就知道……没关系,你可以不原谅……"

苏简辰狠狠一闭眼睛,张嘴就把便当吞了下去。

吴妈于心不忍,之后几天都拉着苏徊意悉心传授烹饪技巧。

在一个上午,苏徊意的胡萝卜烧肉刚出锅,孙河禹的电话就来了。

"我快到你家了,接你一起过去。"

苏徊意心生感动,并略带吝惜地报以回馈:"我给我哥哥做了胡萝卜烧肉,要不给你也装点?"

电话那头的孙河禹打了个哆嗦:"不用了,谢谢。"接着他又问,"你哪个哥哥?"

苏徊意一字一顿地道:"哥,哥。"两个哥。

"……"孙河禹反应了好久才听懂,脸上浮现出佩服的神情,"厉害了,double kill(双杀)!"

孙河禹到苏家时已经是上午十点半。

苏徊意手里提了个小饭盒,闯入孙河禹视线的一刹那,他听到了车门从内上锁的声音。

苏徊意脚步一顿:过分了。

孙河禹只把车窗打开了一道细缝,仰头露出一张嘴:"人来了就行,还带什么东西!"

苏徊意三两步走近:"家里阿姨做的寿司。"

"咔!"车门一秒打开。孙河禹瞬间变得热情好客起来:"你们请进。"

那个"们"字十分刻意,仿佛对象只是寿司而已。

苏徊意坐进车里才发现孙月也在:"孙小姐你好。"

孙月有点激动:"小可爱不必这么生疏,叫我名字就行!"

苏徊意侧头看孙河禹,以眼神询问:小可爱?

孙河禹干咳了一声,在心里回答:节选自"可爱废柴"。

"你要是不喜欢'小可爱',我也可以叫回'小火车'。"孙月性格外向,一路上叽叽喳喳,车内气氛很活跃。

签合同的地点是家会所,苏徊意他们到时,周青成跟酒厂负责人已经等在那里了。

几人打过招呼就坐下开始进行商议。

有孙河禹的关系在,几人直接低价从酒厂进货,相当于昆酒的首批经销商,日后销路如果好,利润可以直接预见。

苏徊意全程相当认真,毕竟决定了要送苏纪佟夫妻一份礼物,他希望在自己能力范围内买最好的。

他不是原角色,对于苏家的恩情接受得没有这么心安理得,至少想要回报点什么。

孙月这次跟来主要是因为苏徊意。经过上次的相处,她越发觉得这人跟传闻里的不一样,很有发掘潜力,适合作为人物传记的主角。

这会儿,酒厂负责人已经把合同发给在场三人了,孙月心想苏徊意应该不会看,就想找他聊天,结果转眼看见后者姿态娴熟地翻开合同看了起来。

孙月见状一脸疑惑,她拉了拉孙河禹,问:"他能看懂吗?"思及苏徊意上次射击时的姿容,她又道,"他该不会又是在磨炼心性……"

苏徊意幽幽地道:"我听得到。"

孙河禹替自家妹妹道歉:"她总是不小心把心里话讲出来,但没有恶意。"

苏徊意:"……"

考虑到孙河禹是未来的合作伙伴,苏徊意缓缓呼出一口浊气,继续看合同。

待双方签完字后,负责人就带着合同离开了。

几人要了个小包间,准备吃过饭后下午接着玩会儿。

虽然这家会所是主打娱乐项目,但最大的特色其实是东南亚菜,许多网友点评称这是一家"被娱乐耽误的东南亚特色餐厅"。

包间内,菜品端上来摆了一桌,有咖喱海虾、蕉叶包鱼、米纸卷、红薯鸡块、菠萝饭……

苏徊意还是第一次吃东南亚菜,眼睛瞬间放光。他甚至拿出手机拍了一张，毫无格调。

对面的孙月手一抖，一块鸡肉"啪嗒"一声落在桌面上："你在家里真的没被虐待？"

苏徊意的眼神收敛了一点，他打开微信发送照片，向几人展示对话框："我只是想同我哥分享我的午饭。"

苏徊意：大哥，我中午和朋友一起吃的东南亚菜，吃得很开心，你不用担心我。

随后他还附上了食物的照片。

几人瞳孔一缩：养兄弟之间有必要这么腻歪？

然后众目睽睽之下，苏持的回复到了。

苏持：被绑架了？

苏徊意："……"

在其余几人复杂的眼神中，苏徊意神色自若地收回手机："我大哥总是这么幽默。"

其余人："……"

苏徊意谨记交友原则，吃过饭后主动提出买单。

会所分了东西两个区，从餐厅去包间的路上正好路过前台，苏徊意拐去买单，让周青成几人先去包间坐着。

前台除了服务生以外还站着一名男子。苏徊意起初以为是买单的客人，正想排在后面等着，男子就转了过来，露出一张斯文的脸。

对方在看到苏徊意时眼中闪过一丝赞赏，随即侧身道："你先请。"

苏徊意点头谢过，上前一步报了包间号。

前台在电脑上操作时，苏徊意感觉到男子的目光一直落在自己身上，他忍不住转头道："请问您有事吗？"

男子嘴角勾了勾。这人看起来很年轻，双眼弯起时眼角却有些细纹，应该是常笑："敝姓胡，是这家会所的经理。小朋友是第一次来吧，对这里的评价怎么样？"

苏徊意今天出来只穿了身简单的卫衣和牛仔裤，和他在现实世界的形象气质比较接近，乍一眼看去，毫无矜贵之气，倒像个大学生。

苏徊意说："挺好的，菜好吃。"

男子笑道："那就拜托你帮我们点个好评，作为答谢，你这单我请。"

苏徊意很疑惑。

是他见识太少吗？怎么没听说这样就能免单？

苏徊意挪开了一点，心生警惕："不必了，胡先生，谢谢你的好意。"

一只稍显瘦长的手搭在黑色大理石台面上，指尖轻轻点了点台面："别误会，我看你的年纪也不大，这单消费不低，你承受起来……"

苏徊意拿出卡一刷："不用，我啃老。"

男子："……"

苏徊意的背影消失在走廊拐角，男子笑了笑，随即也转身离开。前台的服务生如履薄冰，全程低着头，一个眼神都不敢乱瞥。

她家老板干吗自称是会所经理？不过刚才那位小哥哥长得可真好看！

苏徊意跟孙河禹他们玩到下午五点就回家了。

晚饭是苏家人工作一天后聚在一起谈心的时间，他不能错过。

苏徊意回到家时，三个男人还没回来，只有于歆妍跟吴妈坐在客厅里唠嗑。

于歆妍看到苏徊意就"哎呀"了一声："小意，那盆罗汉松你不是搬去你二哥房里了吗？那个阳台经常晒不到太阳，你记得偶尔拿去小庭院晒晒。"

苏徆意和苏简辰的卧室朝向相反，罗汉松在他阳台养着的时候能时不时被晒一晒，现在换了个地方，苏简辰又忙着工作，估计不怎么顾得上。

苏徆意瞧了一眼外面的日头，虽然不大，但也还没完全落下："我现在就去搬吧。"

将罗汉松从楼上搬到楼下，他指尖上又多了几道红痕，痛倒是不痛，但特殊体质总让他看起来像被凌虐了一样。

苏徆意站在庭院里搓着指尖，颇为无语。

而他刚找到个好的安置点，客厅里就传来一阵响动，只是隔着推拉门，声音并不明显，直到苏持拉开门迈入走廊，苏徆意才察觉到他大哥回来了。

"大哥。"

"嗯。"苏持懒懒地应了一声，目光落在他绯红的指尖上，估计是猜到原因，所以没问什么，只说，"中午又是跟喝酒的朋友一起出去的？"

孙河禹跟周青成还不知道他们在苏持心里逐渐等同于"把苏徆意灌醉的损友"。

"嗯哪。"苏徆意含糊一答，怕苏持追问，立即转移话题，"哥，你看着我。"

苏持抱起双臂好整以暇地看向他。

苏徆意"嗒嗒"两步凑近，翘起来的一撮头发差点杵到苏持眼眶里去。

苏持仰头皱眉："你是牛吗？"

苏徆意讪讪地按住那撮头发，问："大哥你看我，我长得很穷酸吗？"

苏持正想例行嘲讽，对上那张脸又顿了一下。苏持沉默了两秒，归结于外因："人靠衣冠马靠鞍。"

苏徊意拧眉沉思，所以是自己穿得太普通了？

他同苏持分享今日奇闻："今天我去结账，他们经理找借口要替我免单。"

苏持的眉头微不可察地动了一下："你们去的是什么饭店？这么不正经。"

苏徊意心说也不至于不正经："是个会所，我没记名字。"

苏持："那你让人免单了吗？"

苏徊意摇头："当然没有！"

苏持教育他："这就对了，家里又不是没钱，那种莫名其妙给你免单的人一般都怀有别的目的。"

苏徊意觉得苏持又在鄙夷他的智商了，他又不是傻蛋，怎么可能什么都不懂："我知道，哥你少看不起人了。"

苏持也觉得自己刚刚是脑子被饭团糊住了，论起心机，自己这个养弟未必不及自己。

苏徊意理智分析："第一次给你免单，是为了引诱你二次消费，等你成为他家的忠实顾客，就到了宰熟的时刻。"

苏持："……"

"呵，拙劣的消费陷阱罢了。"苏徊意轻蔑地嘲讽完，又转头向苏持求证，"哥，我说得对吧？"

苏持缓缓吸入一口新鲜空气："说得不错，建议你下次当场拆穿他的把戏。"

苏简辰到家时，刚好遇上苏持从小庭院走回客厅，且浑身散发着淡淡的"莲气"。

苏简辰眉头微蹙，庭院养莲花了？

087

他往庭院里望了一眼，莲花没有，只看见走廊下隐隐露出个头顶，还有一撮翘起来的头发迎风飘动。

苏简辰心下稍定，原来是跟小"白莲"说话时沾上的。他就说，他大哥怎么会散发"莲气"呢？

苏徊意这会儿正拿着个小铁锹在给罗汉松松土，推拉门"哗啦"一声响，苏徊意以为是苏持又回来了，头也没抬地道："大哥，咋啦咋啦？"

"你在干什么？"

醇厚的声音从头顶响起，苏徊意抬起头才发现是苏简辰。他赶紧站起来，速度之迅猛以至于眼前蓦地一花。

苏徊意撑着额头正要软下去，胳膊就被人一提。

两三秒后他恢复如常，缓缓直起身："二哥，你回来了。"

苏简辰松开手，用目光示意他解释一下脚边的那盆罗汉松。

苏徊意心领神会："罗汉松好久没晒到太阳了，我搬到庭院里来晒一晒，松松土。"

苏简辰问："你不是都送给我了？"

苏徊意立即说："所有权归二哥，我只是个志愿者。"

"……"苏简辰无语，"随你。"

苏徊意趁机顺着杆子往上爬："那以后我和二哥一起照顾它。"

苏简辰瞥见他手心的泥土和指尖的红痕，拒绝的话咽了回去："你别养死了就行。"

"不会的，"苏徊意觉得苏简辰多虑了，"它能长寿到把我送走。"

晚餐只有于歆妍和兄弟三人一起吃，苏纪佟有饭局，起码要九点钟才能回来。

晚餐过后，吴妈来收碗筷，于歆妍坐着没走："吴妈，你下周就要回家了吧?"

碗盘叠在一起当当作响,吴妈"哎"了一声:"四天后回去。苏徊意先生有孝心,他还说我不在的时候由他来下厨呢,不过我要是能提前回来,肯定尽早。"

于歆妍心底顿时警铃大作:"那你还是尽早回来好了。"

吴妈:"……"

吴妈收了碗筷,又探身越过门厅看了眼外面的天色:"下午天气还好好的,这会儿怎么突然这么暗,我看着还在刮风,估计会下大雨。"

于歆妍起身:"我也看着像是。我去跟纪佟打电话说一声,让他早点回来。"

苏徊意这会儿已经回了房间,他同孙河禹、周青成两人在微信上聊了会儿,约定下个月去考察一下各地的销售点。

苏徊意是真的想要挣钱,孙河禹跟周青成则是闲得无聊找事干,反正跟着苏徊意一起还蛮有趣。

三人挂了通话已经是一个小时之后。

房间里恢复安静,苏徊意这才听到外头有窸窣的声音。

他走下床拉开阳台窗帘,只见外面一片漆黑。宅院四周的树木被风刮得枝叶乱飞,风透过阳台门空隙挤进来,发出呜呜的声响。

这是要下暴雨的前兆。

夏末秋初的夜晚是该有一场倾盆的暴雨,将整个夏日囤积在空气中的燥热全部洗去。

苏纪佟说九点回来,但八点左右楼下就传来汽车鸣笛声。

苏徊意的阳台靠着院门一侧,他往外一看便瞧见黑暗中扫过两道白晃晃的车灯。

风刮得更猛烈了。

司机将车停在院门前，苏纪佟刚打开车门就有豆大的雨点砸下来，顷刻间，雨水"哗啦"浇落一地。

从院门到宅门还有很长一段路，苏徊意赶紧跑下楼，拿了伞桶里的雨伞就推门撑开往院门走。

夏夜的疾风骤雨来势迅猛，不过下楼的工夫地上便已经全湿了，草坪上被砸出泥洼。苏徊意穿着拖鞋，深一脚浅一脚地跑到院门口，苏纪佟透过车窗看见他，顿时激动地道："小意！"

"爸，雨太大，我来接你！"声音被吹得支离破碎，车门打开，一把伞遮在车门上方，苏徊意背后淋了个透。

苏纪佟从车里出来，伸手揽过小儿子的肩，将两人都拉到伞下，语气带了淡淡的责怪和疼惜："全淋自己身上了。"

父子两人顶着狂风暴雨，撑着伞往大宅门口跑。其间，苏徊意感觉自己快被风刮跑了，裤脚贴着小腿，脚下都是雨水和泥水，鞋袜也全被打湿了。

离大门还有五六米时，门突然从里打开，明亮的光线破开黑暗，照亮了两人脚下的石子路。

苏徊意从伞下抬起头，就看见站在门口的苏持，对方的身形一如既往的高大、沉稳、挺拔。

隔了层雨幕，苏持眼里的情绪复杂难辨。

从外面回到室内的一瞬间，仿佛进入了另一个世界。苏纪佟和苏徊意站在玄关，浑身雨水，滴滴答答地落了一地板。

苏纪佟关门收伞，苏徊意像小狗抖毛一样甩了甩脑袋，水珠猝不及防地溅了苏持一脸。

苏持："……"

这次苏持难得没有出言嘲讽，只将外套脱下来扔在苏徊意脑袋上："先用这个随便擦擦。"

苏纪佟见状很欣慰："还是老大最会体贴人。小意，你赶紧上楼洗个热水澡,别感冒了。"

"好的呀。"苏徊意捏着苏持的外套,觉得面料很柔软,没忍住在脸上抹了一把,抹完就跟苏持的眼神对上了。

苏徊意故作淡定:"这个面料还挺亲肤。"

苏持不欲搭理他,苏纪佟探头瞅了一眼:"哦,三万多的衣服,肯定亲肤。"

苏徊意一口气差点没喘上来——三万!他用三万多的衣服擦头了!救命!

三人一同上楼,苏徊意发表感想:"爸,我觉得这院子太大了。"——半天跑不到家门口。

苏纪佟道:"爸当初也没想过会如此狼狈。"

"那我们要不要把院子改小?"

"不用,把房子改大就好。"

苏徊意:"……"贫穷限制了他的想象力。

苏纪佟的卧室在三楼,待他往上走后,苏徊意和苏持拐入二楼走廊。

苏徊意问:"大哥,你怎么等在门口?"

苏持说:"和你一样。"

苏徊意这才想起两人的阳台朝向是相同的。他骄傲地挺了挺小胸脯:"那你没我跑得快啊。"

苏持的目光在他脸上停留了两秒,随即挪开。

是啊,他跑得是真的快。

那样快的速度,几乎让人相信他是不假思索,发自本能的。

苏徊意第二天起床刷牙,对着镜子猛打了个喷嚏:"阿嚏!"一口泡沫全喷在了镜面上。

他愣了片刻……完了,他怎么口吐白沫?接着反应过来,哦,是牙膏泡沫。

下楼坐到餐桌边时，苏徇意脑子昏昏沉沉，眼皮耷拉下来，连平时总是翘起来的那撮头发都垂了下来。

苏纪佟忧心忡忡地把他那撮头发立了起来，但三秒后又垂了下去。

苏纪佟顿时更加忧心，仿佛那撮头发就是苏徇意本体。

"小意，你该不会是感冒了吧？"苏纪佟问道。

苏徇意没什么胃口，只捧着热牛奶小口喝着，嘴上沾了一圈白沫，有气无力地"哼"了两声。

于歆妍伸手来探他额头："好像不热，待会儿吃完测个体温。"

苏徇意抖了抖眼睫毛，以示同意。

苏持坐在他对面一言不发，旁边的苏简辰不知道发生了什么，问："怎么回事？"

苏纪佟说："昨天我回来的时候下大雨，小意出来接我被淋湿了。"

苏简辰盯着苏徇意看了好几眼。

早饭后，苏徇意窝在客厅里测体温，苏简辰忽然走过来停在他面前，垂头酝酿了半天终于挤出一句："谢了。"

苏徇意窝在沙发里，瓮声瓮气地说："谢什么？那不也是我爸吗？"

苏简辰喉头动了动，转身离开时丢下一句"记得穿袜子"。

苏纪佟父子三人都上班去了，苏徇意测完体温，37.4度，不算高，喝了点冲剂又被于歆妍塞回被窝里。

"你这孩子真是，让你爸经历点风雨算什么，你才是祖国的花朵，都不知道照顾好自己。"

于歆妍还在絮絮叨叨，苏徇意困得眼睛都要眯成一条缝了："妈妈，祖国的花朵想睡觉。"

于歆妍："……"

苏徆意几乎在被子里躺了一天，他越躺越晕，上厕所的时候还摔了一下，差点把头塞进马桶里。他勉力撑起身子，膝盖和手肘上又是一大块淤青。

窗外雨势转小，雨点落在阳台上砸出一朵朵清冽的水花，苏徆意感觉自己鼻息滚热。

今天是周五，一周内最适合早退的一天。

苏持提着姜汤回来时还不到五点钟，于歆妍瞧见他手里的保温桶，问了声："这是什么？"

苏持抬手交给迎上来的吴妈："雀熙坊的姜汤，效果很好，顺路带回来的。"

吴妈接了转身去厨房盛碗里："苏持先生真是有心。"

于歆妍笑了笑，道："待会儿给小意拿上去。"

她看着自己英挺的大儿子，心说老大还真是不坦诚。他们家住城南，顺路能顺到城西的雀熙坊去吗？

姜汤刚盛好，苏徆意就从楼上飘下来了，仿佛安了自动导航："我下来喝点水……哎，大哥回来了？"

"正好，把姜汤喝了。"于歆妍赶紧替苏持表功，"你大哥特意从城西雀熙坊顺路给你带回来的。"

那个"特意……顺路……"的句式，完美体现出于歆妍在语言艺术上登峰造极的造诣。

苏持额角一抽。

苏徆意诧异地看了苏持一眼，接过姜汤试了试温度，还是温热的，味道当然也很纯浓。

他狐疑道："顺路？顺的是绕城高速？"

093

"……"苏持扶额,"你还喝不喝了?"

苏徆意赶紧把头埋进碗里:"我喝,我喝……"

苏徆意喝那碗姜汤时感觉自己像在做梦似的,等他喝完,于歆妍便让苏持扶着他上楼。

对于这种相亲相爱的戏码,苏徆意简直求之不得!

苏持撑着苏徆意的手肘上楼时,苏徆意突然想起苏持有次为自己擦药的感受,于是道:"哥,你的手好糙。"

苏持看了他一眼,嘲讽道:"你是豌豆公主?"

苏徆意:"……"

苏纪佟晚上带了私人医生回来给苏徆意看病,一量体温才发现升到38.5度了。苏徆意靠在床头,像个名副其实的"可爱废柴",叼着吸管喝药。

医生说:"只是普通感冒,不过接下来几天还会降温降雨,这病不好养。"

待医生开过药后,苏纪佟送走医生,转头回了苏徆意房里。

苏纪佟坐在床沿给他捋翘起来的头发:"小意,爸爸想了想,马上就是黄金周了,等过几天你退烧了,我们全家就去南港度假。那边气候好,适合你养身体。"

苏徆意乖巧地道:"好的呀。"

苏纪佟很欣慰,继续捋他的头发:"老三也要放假了,到时候叫上他。你不是说你最喜欢三哥吗?马上要见面了,高兴吧?"

苏徆意满头问号,差点从床上弹起来。

原角色又给自己造谣!

过了两天,苏徆意的体温终于降到38度以下了,苏纪佟立马订了第二天中午的头等舱飞去南港。

中午登机时天气依旧阴冷，好在没有雷雨，不影响飞机飞行。
　　头等舱的座位是左侧一排双人座，单人座隔了条走廊位于右侧。登机后，苏纪佟夫妻坐在前排双人座，苏徊意本来想自觉地坐到单人座上，转头就被苏纪佟拎去了后排双人座靠窗的位置。
　　"老大你挨着他，把人照顾好。"
　　苏徊意捏着小毯子偷偷瞥向苏持，后者面无表情，从容地坐在了自己旁边。
　　飞机在轰鸣声中陡然升起，机身受气流的影响轻微震动着。
　　苏徊意一阵头晕耳鸣，下意识往旁边一抓，就抓住了一只温热宽厚的手掌。
　　指腹带茧，掌心粗糙，很有安全感。
　　被抓住的瞬间对方似乎僵了一下，苏徊意也顾不上苏持是什么反应了，他难受地皱着眉，把人又抓紧了些。
　　过了大概半分钟，飞行趋于平稳，空乘的声音在机舱内响起，苏徊意缓缓松开苏持的手。
　　苏纪佟正好转过头来："小意，没事吧？"他的目光倏地落在两人刚分开的手上，"很难受吗？"
　　苏徊意说："没事，就起飞那一下有点难受。"
　　"你要是不舒服就跟老大说。"苏纪佟叮嘱，"老大，你要照顾好弟弟啊。"
　　苏持从手被握住开始就没说过话，这会儿开口，声音带了一点低哑："好。"
　　苏纪佟就转回去了。
　　两秒后，苏徊意微微朝苏持倾身："大哥，我刚刚不是故意的。"
　　苏持垂眸瞥了他一眼："看你也没这精力。"
　　"那我一会儿可能还会不那么故意地抓到大哥的手……"
　　苏持看透了他："所以你只是在通知我。"

苏徊意羞涩地垂头。

飞机飞行了两个多小时,最后降落时又是一阵气流颠簸,苏徊意再次抓住苏持的手。

苏持看见自己的手上多了几道指甲印……

一分钟后,苏徊意从颠簸中缓缓睁开眼,正要向苏持道歉,余光一扫就对上了坐在单人座位的苏简辰的眼睛。

苏简辰的目光落在苏徊意抓着苏持的手上,神情十分微妙。

苏徊意默默把手抽了回去。

下了飞机就有机场人员前来接引,苏徊意第一次走贵宾通道,还有专人推行李。

他靠近苏持,小声道:"大哥,我们真是作威作福。"

苏持抬步往前走:"建议你报个班。"

"富二代自我认知班?"

"语言运用辅导班。"

苏徊意:"……"

南港的气候确实宜人,蓝天如洗,白云絮软,一路上都是高大的热带植物,金色的阳光铺在地面上,温度不高不低。

苏徊意起初以为苏纪佟订的是高级海景酒店,结果到了地方发现是一家疗养院。

不过这家疗养院比星级酒店的环境好很多,建在私人沙滩上,整体建筑层高不过三楼,落地窗面朝大海,早晨拉开窗帘就能看到海上日出。

院内配备各类娱乐设施,有适合病人复健的场所,也有供年轻人玩乐的场地,两个区域隔得很远,互不干扰。

"这家疗养院还是朋友推荐给我的,老板是个新贵,听说很年轻。"苏纪佟一边打量周围的环境一边感叹,"现在的年轻人还真是不简单。"

苏徊意福至心灵："那也比不上大哥！"

苏纪佟顿时哈哈大笑。

苏持侧头看了眼苏徊意由于激动而冒出的鼻涕泡，从兜里抽了张纸巾递过去。

苏简辰简直没眼看："你能不能注意点卫生？"

苏徊意这才想起还有二哥在场，他赶紧弥补道："也比不上二哥！"

苏简辰："……"

苏纪佟看他恢复了精神，便打趣："你不是最喜欢老三吗？老三这会儿不在场，你就不夸他了？"

苏徊意正在擤鼻涕，闻言差点把纸巾吸入鼻孔。

苏持意味不明地看了他一眼。

苏徊意混沌的大脑在此刻爆发出异于常人的反应力："爸听错了，我是说我最喜欢三个哥哥，不是最喜欢三哥。"

几人说话间正好到了总台，于歆妍拿了门卡转过身来："订了三个套间，两人一间，你们兄弟几人怎么睡？"

苏徊意捏着纸巾默默擦鼻涕。

飞机上的座位是苏纪佟安排的，而且就两个小时，苏持跟苏简辰不会有什么意见，但选房间不一样，他不敢擅自决定，干脆不发出声音。

苏纪佟说："老三要明天才能到，不然我就让小意跟老三一间了。"

苏徊意擤鼻涕的动作一顿，都说了他并没有最喜欢苏老三！

苏纪佟："小意需要人照顾，老大、老二，看你们谁和小意一起睡。"

苏简辰看了苏徊意一眼，微微皱起眉头："我不喜欢跟……

跟人睡一起。"

苏持无所谓："那就我吧。"

分好了房间,苏徊意跟着苏持一起走。

苏徊意小声问苏持："二哥是说三哥不是人?"

苏持："……"

苏徊意看对方又掏出了手机,好奇地问："大哥你在干什么?"

苏持头也没抬："我现在就给你报班。"

苏纪佟之前说"一起睡",苏徊意还以为是一个房间,到了才发现套房是两室一厅一卫,再加一个料理台。

室内光线明亮,正是午后,大片的阳光被落地窗的格框切割成块状投在木质地板上。

落地窗前有一块灰蓝色绒毯,上面放了几个靠枕,窗外便是海岸,视野开阔。

苏持将两人的行李分别推进卧室,转头招呼已经在绒毯上摊成果冻状的人："你一般是什么时候洗澡?"

"小果冻"动了动："睡前。"

苏持说："那刚好,我早上起来洗。"

苏徊意翻了个身,爬起来看苏持收拾行李。苏持收拾完自己的,又大发慈悲地帮苏徊意收拾。

苏徊意有感而发："大哥,你的腰力肯定很好。"

苏持正好提溜出苏徊意的一条短裤,闻言皱了皱眉,转手扔进了柜子里："是很好,能把你当铅球从这里直接扔进海里。"

"……"苏徊意噤声了。

航班是中午的,几人之前只简单吃了点飞机餐,这会儿收拾好行李便去餐厅吃正餐。

苏徊意坐在餐桌边,拿着菜单两眼放光："我想吃蒜蓉粉丝扇贝，还想吃油焖大虾！"

苏持抽走他手里的菜单："你的想法还挺多。"

苏徊意："……"

苏纪佟安抚他："你感冒发烧，海鲜就别吃了，我看这里有番茄三鲜面，哦，里面也有海鲜，那就吃番茄牛腩粉好了。"

来南港怎么能只吃番茄牛腩粉！

苏徊意据理力争："我也想入乡随俗……"

苏持淡淡道："你是想埋骨他乡。"

苏徊意："……"

一顿毫无灵魂的正餐结束，苏徊意吹不了海风，他们就在疗养院里面散步。

康养区的健身器材很多，苏徊意一眼瞄上了太空漫步机，兴冲冲地往上站。

苏纪佟看得心惊胆战："你小心点！"

苏徊意翘起来的头发摇摇晃晃的，他站上去时差点没站稳，一只手掌忽然从后面扶住了他，接着稍稍用力一托，苏徊意就稳住了身形。

苏简辰收回手："抓住扶杆，重心下沉。你怎么连这个都做不好？"

苏徊意也不生气，在上面晃了两下，笑嘻嘻地说："二哥多教教我，我不就会了？"

于歆妍接话："就是，老二你不是喜欢健身吗，刚好之后几天陪着小意锻炼锻炼。"

苏简辰没出声，苏徊意黯然垂头："没关系，二哥有自己的安排，不用特意陪我……我可以一个人孤独地……"

苏简辰猛地打断他："知道了！"

苏徊意抿嘴一笑："那就麻烦二哥了。"

考虑到苏徜意还需要休息，日头稍落时苏纪佟就把人往回赶："回去记得先吃药，再量个体温，晚上早点睡。"

房卡在苏持手上，苏徜意要回去，两人只能一起，苏简辰感觉自己跟父母待在一起像个电灯泡，随即也跟了上去。

苏纪佟看着三兄弟相携离去的背影，转头对于歆妍说："你看，他们感情多好，跟亲兄弟没两样了。"

于歆妍说："是越来越好了，以前还没这么亲近。"

苏纪佟搂住她的肩："好了好了，有老大、老二照顾小意，我们也放心地去过二人世界！"

苏徜意回去后吃完药又量了个体温，37.2度，已经退烧了。

苏持即使出来度假也带了电脑，这会儿正在客厅里噼里啪啦地敲着键盘。

外面的海天一片深蓝色，落地窗倒映着室内暖橘色的灯，像是海上升起了一轮月亮。

苏徜意扒在窗前，转过头来叫苏持："大哥，你看这儿有个月亮！"

苏持的工作被骤然打断，他眉头一蹙，循着声音侧过头——

窗外是大片的靛蓝，深深浅浅层层叠染，玻璃窗倒映着橘黄的灯。窗前的人转过来时，瓷白的皮肤上露出一颗红痣，苏徜意眉眼弯起，如新月莹莹。

苏徜意那撮翘起来的头发晃了两下："月亮好看吗？"

苏持垂下眼，起身走过去把人拎起来，落入手心的皮肤一片冰凉："去洗澡。"

苏徜意过度解读："你是觉得我脑子里有屎？"

苏持："……"

把人提溜进浴室，苏持才松开手。苏徜意后知后觉地道："大哥，你手心是热的。"

"是冷的就可以直接埋了。"

浴室的设施都是进口的，苏徊意脱完了衣服才发现花洒下是嵌入式按钮。

捣鼓了十来分钟后，他终于明白了：是他不配。

浴室门"哐啷"一声被推开，苏徊意裹着浴巾，颤抖着声音说："大哥……浴室的按钮我不会用。"

苏持："……"

片刻后，苏持衣装整洁地出现在了浴室里，他看着整整一浴缸的冷水，沉默了半分钟："你是要养鱼？"

苏徊意："你先救救我这条小美人鱼！"

这人的自称有太多槽点，苏持想吐槽都无处下口，叹了口气便挽起袖子，弯腰把冷水放了。

苏持上半身都探在浴缸里："你刚刚按了哪个按钮？"

苏徊意乖巧地伸指一戳："这个。"

"哗啦！"头顶的花洒喷出水，水势迅猛，温度极低，全砸在了苏持的背上。

苏徊意呆住了，啊啊啊，这垃圾淋浴！

在"唰唰"的水声中，苏持缓缓直起身，湿透的衬衣贴着他高大的身躯，水流顺着脸颊滑落至下颚，而后"滴答"坠下。

他垂眸道："苏徊意。"

浸湿的额发贴在苏持的额头，遮挡住他的眉眼，水渍蜿蜒，让他幽黑的眼眸看上去深不可测。

苏徊意在一秒内蜷成一团，抱紧弱小的自己，战战兢兢地道："要、要不，您先洗？"

凉水的冷气混合着苏持身上的寒意充斥在狭小的空间，苏徊意感觉自己这只小憨雕要被冻成小冰雕了。

苏徊意又吸溜了一下鼻涕，泪眼汪汪地看着苏持。

"呵。"一声轻讽从苏持的薄唇间滑出。

苏徊意顿时安静下来。

片刻后，唰唰的冷水被一只手摁停，浴室内的空气终于回暖了。

苏持道："你洗你的。"

苏持最后借了苏简辰的浴室，临走前还极富人道主义地给苏徊意放好了热水，避免人出事。

苏徊意目送苏持走出浴室，对方湿漉漉的衬衫贴着腰身，透出肌肉的线条，紧致迷人。

他在这一刻真切地感受到了对方能把自己扔进海里的腰力。

苏徊意泡完澡从浴室出来时，套房里一片寂静。

他发丝还滴着水，见客厅里没有人，再看苏持卧室的门半开着，就知道对方已经冲完澡回来了，犹豫两秒便从门缝里滑了进去。

苏持背对房门坐在床沿，宽肩窄腰，两条结实的长腿从浴袍下伸出来。听见动静，苏持转过身，正对上门口鬼鬼祟祟的苏徊意。

苏徊意探出脑袋，无比乖巧地叫了声："大哥。"见苏持没有让他滚出去，他又胆大包天地坐到了苏持对面的沙发椅上。

"那个按钮，我之前按的时候都没出水，我不是故意的，害大哥受难了。"

苏持听见"受难"两个字就想冷笑："那是因为你之前没开总电源。"

苏徊意赶紧拍手称赞："原来如此！聪慧如大哥，愚蠢如我。"

苏持不欲看到他这副浮夸的模样，目光一转，落在他滴水的头发上，两秒后，扔了条毛巾过去："你就是这么养病的？以毒攻毒？"

苏徊意自知理亏，乖乖抬手擦头发，浴袍宽大的袖口从肘弯滑下来，露出一大片青紫。

　　苏持探手过去一按："隔了这么久还没好？"

　　"嗯……痛。"苏徊意哼哼两声缩回手，看苏持已经不生气了，立即同对方介绍伤痕，"这是新朋友。"

　　苏持嘴角抽了抽。

　　苏徊意待在苏持的卧室里直到把头发擦干了才回去。他钻进被窝时心想，他大哥真是宽容了很多，淋了一头冷水都没把他丢进海里。

　　对方可能是考虑到自己病着，所以不好发作，也可能是看在苏纪佟的分上——自己生病是因为给苏纪佟送了伞，好人理应是有好报的。

第五章

苏徊意一觉睡到天亮，睡到骨头都酥软了才爬起来。他出了卧室看见苏持，神态悠闲地同对方打了声招呼："大哥早。"

他翘起来的头发在晨光中频频点头，苏持看了两秒，随后道："我们都吃过早餐了，你要吃什么就打电话叫客房服务。"

"谢谢大哥。"

吃完早餐，苏徊意想起昨天和苏简辰约了锻炼，于是换了身休闲服装准备出门："大哥，我去找二哥锻炼，你要一起吗？"

苏持坐在电脑前打字："不去。"

苏徊意捧心："没关系，我可以把你装在心里带过去。"

苏持回绝："我夜盲，不必。"

苏徊意："……"

南港上午的气温能到二十几度。

复健疗养区分了室内和室外，苏简辰说既然来了南港就要多晒太阳，苏徊意立即识时务地提出在室外运动。

苏简辰立马流露出"还算懂事"的神色。

苏徊意在苏简辰的指导下坐上了一款划船机。因为是第一次用，苏简辰就叫他保持下半身不动："你用手拉动器械模拟划桨，等掌握了节奏再加上腿部拉伸。"

苏徊意满头问号："可是二哥,划船的时候我下半身也不会动啊?"

苏简辰弯腰点了点他的腿,示意他这里需要发力："你以为那些划龙舟的运动员下半身没动,其实人家是浑身发力的,懂吗?"

苏徊意回想着划龙舟的动作,屁股前后动了动:"是这样?"

苏简辰正点在他腿上,一个没注意戳了他一下。苏徊意猝不及防被戳到肉,仿佛被点中了笑穴,跳起来笑个不停。

苏简辰:"……"

苏简辰看着他笑得前俯后仰,后知后觉地意识到刚刚戳到的肉很软,跟自己的身体很不一样——自己常年运动,腿部肌肉都是结实的:"你身上一点肌肉都没有吗?"

苏徊意穿着长袖长裤,这会儿只能捞起衣摆展示自己白花花的肚皮:"腹肌。"

苏简辰先是被晃得眼睛一花,随即目光停留在那层薄薄的肌肉上:"小菜鸡。"

苏徊意:"……"

苏简辰指导完苏徊意就去练自己的了,苏徊意划了会儿船,中场休息时,转头就看见一组双杠。

苏徊意拧眉,总觉得有种亲切感……莫非因为他大哥是个"杠精"?

"二哥,这是干吗用的?"

苏简辰顺着他的手指望过去:"腿断了之后复健用的。"

苏徊意:"……"

他默默缩回手。

难怪他觉得亲切,原角色被打断"狗腿"后想必日日与这器械相伴。

日头逐渐大了起来，苏彻意看见苏简辰额头上冒了层薄汗，便说："二哥，我想到室内坐会儿。"

"娇气！"苏简辰说完，从吊环上松手落地，"走吧。"

苏彻意带头走在前面："昨天不是看到有个清吧吗？我请二哥喝水。"

苏简辰毫不客气："这是你请吗？爸给你的钱，是爸请的。"

苏彻意凑上去"嘿嘿"一笑："心意是我的嘛。"

苏简辰说不过他，只能跟在后面。

清吧位于娱乐区，开在一个泳池旁边，四周装潢精致优雅，看得出来老板很懂享乐。门口用花体写了"NY"两个字母，应该就是这家清吧的名称。

苏彻意看里面很清静，想到苏持还待在房间里，就想打个电话问问大哥要不要一起来喝点东西。

电话响了一阵没人接，苏简辰说："大哥可能在工作没听到，你找个位子坐着，我去叫他。"

苏彻意目露警惕："二哥，你该不会想金蝉脱壳吧？"

苏简辰觉得他怕不是有疑心病："我要是想甩开你，还需要找借口？"

苏彻意想到他宁折不弯的耿直性子，深觉有理。

这会儿临近中午，清吧里没多少人，待苏简辰离开后，苏彻意坐到吧台一个光线明亮的位子上。

吧台后站着一名调酒师，身着马甲、白衬衫，正在"哐哐"地摇酒。他背后的多菱镜面倒映着吊顶高脚杯，灯光底下有种时空交错的恍惚感。

这几天苏彻意都在养病，昆酒的事情暂时丢给了孙河禹跟周青成，他现在精神好点了，开始思考如何拓宽销路。

面前的调酒师已经调制好一杯鸡尾酒放到一旁待服务生取走，

苏徊意见他又开始调下一杯，不由得扒着吧台凑近了点。

调酒师见状笑了笑，拿了旁边的酒水一一斟入杯里："客人感兴趣吗？"

"看你调酒很享受。"苏徊意夸完他又问，"每种酒饮都有特定的配方吗？可以替换吗？"

调酒师为他讲解："不同类型的酒和食材混在一起会有特殊的口感，有时候哪怕只换掉其中一味，也会影响到整体。"

苏徊意若有所思："所以某些酒饮必须使用特定的酒来调？"

"可以这么说。"

苏徊意翘起来的头发晃了晃。

两人继续聊着天，忽然，一名服务生吧台后走来出对着调酒师耳语了两句。调酒师愣了愣，略带诧异地瞥了苏徊意一眼，随即收敛神色。

服务生离开后，调酒师转头从背后的酒柜里取了瓶酒出来。苏徊意见它包装精致，浑身写着"昂贵"二字，不由得闭上嘴挪开了点。

要是打扰到人家调酒，这么贵的酒就浪费了。

调酒师手法娴熟地将几种酒和食材放入壶内，抬手摇和，滤入杯中，最后放上点缀，比之前调的那几杯看上去都要精致名贵。

苏徊意正远远欣赏着，那杯酒就被推到了他跟前。

调酒师道："本店与贵客投缘，这是老板请你的。"

苏徊意翘起来的头发几乎卷成一个小问号。

怎么就投缘了？他怎么就成贵客了？

他总觉得这一幕似曾相识："请问你们老板叫什么？"

调酒师抱歉地说："我只负责吧台，不清楚这些。"随后他又提议，"这杯酒最好尽快品尝，温度的变化也会影响口感。"

苏徊意顿时陷入了两难的境地。

正当他绞尽脑汁搜刮借口准备婉拒时，清吧的门口忽然传来一阵响动，苏徊意一回头就见两个高大的身影从门外走进来。

清吧内光线较暗，日光从门口透入室内，勾勒出两人完美的轮廓线。

四周的游客纷纷向两人投去目光，直到苏持和苏简辰走到吧台前落了座，那些视线才逐渐撤回。

苏持一眼看到桌上的酒杯："你都喝上了？"

苏简辰闻言也把目光落在那杯酒上。兄弟两人一左一右把苏徊意夹在中间，苏徊意顿觉压力倍增。

他看了一眼调酒师，摸摸鼻尖："清吧送的。"

苏持挑眉，顺着他的视线对上了吧台后的调酒师。

对方莫名觉得心底一紧，不由自主地放缓了呼吸，解释道："老板同这位客人投缘。"

苏简辰皱着眉问苏徊意："你还跟人家老板聊上了？"

苏徊意连忙否认："见都没见过！"

苏简辰的眉头顿时皱得更紧。

他正想说点什么，苏持忽然掏出一张卡放在吧台上，神色淡淡地道："谢谢你们老板的好意，不过他感冒了不能喝酒，这账我结了。"

苏持的语气是懒散的，态度却透着上位者的强势，调酒师犹豫片刻，还是接过来划了账。

苏徊意局促地搓着手指，心想：妈呀……不对啊，不是自己说要请客才把苏持叫来的吗？怎么反倒让苏持一进门就掏卡付钱了，自己是什么四脚吞金兽吗？

苏持刷过卡后，三人重新选了个安静的卡座坐下，苏徊意有心弥补："哥哥们喝点什么，我请呀。"

苏持抱着双臂靠在沙发背上，说出的话和苏简辰的差不离：

"你现在请也是用爸给的钱。"

苏徊意转念想到那批昆酒,道:"那等我自己赚到钱,再来请哥哥。"

苏持说"随便",一旁的苏简辰则瞪大眼:"你跟我说的可不是这句!"

苏徊意和善地拍拍他:"做人不要千篇一律。"

苏简辰:"……"

从清吧出来,一家人会合后吃了个午餐,苏纪佟和于歆妍打算午休一会儿,苏简辰上午出过汗要回房间洗澡,苏持则有个视频会议。

苏徊意趁没人管他,借口去疗养区,实则趁机溜到了私人海滩。

因为感冒,他一直被勒令不准吹海风,但这会儿风不大,他就想去沙滩上看看大海,独自一人放松一下。

毕竟苏老三要来了,以后的日子会更艰难。

私人海滩这片的海水近乎深蓝,一浪接一浪拍打出白色的浮沫,冲刷着细软的沙滩。海岸线蜿蜒伸向远方,可以看见阳光下反射着白金色光芒的巨大岸礁。

苏徊意怕被查岗,因此不敢走得太远,只在主路旁的沙滩边缘坐着晒太阳,方便随时溜回去。

咸湿的海风迎面吹来,带来一阵阵浪涛的味道。

苏徊意被晒得眼睛眯起,像只软塌塌的猫饼。他眯着眼坐了不知道多久,身后的沥青路上忽然传来一阵由远及近的轱辘声响。

他起初没在意,直到轱辘声停在了他身后。

苏徊意撑开眼皮回过头。

来者推着行李箱立于他身后,指间捏着一枚硬币。

"叮!"硬币被指尖一顶,翻转跃入半空,银光在太阳下交错闪烁。

海风忽然大了起来,来者的薄风衣在身后猎猎翻飞。

硬币倏地坠入手心。

苏徊意看见来人的瞳孔映着硬币的反射光,唇角勾起一道玩味的弧度。

"听说你很想我?"

苏徊意心中顿时警铃大作,是苏珽!

两人之间的距离极近,苏珽一双狭长的眼微微弯起,冷白的皮肤映着光,栗色额发搭在眉眼上,将那份张扬压下了几分。

他的目光沿着苏徊意的五官细致描摹,带了点散漫的兴味:"你有什么想说的?"

苏徊意开口:"不信谣,不传谣。"

苏珽:"……"

苏珽眯起双眼打量了苏徊意半响:"我才走了一个月,怎么觉得你有些不一样了。"

苏徊意谨慎地道:"我……"他还没说完,头发忽然被薅了一把。

苏珽骨节分明的手指穿过他的头发,然后指尖微屈,在那撮翘起来的头发上打了个圈:"你看,都发芽了。"

苏徊意:"……"原来是指这个。

苏珽收回手,把行李往苏徊意跟前一放,两手揣兜:"走吧,弟弟。"

苏徊意会意地替他推着行李箱,带头走在前面。

苏珽对他的态度看起来是三兄弟里最好的,但苏徊意知道这其中捉弄居多。

苏持对原角色是警告,苏简辰对原角色是厌恶,而苏珽是把原角色当作一种消遣——兴趣来了就陪着过两招,没兴趣了就当个屁放掉。

苏徊意吹着海风，感觉自己这么个轻飘飘的屁轻而易举就能被风吹散。

行李箱"咕噜咕噜"地碾过沥青路，不过几分钟就进了大门。

苏珽漫不经心地跟在苏徊意身后四处打量，栗色的额发被风撩起几缕，露出白净的额头和标致的眉眼。

指尖的硬币在空中跃起，翻转，坠落。

苏徊意瞥了一眼，发现朝上的次次都是正面，真是难以解释的运气。

旁边走过一对情侣，女生没忍住转过来多看了两眼，随即被男友拉着胳膊拽走。

男生问："你看啥呢？"

女生回答："刚刚那两个男生好帅啊，都是有点乖的长相，但一个是真乖，另一个是'白切黑'……"

男生说："啧！你观察得还挺仔细！"

针对女生的回答，苏徊意心想那不是显而易见的吗？

两人穿过前庭小花园进入大厅，大理石地面光可鉴人，行李箱滑轮的声响终于小了一些。

"他们都在房间里，那你是特意来接我的咯？"苏徊意侧头就见苏珽勾着嘴角问道。

苏徊意沉默了两秒，说："无意中接到的。"

苏珽沉默，然后又拨了一下苏徊意翘起来的头发。

两人穿过走廊，不过十来米便到了房间门口。苏徊意把行李箱推到门边，转头同苏珽说："住的套房，三哥你和二哥一起住。"

苏珽抓住离了重点："哦，那你和大哥一起？"

苏徊意毫不犹豫地卖掉苏老二："因为二哥说他不喜欢跟人住一起。"

他特意强调了那个"人"字。

苏珽嘴角一抽，拍拍他的脑袋："乖，三哥收到你的告状了。"

苏徊意看对方已经准备敲门，立马转身溜走。

苏徊意回到房间时，苏持已经开完了视频会议，在料理台洗了水果正要吃。

苏持问："跑去哪儿了？"

"三哥到了，"苏徊意企图混淆视听，转移重点，"刚刚到房间。"

苏持把水果沥了沥水放进盘子里，拉回重点："所以你是去接老三了？"他投去意味深长的一瞥，"你果然最喜欢老三。"

苏徊意顿觉作茧自缚。

苏珽收拾完行李，说下午想去游泳。苏纪佟考虑到苏徊意感冒没好不能去海滩，便说先在疗养院的泳池里游。

一般来说，大家都是在房间里换好了泳衣再直接去泳池，由于苏徊意不下水，所以他穿着T恤和短裤坐在客厅里等苏持。

没过多久，卧室门"咔嗒"一声开了。

苏徊意抬头望去。

苏持从卧室里走出来的那一刻，四周的陈设立刻都沦为模糊的背景板。

他四肢匀称修长，衬衫半敞着，露出底下的腹肌，深黑的泳裤长及膝上，贴合着身体的线条，紧致流畅。

哪怕以同性的眼光来看，他的身材也是极为养眼的。

苏徊意目不转睛地瞅着他的腹肌，心里羡慕得不行。

苏持问："你在看什么？"

苏徊意依依不舍地收回目光，又礼尚往来地撩开自己的T恤下摆展示给苏持看："大哥，我也想要腹肌。"

苏持的目光在苏徊意纤瘦的腰腹上转了一圈："你跟我说有

什么用,我还能移植给你?"

"不能……"苏徊意心灰意冷地垂下头,"二哥看了还说我是小菜鸡。"

苏持皱眉:"老二怎么这样说你?!"

苏徊意激动地道:"就是!"

苏持又说:"吃得这么好,至少也该是肉鸡。"

苏徊意:"……"

疗养院内共设了五个泳池,两大三小,都离得很近。其中一个大泳池还建了水上娱乐设施,远远地就能看到滑梯、冲浪台。

苏家六口人一起往泳池的方向走去。

苏徊意一路上都跟在苏持身后,像只小鸡崽寸步不离。

苏珽见状微微挑眉,招手的动作恍若在给"苏小鸡"拜年:"弟弟过来,跟着三哥玩。"

苏徊意心底一颤,他过去怕不是被玩……

苏徊意立马缩到苏持背后,伸出手指戳了戳对方的背,意思是:大哥,帮我挡挡!

苏持背部一僵,紧接着,苏徊意就被苏持从身后提溜了出去。

苏徊意眼看着苏珽要伸手过来捞他,赶紧扒着苏持不放手。

苏徊意瞪大眼睛,似是无声呐喊:大哥!

苏持没说话。

苏珽捞人的动作一顿,目光在两人身上转了一圈,有些惊异。

苏纪佟只当几人在玩闹:"老三,小意病没好不能下水,你们要玩待会儿就在岸上玩。"

"知道了——"苏珽拖长语调,收回目光。

大概是疗养院有意控制了客流量,虽然是黄金周,但泳池娱乐区的人并不算多。岸边安置了一排躺椅,还有太阳伞和小桌板。

113

苏珽看见泳池就迅速丢下其他人，三两步冲过去，"哗啦"一声跳进水中。他身材瘦高，肤色冷白，在水里翻腾了两下，像是一条灵活的白鱼。

苏简辰也来了兴趣，脱了外套搭在衣架上就跟着下了水，一个猛扎往泳池中央游去。兄弟几人中他最为健壮，背部的肌肉在他侧身挥臂间耸动着，激起水花，浑身充满了阳刚之气。

苏徊意叹为观止，心想苏家三兄弟真是各有各的魅力，不论哪一个单独拎出来都是人中龙凤。

他又看了一眼苏持，后者的身材介于两兄弟之间，像是找到了一个完美的平衡点，从上到下就没有哪一处生得不好的。

也不知道普通人要练多久才能练成苏持这样。

这会儿日头正大，于歆妍怕晒黑，就找了把躺椅躺着。苏徊意躺在她旁边的椅子上，再次变回"小果冻"。

苏纪佟叫苏持陪他游两个来回，苏持答应了，脱下衬衣想挂着，却发现衣架上没有空挂钩。

"小果冻"立马很有眼色地张开双臂："我帮大哥拿着！"

于歆妍也说："你拿给小意吧，刚好让他盖一下，免得吹了风着凉。"

于是苏持的衬衣就落到了苏徊意身上。

午后慵懒的阳光被挡在遮阳伞外，洒了一地。不远处的泳池波光粼粼，溅起的水花在阳光底下晶莹透亮。

苏徊意中午没睡觉，这会儿吹着微风、听着水声，困意就渐渐上来了。他把自己往苏持的衬衣里蜷了蜷，闭上眼睛睡了过去。

苏持在泳池里游了两个来回，矫健修长的身躯翻动着水花，折返的动作干净利落。"哗啦"一声，破水而出的身躯将泳池里的水带到岸边泼了一地，被日光烤热的地面瞬间凉了下来。

苏持游了两圈下来依旧不见疲色，苏纪佟却有点跟不上了，从池子边撑上岸，水珠落了一地。

"你跟老二、老三玩去吧，爸爸喝点水。"

苏持"嗯"了一声，目光下意识往躺椅那边一扫——

遮阳伞圆弧形的阴影底下，白色的衬衫铺成一团，微微鼓起。从他的视角看过去，只有个黑乎乎的头顶从衬衫上方冒出来，还有撮头发微微翘着。

苏纪佟也看到了，没忍住笑出声："小意怎么跟个汤圆似的。"

苏持淡淡道："那可能是芝麻馅的。"外白内黑。

苏纪佟拍手赞同："没错，又甜又软！"

苏持："……"

苏徜意是听到苏班和苏简辰讲话的声音才慢慢醒过来的。

他睁开眼，发现外面的天色已经阴了下去，苏纪佟和于歆妍挨在一起说话，苏简辰跟苏班正从泳池那边走过来，一路留下水渍。

苏徜意拉了拉身上的衬衣，转头才发现苏持坐在另一侧的躺椅上，支起一条长腿看手机。

大概是察觉到他的目光，苏持转过来："衣服好盖吗？"

"……"苏徜意沉默了两秒，觍着脸把衣服递过去，"我在梦里也不忘守着大哥的衬衣。"

苏持没接："那就继续守着。"

苏纪佟注意到了，笑了笑："你披着吧，睡了起来不要减衣服，会着凉。你不是喜欢穿你大哥的衬衣吗？时髦还是什么的？"

苏徜意瞳孔一缩，心想：什么叫他喜欢穿苏持的衬衣？搞得他跟那种专爱抢哥哥姐姐的东西的顽劣弟弟似的！苏纪佟才该去报个班！

苏简辰跟苏班走过来时刚好听到这句话，两人同时停下。

苏简辰盯着苏徜意怀里的衬衣，问："你喜欢穿大哥的衬衣？"

115

苏徊意赶紧解释:"不是!我只是喜欢穿偏大一点的,时髦。"

苏珽闻言勾起唇角"哦"了一声:"那要不要穿三哥的?"

苏徊意感觉苏珽又在给他下套。

"老三。"旁边传来一道低沉的声线。

苏徊意看过去,苏持望向苏珽的目光中带着"适可而止"的意味。

苏徊意愣了愣。

苏珽同苏持对视了几秒,随即耸肩一笑:"我只是跟弟弟开个玩笑。"

苏持没再说什么。

这一小插曲很快翻篇。

临近晚饭时,他们一家子人离开泳池往回走,下过水的还得先回去洗个澡。

苏持的那件衬衫被苏徊意套在T恤外面,袖子长了点盖住了指尖,下摆遮住了腿根,看上去像是小孩偷穿了大人的衣服。

苏徊意和苏持本来走在最后,中途遇到两个姑娘问路,苏徊意就停下来给人指了指,苏持也没往前走,站在旁边等着。

苏徊意指完,转头见其他人都走远了,苏持还立在旁边,顿时受到了小小的惊吓:"你没走啊?"

苏持说:"怕你被肉贩子拐跑论斤卖掉。"

苏徊意:"……"

他总觉得苏持在内涵他是猪。

那两个姑娘没走远,闻言笑出声,转过来看着两人,苏徊意被笑得不好意思,用袖口戳了苏持一下:"你干吗总是嘲讽我?"

两个姑娘还在笑,苏徊意隐隐听到两人嘴里嘀咕着"好萌啊""糯米点心"之类的……

苏徊意跟着苏持边往回走边问出心中的疑惑:"糯米点心是

什么？"

苏持从刚才起就沉默不语，抿着唇径自往前走着。

苏徆意以为是自己把人戳生气了，拉了一下苏持的胳膊示好："哥，我刚才没打痛你吧？"

苏持紧绷的身体放松了些："没有。"

苏徆意甩着两条袖子追问："那糯米点心是什么？"

苏持脚步一顿，停了下来。

被水沾湿的头发早就被他抹了上去，露出饱满的额头，这会儿落下来两缕搭在眉骨上，看起来性感又凌厉。

苏持垂头看着苏徆意，问："你是真的不懂？"

苏徆意愣在原地，不明白自己又戳到苏持哪个点了。

苏持说："刚刚大庭广众的，你撒娇做什么？"

撒娇？！天地良心，他没有！

苏徆意不明白自己哪里撒娇了，而且这跟糯米点心又有什么关系？

"谁撒娇了啊？"苏徆意又想拿袖子戳对方。

苏持扫向他探来的袖口："还说没有？"

"……"苏徆意"咻"地把手缩回去了，心想原来这就是撒娇。

苏持仍垂眼看着他，似在思考他是真不懂还是故意装的。

苏徆意立马站直了，双手背在背后，用清澈的目光迎上苏持的审视，力证自己的清白，同时暗自琢磨：该不会是自己身上这件白衬衣开启了苏持尘封的记忆，让他以为自己在故意整他？

"你最好不是。"苏持说完，收回目光，神色恢复如常。

苏徆意松了口气，跟上对方的脚步："当然不是了！"

"那就好。"苏持叮嘱他，"以后在别人面前不要做这样的行为，容易让人误会、被人嘲笑，明白吗？"

苏徆意点头如捣蒜："明白明白。"

他其实不太明白,不在别人面前做,那私底下呢?

两人并肩走出一段距离,苏持突然说:"我们不是亲兄弟,你清楚吧?"

"嗯。"苏徊意不懂苏持怎么说这个。

"所以闲言碎语传多了不好,特别是对你。"

苏徊意这才反应过来苏持是在向他解释。

一时间,苏徊意竟然有点感动——也就是说苏持开始在意他的感受了,看来自己之前做出的努力总算得到了回报。

苏徊意立马举起一只袖子做保证:"我听大哥的,以后不这样了。"

苏持的脸色缓和下来,两人说话间已经走到大厅,温度一下降了下来,苏持突然对苏徊意道:"我会找时间说说老三的。"

苏徊意这下是真心觉得快慰:"那可真是太好了……"

苏老三的整蛊,他是真的招架不住。

回到房间,苏持去浴室冲澡,苏徊意脱了身上的衬衣抱着不知道放哪里。

他总觉得就这么还给苏持不太好,但又不敢直接扔洗衣机里——小说里很多霸道总裁的衣服都只能靠手洗,于是就先搭在了沙发上。

晚上气温会下降,他回卧室套了件自己的薄外套,刚出来,房门就被敲响了。

门打开,苏珽从外面挤了进来。

苏珽的头发还滴着水,湿漉漉地耷下来。苏徊意脸上被甩了几滴,凉凉的,他倒退两步:"三哥怎么来了?"

"刚洗完澡,来找你啊。"苏珽狭长的眼睛被额前的头发半遮着,透着狡黠玩味,"要不你帮三哥吹个头?"

苏徊意噘起嘴远远地给他呼了一下。

苏珽的头发被呼得一晃，他沉默片刻，眯起眼道："用吹风机或者用毛巾擦都可以，三哥不挑剔。"

苏徊意道："我可以帮三哥找个吹风机。"

苏珽忽然支起胳膊，盯着苏徊意的眼睛道："不是说最喜欢三哥吗？可我怎么觉得你跟大哥更亲近呢？"

苏徊意看见一颗水珠顺着苏珽的眉心滑落至鼻梁，对方这句话也一如既往地充满捉弄意味。

苏徊意微微仰头："我每天第一眼见到的就是大哥。"

苏珽心里莫名涌上一种熟悉的感觉。

苏徊意说："这就是雏鸟情节。"

苏珽："……"果然。

两人面对面站着，浴室门突然发出"咔嗒"一声。

门打开，苏持肩上搭着浴巾走出来，与此同时，苏珽和苏徊意也看了过去。

苏持看了两人一眼，面色一沉，抬步走近。

苏徊意被吓得开始胡言乱语："是这样的，我看今天天气不错，适合跳一支梦幻华尔兹……"

"老三。"

沉冷的语调打断了苏徊意的瞎编乱造，苏徊意这才发现苏持也没擦干头发，狭小的门厅空间一下挤进三个男人，空气都变得滞缓起来。

苏珽站直了身子。

"跟我过来。"苏持丢下这么一句，随后转身走向自己的卧室。

苏珽轻轻"啧"了一声，转身跟上苏持的脚步。

两人一前一后离开，门厅的空气再度流动起来，苏徊意终于松懈下来，缩回沙发摊成一块饼。

吓……吓死他了！还以为又要被冤死了。

卧室内，两个人面对面站着。

苏持发梢的水珠落在毛巾上，晕开一团团水渍，有些沾到了他肩头，衣服也被打湿。

"老三，你爱闹，我从不说你，但你也要分清对象。"

"我怎么了？"苏珽双手揣在兜里，望向窗外的大海，海水层层叠叠，从海天交界处推来，"兄弟之间开个玩笑，大哥你当真做什么？"

苏持冷笑："那你的衬衫要不要也给大哥穿穿？"

苏珽："……"

苏珽无言以对，看着窗外沉默下来，两道呼吸声在安静的卧室内被放大，谁也没有说话。

涛声隔了层玻璃隐隐透进来，都是一起长大的亲兄弟，即使沉默，他们也知道此刻对方心里在想着什么。

良久，苏持开口："老三，人都是会变的。"

苏珽抬头，望进一双漆黑如墨的眼睛。长兄如父，这一刻他从苏持身上感受到了如苏纪佟年轻时一般的威严。

苏持说："你也该长大了。"

苏徊意正趴在落地窗前的绒毯上玩消消乐，苏持、苏珽兄弟二人便从卧室里走出来。

苏持面色如常，苏珽却垂着头一言不发，像被训了一顿的大型动物，蔫头耷脑地夹起了尾巴。

苏持说："老三，把头发擦干。"

苏徊意立马站起来，从浴室拿了吹风机和毛巾双手奉上："三哥，给你吹头发用的。"——你就不要记恨我了。

苏珽"哼"了两声接过来，没再说"你帮我"这种话了。

吹风机的"嗡嗡"声响彻客厅，苏徊意看见苏持弯腰把沙发上的衬衣拿起来，大声道："大哥，你还穿吗？要不我拿去洗了再还给你？"

苏持抬头，用口型说：什么？

"我……"

"嗡嗡嗡……"吹风机还在响。

苏徊意放弃了，两三步走近苏持："大哥，我……"

"咔"的一声，吹风机的声音停了下来。

坐在沙发上的苏珽从半干的栗色头发下露出一只眼睛，姿态冷傲如五分钟前的苏持："说什么悄悄话？"

苏持："……"

苏徊意："……"

苏珽看着苏持往后退了一步，心里不禁暗爽：哼哼，我也算扳回一城了。

大概是三人之间的气氛发生了微妙的转变，晚餐时苏简辰有所察觉，隔一会儿就往苏徊意身上看一眼。

苏徊意给苏持、苏珽各夹了块烤鱼片，趁机嘬着筷子尖上的汁水解馋，转头就发现苏简辰又在盯着自己看。

苏徊意雨露均沾地给苏简辰也夹了一片："二哥也吃。"

苏简辰盯着鱼片上被筷子碰过的位置，拧紧眉头："沾了你的口水。"

苏徊意劝慰他："大哥和三哥都吃了。"——你不是一个人。

旁边吃得正香的苏持和苏珽："……"

苏持缓缓放下筷子，目光扫过苏简辰和苏徊意两人。

苏徊意赶紧转移话题："在二哥说出这句话之前，你是吃得很开心的。"——所以不能怪我。

苏持道："你是说我不该谴责三无食品的制造者，而应该谴责揭露者？"

苏徊意灵活应变："但你是在知情的情况下主动接受的。"

苏纪佟打断两人的辩论："瞎讲究什么，燕窝你们不都吃得挺开心吗？自家弟弟还比不上一只鸟了？"

其余人："……"

苏简辰最后还是把那片鱼吃了，他也不是真的嫌弃，只是有点别扭。餐桌是长方形的，三人一排，苏持、苏徊意、苏珽坐在一排，苏简辰和爸妈坐一起，总觉得有点融不进对面的气氛。

就回来洗个澡的工夫，也不知道发生了什么事。

苏徊意看苏简辰一口把鱼片吃掉，又给他夹了一只带壳的虾，道："二哥把壳剥了就没我的口水了。"

苏持看穿了他的意图："你别想偷偷嘬掉筷子上的汤汁。"

于歆妍立马警惕地道："小意，你不能吃虾！"

苏徊意幽幽地望了苏持一眼，拿筷子在茶水里涮了涮，张嘴含住发出"啧"的一声："没问题了吧？"

苏持瞥见，出言提醒："你的'燕窝'要流出来了。"

苏徊意："……"

饭后，一行人出门散步。

这会儿的气温降下来了，海风不大，苏纪佟看苏徊意裹好了外套，便难得心软同意去海滩上溜达。

傍晚的海滩在昏黄的天色下显得十分温柔。

海浪声也轻缓了，落日即将沉入海平面，瑰红与金光的余晖晕染了大片的天际，又倾倒入海水里。

于歆妍挽着苏纪佟走在前面，语调轻柔地同几个儿子说："以前我和你们爸爸谈恋爱，每次吵架他就约我去当时城南的河滩。我一度怀疑他是不是想把我推进河里……"

苏纪佟说："你胡思乱想什么呢。"

于歆妍笑了笑，侧脸映着余晖的红光："后来我才知道，他是约我去看河滩的日落。那时候的河滩也像这么恬静，我一看这么美的日落，就一点也不生他的气了。"

苏珽"啧啧"两声，挑事道："妈，你不生气是因为风景好看啊？不是因为爱爸啊？"

苏纪佟语带疑惑地"嗯"了一声，转过头瞪苏珽："胡说八道。"

于歆妍捂着嘴直笑，就连苏持也没忍住笑开了，平日那张冷峭的脸上露出笑容来，竟然有种温柔的感觉。

苏徊意觉得于歆妍说的是对的，在这么一个海风温软的傍晚，没有谁的心不会变得柔软。

苏纪佟和于歆妍找了个地方坐下来看海。苏徊意也原地蹲下，伸手戳进细软的白沙画了颗爱心。

苏持站在他身后，垂头就看见一个黑乎乎的后脑勺，头顶立着一撮软软的头发，红痣若隐若现。

这一幕似曾相识，在另一个傍晚也发生过。

苏徊意正在给爱心修饰边缘，身侧忽然蹲下一个人，那感觉太过熟悉，他不需要回头就知道是苏持："大哥。"

"嗯？"

爱心后面就多了"苏持"两个字。

苏持的呼吸顿了半秒，他正想教育苏徊意，就听对方小声道："爱心觉罗，苏持。"

苏徊意说完就被自己的行为戳中了笑点，开始笑起来。

苏持："……"

笑声很快引起了苏珽的注意，他凑过来一看，忍不住翻了个白眼。

他大哥让他别胡闹，自己倒是玩得挺开心的，既然如此，他为什么不能在挨打的边缘反复试探呢？

苏珽的叛逆心又起来了。他蹲下去，与苏徜意勾肩搭背："弟弟，把三哥也加上去。"

苏徜意倒是不介意"爱心觉罗"家族再添一员，立即伸手加上了"苏珽"，然后又大笑不止。

苏持嘴角一抽，把"苏徜意"也加了上去。

苏简辰在另一头远远站着，看三人凑在一起，心里莫名不是滋味，好像自己和他们格格不入。

过了一会儿，苏徜意笑累了，起身去近海的浅滩，打算冲掉手上的沙子。他刚走到沙土湿润的地方，身侧忽然多了个人。

苏简辰的面容映着余晖，轮廓硬朗，眉目坚毅，不过仔细看却透出几分窘迫："苏徜意，我没有讨厌你，也没有不原谅你。"

苏徜意的嘴变成大写的"O"，片刻后问："所以？"

苏简辰越过他望向刚才那块沙地，难以启齿般地开口说："把……把二哥也加上去。"

苏简辰觉得自己努力融入他们的样子真的好狼狈。

苏徜意丝毫没能体察他二哥敏感的内心，哈哈一笑又折回去："二哥你也想加入我们爱心觉罗大家族就早说嘛。"

他回到原处，蹲下去又加了"苏简辰"三个字。

苏简辰这下终于舒坦了。

于歆妍转头看到那个"爱心大家庭"，便拿出手机拍了一张："多可爱啊，留个纪念。"

苏简辰这会儿还处在敏感的情绪之中，见状面上微红："这有什么好拍的？"

于歆妍认真地给照片加了个滤镜："明天这片沙地就会被风吹干净，但是此刻的心情是值得记录下来的。"

她将照片发到了"相亲相爱一家人"群聊里："等很久以后

你们回过头来看这张照片,还能回忆起当时的情景,多美好啊。"

苏纪佟很捧场:"夫人说的都是对的!"

苏徊意也捧场:"妈妈说的都是对的!"

于歆妍被逗得心花怒放,又"咔嚓咔嚓"抓拍了几张家里人的合照。

不过半个小时天色就暗了下来,海天交界处只剩一线光亮,众人开始往回走。

苏徊意今晚很开心,既偷偷摸摸嘬到了海鲜汁,又正大光明地看了海。

他往苏持旁边蹭了蹭,翘起来的头发都有了精神:"大哥,我们明天还能出来散步吗?"

苏持公事公办:"看天气。"

苏徊意撩起自己前额的头发:"我已经退烧了,感冒也好得差不多了。"

苏持还是第一次见他把额发撩上去的样子,精致的五官一下凸显出来,眉眼清丽柔和,额头光洁饱满,显得人很纯净。

苏徊意继续道:"你不信可以摸摸。"

苏持淡淡道:"撩起来发际线会变高。"

苏徊意"唰"一下把头发放了下来。

苏珽在前面走着,来来回回地抛着硬币,闻言回头看了眼凑在一起的两人,顿时又想在他大哥的底线上蹦跶。

"弟弟,要不要三哥帮你试试温度?"

这要求合情合理,苏持就看着自己两个弟弟闹。

苏徊意压住头发,保护己方额头:"不用了,三哥。"

苏珽是真的很好奇:"为什么大哥就可以?"

苏徊意的理由还是那个:"雏鸟情结。"

话音一落,旁边突然传来一声冷笑:"你把我当妈妈?"

苏徊意缩了缩脖子:"长兄如父,父母平等,等量代换,偶尔也可以如母……"

苏持回了他两个字:"呵呵。"

苏徊意暂时溜到苏斑身边避难去了。他看着苏斑手中的硬币起起落落,想起剧本中给苏斑的"好运"设定,比如抽奖永远能中,求签全是大吉,经常携带一枚硬币,跟人意见不合就赌正反,每次都赢。

苏徊意盯着苏斑手里的硬币出了会儿神,翘起来的头发被拨了一下。苏斑语调上扬:"想学?"

苏徊意很有自知之明:"不想,学不会。"

苏斑笑得欠扁:"没错,这就是天赋。"

苏徊意:"……"

晚上回到房间洗澡时,苏徊意才发现手上划了道小口子。

一洗完澡出来,苏徊意顶着条毛巾就往苏持的卧室里跑:"大哥,我的手被划破了!"

苏持正靠在床头看电脑,一条腿从睡袍底下支起,姿态闲适得不得了。他闻言坐起来:"我看看。"

苏徊意把那屁大点的伤口往苏持眼皮子底下杵:"看到了吗,大哥?"

"……"苏持嘴角一抽,"你不说,我还以为是指纹。"

苏徊意很紧张:"我觉得是在写你名字的时候被小石子划破了。你说会不会有细菌?我会不会被感染?"

苏持对他的精准碰瓷叹为观止:"你又干回老本行了?"

苏徊意眨了眨眼。

苏持道:"瓷王。"

苏徊意:"……"

他的本意是用受伤的手指表明自己的真心,结果换来了苏持的一次吹头。

苏徊意盘腿坐在床沿享受地闭着眼,已然忘记了"兄弟授受不亲"。

苏持的手掌宽厚温热,带了点薄茧,"嗡嗡"的吹风机声在耳畔响起,苏徊意都快睡着了。

他头一仰,"咚"地撞上了苏持。

吹风机的声音停了,苏徊意睁开眼,正对上上方苏持的脸。仰视本来堪称"死亡角度",但苏持硬生生靠颜值撑住了,苏徊意觉得他大哥即使这个角度也帅爆了。

苏持开口道:"你在干什么?"

苏徊意昏沉的头脑清醒了一点,他从苏持身前撤离,转头腼腆地道:"我是觉得大哥可靠。"

苏持冷笑,拎着他的后颈把他扔了出去。

苏徊意第二天起床时,苏持刚洗完澡,苏徊意礼尚往来地拿起吹风机:"我帮大哥吹头发?"

苏持拿过吹风机,道:"不用了,我怕我的发丝割伤你尊贵的手指。"

苏徊意受宠若惊:"也不必这么怜惜我……"

苏持"啪"地打开了吹风机,吹散苏徊意嘴里放的"屁"。

他们今天的行程是去当地的森林公园。

众人都换了身方便运动的休闲服,苏徊意穿了T恤、板鞋和运动裤,背着背包像个大学生。

一家人出发时,苏持拎着他背包后面的两只耳朵问:"这是什么?"

于歆妍笑得特别慈爱:"是兔兔啊。兔兔这么可爱,是不是特别适合小意?"

苏纪佟夸她:"夫人好有眼光!"

三兄弟的表情同时变得难以言喻。

苏徊意毫不介意自己一个男生背兔兔包:"妈妈喜欢我就背咯,哈哈哈!"

从疗养院到森林公园有一个小时车程,苏纪佟专门在当地包了车,一路坐过去还算舒适。

到达森林公园是上午,远远看去里面是成片的热带雨林,山脉低平绵长,郁郁葱葱的林间隐隐透出栈道和游客的轮廓。

此时正值旅游旺季,景点门口已经排了很多人,其中不少是跟着旅行团来的,导游正拿着喇叭叫唤。

苏纪佟预订了贵宾快速通道,很快就有工作人员带他们从另一个入口进去。苏徊意背着兔兔背包,浑身散发着快乐的气息。

所谓快速通道就是从另一条路坐缆车直接上半山腰。缆车两人一辆,苏纪佟携于歆妍先上去了,苏珽神采飞扬地道:"弟弟,来跟三哥一车。"

苏徊意睁眼瞎说:"大哥已经先找到我了,三哥你就跟二哥一车吧。"

苏持:"……"

苏珽拨了拨自己额前的头发:"哦,可是我怕二哥不喜欢跟'人'坐一辆车。"

苏简辰:"……"

苏徊意完全不觉得这有什么问题:"那跟三哥不是刚好吗?"

苏珽:"……"

分组以三兄弟的集体沉默收场,苏徊意如加冕的王者,和苏持上了同一辆缆车。

上车后,两人一左一右面对面坐着。隔着缆车,两人旁侧和脚下都是茂密的树林,苏徊意趴在窗口往下望,顿觉头晕目眩:"大哥，我可能恐高。"

"你的毛病还不少。"

苏持伸手拽着兔子背包的耳朵让他老老实实地坐好，又看了眼他鼓鼓囊囊的包，问："都带了些什么？"

苏徊意"刺啦"一下拉开背包，里面有果冻、薯片、汽水、面包……配上背包上的两只耳朵，不知道的还以为是小学生来春游了。

苏持额头青筋直跳："你带这么多零食做什么？"

苏徊意道："路上饿了吃。"

苏持看他的眼神像在看猪崽子："今天要走很久的路，轻装上阵你不知道？"

苏徊意再度祭出能量守恒定律："我可以一边吃一边走，把重力势能转化为动能。"

苏持拍手称赞："物理学上的飞跃。"

下缆车后就是半山腰。于歆妍戴了顶遮阳帽在看手上的攻略图："前面有座跨越山谷的索桥，下个山头是长达三千米的玻璃栈道。"

苏徊意觉得小腿肚又开始打战，他来之前可不知道有这么刺激的东西。

他以前也听过玻璃栈道这种景点，但因为恐高从来没去过，没想到如今猝不及防就要直面恐惧了。

苏徊意抬手抓了一把苏持，试图汲取一点力量。

苏持已经习惯了，再加上刚刚知道苏徊意恐高，这会儿便没把人推开，就让他这么搭着。

头顶的日头大了起来，脚下的路面被晒得发白，四周游客三五成群，声音嘈杂。

苏家人不说穿着，光是长相和气质就超出旁人一大截，特别是兄弟几人，各具特色，往人群里一站宛如鹤立鸡群。

周围人的视线和议论若有若无地传过来，苏徊意正搭着苏持的手往前挪，几道声音便飘到他耳朵里：

"你看到那几个帅哥了吗？我要被帅到窒息了！我最喜欢穿黑衣服的那个。"

"他旁边的男生也好看啊，脖子上还有颗红痣，太绝了！"

一行人跟着旅游的人群慢慢往前走，不过百米便到了空中索桥桥头。

两山之间陷下一处峡谷，成片的热带雨林郁郁葱葱，一座晃晃悠悠的索桥就这么横跨山间，两边用麻绳做阻挡，脚下是块块木板平铺在索链上。苏徊意又开始眩晕了。

苏纪佟已经握着于歆妍的手踏上了索桥。于歆妍显得很兴奋，一个劲想甩开苏纪佟自由狂奔，但被严令制止了。

夫妻二人拉拉扯扯地走出五六米远，接下来便轮到几个儿子。

苏珽一看到索桥就来了兴致，再度丢下兄弟几人冲了出去，桥头转眼只剩苏徊意、苏持和苏简辰三人。

苏徊意没动，身边两人不知为何也没动。

苏徊意看了眼苏持，后者正双手揣兜侧头看向索桥，面容冷峻，姿态孤傲。

求助的话在舌尖转了两圈，苏徊意张了张嘴。苏持若有所感，从裤兜里拿出一只手。

"大……"

"你是不是怕高？"苏简辰的声音截断了苏徊意的话头，他敦厚的俊脸被明晃晃的太阳晒得有些发红，他将一只手递到苏徊意跟前，"你想拉就拉着。"

苏徊意呆住了，余光里，苏持转回了头。

第六章

苏徆意现在很尴尬。

他刚刚开口叫苏持的那一瞬间,不知道为什么就觉得苏持是在等他开口,但现在……

苏徆意看着递到自己跟前的这只手,手掌宽厚、掌纹交错,给人很踏实的感觉。于情于理他都不该拒绝。

苏简辰立在他跟前,这么高大挺拔的男人在人群里本来就很惹眼,这会儿伸了只手等着他,旁边的人就看了过来。

苏持也看了过来。那只拿出裤兜的手就搭在身侧,没递上来,也没收回去。

头顶的太阳照下来,苏徆意感觉额头都渗出汗了。

我的妈呀……苏徆意想,他是要拉着苏老二,再轻巧地跟他大哥说"走吧",还是拒绝苏老二,转头拉上他大哥?可不管怎么选,被拒绝的那一方都很难堪啊!

苏徆意试探地伸手握住苏简辰的手腕,反手带到自己背包后面,让对方拎住两只兔耳朵。

苏简辰神情疑惑。

苏徆意解释道:"我们就排成一溜顺着走,也免得挡住后面的人。"

苏徊意觉得自己太机智了，真是个绝妙的主意！

苏持嘴角抽了抽，他终于开口："贪吃蛇？"

苏简辰迟疑了一秒，说了声"行"。苏简辰本来对拉手也有点抗拒，刚才也是看苏徊意实在走不动路才提出来的，拉耳朵也好，避免尴尬。

苏徊意带着苏简辰溜到了苏持身后，他抓住苏持的后衣摆抖了抖，跟抖缰绳似的："大哥，走。"

苏持宽容地不同他计较太多。

三个风格各异的帅哥走在索桥上，本来应当是一道绝美的风景线，但现在，他们成了一条绝美的线，还很直。

周围的游客神色奇异，复杂的目光在苏徊意三人身上往返交错。人是长得帅，可惜脑子都有点问题。

苏徊意毫无察觉，他拉着苏持、带着苏简辰往前走了十来步，背后都冒虚汗了，眼神压根不敢往四周瞟。

苏简辰拎着兔耳朵："你是不是怕得在抖？"

苏徊意觉得他二哥有时候耿直过了头，一点也不顾及他身为男人的自尊心。

"没有，应该是背包被风吹得在抖。"

突然，索桥不知道被谁恶作剧地用力摇晃了两下。

苏徊意猛地一下揪紧了苏持的衣摆，剧烈颤抖起来。

苏简辰："……"

苏持语调森寒："苏徊意。"

苏徊意看见被揪成 V 形的衣摆下露出苏持一截腰身。

一阵谷风吹过，苏持的语调顿时又冷了几分："我的腰很凉。"

下一秒，苏徊意的背包被苏简辰拎起，手被苏持抓住，整个人被一前一后地拉扯着，头顶那撮翘起来的头发在风中晃动，像是拔河绳中间的布条。

苏持道:"注意你的言行举止。"

苏徊意乖乖合上嘴巴,点头"嗯嗯"两声。

看苏持转回去,苏徊意微微侧过头小声问苏简辰:"二哥,我刚刚的举止是不是很没有格调?"

他还记得他大哥是个有格调的人。

苏简辰看他的眼神很复杂。

三人艰难地走下索桥时,苏纪佟跟于歆妍已经等在路边了。于歆妍在喝自带的茶水,苏徊意往苏纪佟敞开的背包里扫了一眼,全是纸巾、毛巾和雨具这类实用的东西。

苏简辰松开了苏徊意的背包耳朵,苏徊意也放过了苏持的衣摆。苏珽看见三人后轻哼一声:"你们真慢。"

苏持整理了下后衣摆,没说什么。

下了索桥还要走十来分钟才能到玻璃栈道,路旁的雨林遮蔽了一半的天空,在石板路上投下细碎的阴影,风一吹,脚下光影绰绰。

越临近中午,天气越是炎热。

苏徊意跟着众人走了一会儿,觉得肩上的背包越来越沉,他掀开领口往肩上瞅了瞅,隐隐能看见被勒出的红痕。

"你在看什么?"苏珽忽然偏头过来。

苏徊意拉领口的手一松,才发现爸妈兄弟几人全在看他。

苏徊意回答:"在看重力势能留下的痕迹。"

其余人一脸疑惑。

苏持听懂了,冷笑一声。苏徊意感觉自己身为男人的自尊心再次受到了打击。

一路往前,左侧是林荫浓郁的山体,右侧望去可以看见海岸沙滩,风自岸边吹来,隐隐有咸湿的味道。

苏徊意摸出手机拍了几张照片，发到了"射击小分队"群聊。

孙河禹这时候正在被迫参与无聊的家族聚会，羡慕地回了他一串吃柠檬的表情包。

周青成一眼认出照片中的景点，啪啪打字。

周青成：南港的森林公园啊，我三年前去过，还蛮好玩的。你从这里往前走还有条玻璃栈道，贼刺激！

苏徊意：我知道！

后面是一张写有谐音字"孩怕"的搞怪表情包。

周青成：你怕？哈哈哈！那你小心点，那条栈道出过意外，去年就有块玻璃裂开了，还有人差点掉下去。

周青成说完给他发了个玻璃破碎的动态表情，吓得苏徊意立即退出群聊，关掉手机。

他本就不多的勇气几乎消失殆尽！

玻璃栈道位于山腰上，走势先向下蜿蜒而后向上，众人到了栈道口，整条栈道便尽收眼底。

于歆妍指向中间一个圆形的观景台："那边就是网红打卡点，半面嵌入雨林，半面支出山体外，我们到时候过去拍几张照片。"

观景台上已经有很多拿着自拍杆拍照的年轻男女，似乎还有网红在做直播。

苏徊意趁着没人注意，偷偷靠近苏持，小声道："大哥，我好像晕晕的。"

苏持说："那就别看脚下。"

玻璃栈道会限定客流量，一批一批地放人进入，于歆妍和苏纪佟上去后刚好轮到一批放行截止。他们隔着人群朝兄弟四人挥手："观景台见了！"

苏珽"嗯哼"两声："故意的吧，二人世界。"

没隔多久，苏徊意和苏持也上去了。

这里比索桥宽敞，周围的游客松松散散地往前走着，苏徊意满脑子都是周青成刚刚发的事故信息，踏在玻璃上的每一步都是软的。

他没好意思再拉苏持的衣服，只能把兔耳朵往苏简辰手里塞。

苏珽凑热闹："玩啥呢？分我一只呗。"

苏简辰手大，刚好握住两只耳朵，他挤开苏珽："一起抓着路都不好走。"

"怎么不好走？快给我一只！"

苏徊意生无可恋地颤抖着腿，缓缓往前挪动，身后的两个大男人还在争夺兔耳朵，他更觉眩晕。

一片混乱之中，前方传来一道讯消的声音："非要捏着只兔子做什么，今晚赶着奔月吗？"

"……"兄弟二人齐齐松手。

苏徊意顿觉得救。

走出一段距离，苏持对苏徊意说，"你要是真的不行，待会儿拍了照就原路返回，旁边有缆车可以直接坐到栈道尽头。"

苏徊意虚弱地摇了摇头，男人不能说不行。

几人到达观景台已经是十几分钟之后。

周围有好些游客在合影自拍。苏徊意的注意力完全集中在自己周围一米的地方，企图捕捉到一丝一毫玻璃碎掉的前兆，顾不上别人在做什么。

于歆妍拉着兄弟几人拍了全家合照，转头就发现小儿子笑容十分缥缈……她惊了一下，小心道："你是不是恐高？"

苏徊意"嗯"了一声。

于歆妍赶紧搂住他："早跟爸爸妈妈说啊！"她明明记得小儿子是不恐高的，以前还经常去全景旋转餐厅吃饭，胃口不也挺好吗。

135

苏徊意结结巴巴地说:"突、突发的。"

于歆妍:"……"

她立马让苏徊意倒回去坐缆车。苏徊意本来还想坚持一下,被苏纪佟制止了:"出来玩别勉强自己,你们谁陪小意倒回去一下。"

苏徊意下意识看向苏持,苏持也正在看他。苏徊意刚要开口,苏珽突然蹦过来:"弟弟,三哥陪你。"

接着,兔耳朵就被他逮住了。

苏徊意觉得苏珽只是单纯觊觎这只兔兔。

苏家几兄弟怎么一个二个都喜欢毛茸茸的东西呢?

苏徊意跟着苏珽往回走出五六米,忽然想起刚刚跟苏持对视时看到对方嘴巴有点干,也不知道是不是没带水。

苏徊意停了下来:"大哥,你要不要……"

他的话头猛地一顿。

苏持脚下的透明玻璃发出"咔"的一声,随后便像蛛网般裂开了,并且以他为中心向周围快速延展。

苏徊意脑子里"嗡"的一声。

——那条栈道出过意外……有块玻璃裂开了……有人差点掉下去。

想到这些话,苏徊意也不知道哪儿来的勇气,猛地扑了过去,一把抱住了苏持的胳膊,抖着手飞快地把人往旁边拖。

"哥哥哥哥……"

苏持在被抱住后蒙了几秒,却没把人推开。

面前的人一张脸都是白的,嘴唇也在抖,冲过来的速度却极快。

算上苏纪佟那次,这已经是第二次了。

两人跌跌撞撞地往旁边冲出几米,中途差点撞到其他游客。苏徊意腿软得几乎挂在苏持的胳膊上,还在把人朝一边拖。

"玻璃!玻璃裂了……"

苏持在听清他的话后,蓦地一顿,伸手拦在了苏徊意身后,稳住两人的身形,而后拍了拍苏徊意:"没事,是特效。"

苏徊意的小脑瓜逐渐恢复冷静,他从铺天盖地的惊慌中缓缓抬头,神色迷茫。

苏纪佟几人听到动静便围了过来,看到两人的样子顿时失笑:"小意该不会以为是真的吧?这里的裂痕特效还挺出名的,你不知道吗?"

苏徊意整个人都傻了。

他不知道啊!他就一"外来人口",怎么可能知道啊!

旁观的游客也在笑。一名年轻女子转头跟她老公说:"你看人家,我哪天要掉下去了,你会冒着危险来救我吗?"

她老公立马说:"我会啊!"

"这还差不多。"

苏徊意刚刚已经用完了所有的勇气,这会儿身体仿佛被掏空,腿一软,抱着膝盖蹲了下去。

周青成这狗贼害他!

苏纪佟心疼他:"老三,你快带弟弟回去坐会儿。"

苏珽说:"来,弟弟,跟三哥回去。"

苏徊意一下没站起来:"让我再缓缓……"

面前忽然落下一片阴影,一只手拖住了他的胳膊,往上抬了抬。

苏持的声音在苏徊意头顶响起:"上来,我背你。"

苏持肩平背阔,背着苏徊意道:"趴稳了。"

苏徊意应了声。

其实他现在还有点后怕,刚才也不知道怎么了,竟然想也不想就冲了过去。大概对于朝夕相处的人,他做不到袖手旁观。

苏持对他那样好,所以危机来临的那一瞬,他本能地冲了过去。

苏徊意回想了一下刚才的场景:"大哥,我扑倒你的样子好狼狈,你是不是忍笑忍得很辛苦?"

"没有。"

没有忍得很辛苦?苏徊意皱眉,那就是放肆地笑出声了。

苏持说:"我又没想笑你。"

苏徊意一愣:"你没笑我?"

苏持想起自己被扑开的那一刻,苏徊意都快吓哭了,自己怎么可能笑得出来?

"别动了,"苏持说,"你的重力势能全部转化到我身上了。"

苏徊意:"……"

坐缆车直达休息区只要不到十分钟的时间。

苏徊意下了地后,背上的兔子背包就被苏持拿走了,他有些不好意思:"我自己来吧,背包挺沉的。"

苏持丢了个罐头到他手里:"你装包的时候怎么就没觉得呢?"

苏徊意腼腆地垂着头啃罐头肉。

下面的行程就是正常的爬山、逛植物园和体验特色餐厅,待所有行程走完,太阳已经快下山了。

一行人坐在回程的车上,苏徊意挨着于歆妍,脑袋已经快被搓秃了。

于歆妍道:"傻孩子,以后要是真的遇到危险,也不要一个人冲上去。"

苏徊意乖巧地答应:"我尽量拉帮结派地冲。"

于歆妍噎了一下。苏珽坐在对面玩苏徊意的兔耳包包,骨节分明的手指穿过柔软的绒毛:"弟弟,今天要是换成三哥,你会冲上来吗?"

苏徊意立即意识到这是道"送命题",赶紧说:"不管是爸爸妈妈和哪个哥哥，我肯定都会冲上去的！"

"哦，三哥很感动。"苏珽看了他一眼，又朝苏持挤眉弄眼，"大哥感动吗？"

苏持神色平静："不敢。"

大概是今天受了惊吓，苏徊意回去之后又有点发烧。

凌晨两三点他被冷醒了，身上是冷的，鼻息却很热。他迷迷糊糊地爬起来喝水，结果没拿稳水壶，水壶"哐当"一声落在了料理台上，差点把盖子磕飞。

苏徊意正拿着餐巾纸擦水，苏持的卧室门开了。

苏持拢了拢披着的睡袍，平时严谨的发型也有些随意，整个人显得柔和了很多。

他三两步走过去："怎么了？"

苏徊意又困又晕，仰着脑袋就往苏持跟前凑："大哥，我好像又发烧了……"

苏持伸手贴上他的额头，皱眉道："舌头捋直了说话。"

感受到他的体温实在偏高，苏持头疼地叹了一口气，回屋里换了身衣服，便带着人去往疗养院的医疗区。在这个地方度假就是这一点好，医疗条件是普通酒店比不了的。

外头天色漆黑，一片寂静，苏徊意被苏持拉着胳膊往医疗区走。

"大哥，我想睡觉了。"

"去量过体温吃了药再回去睡。"

苏徊意这次来只带了感冒药，没带退烧药。苏持也不敢给他乱吃，如果真的发烧了，最好是对症下药，这种时候还是谨慎为好。

医疗区里的医生是24小时值班，苏持挂了号，又拖着快要睡着的苏徊意去就诊。

等出了结果拿完药回去，已经凌晨四点。

139

苏徊意身上难受,刚刚很困,现在却睡不着。他裹着被子坐在落地窗前,突然想看海上日出。

"大哥,你先回去睡吧。"

苏持站了一会儿,返回卧室关上了门。

苏徊意在落地窗前坐了十来分钟,卧室门忽然又开了,苏持走了出来,他已经洗漱完穿戴整齐,手里还抱了床被子。

苏徊意嘴巴呈"O"形,一眨不眨地看着他那如天神下凡般的大哥弯腰把被子给他裹上,领口处还仔细掖好,然后略带成就感地拍了拍。

苏徊意有种在沙滩堆城堡的感觉,问:"活埋?"

苏持抬眼:"我就不该把你的头露出来。"

苏徊意噤声了。

两人一起坐在落地窗前,有那么一段时间,谁也没说话,就看着窗外。

苏徊意没问苏持怎么出来了,苏持也没解释,有的事说出来好像反而显得多余。他想,苏持这么做是出于一个兄长的责任也好,或是为人正派的愧疚心也好,那都是好的。

以后还会越来越好的。

日出的那一刹几乎来得毫无预兆。

海天相接的地方忽地出现一道明光,映亮了深蓝的海平面。下一刻,赤红金橙的圆弧跳出海面,霞光漫天。

苏徊意眼中盛满了朝晖,眸光灼灼。

他窝在铺盖卷里抖了抖头发,像一棵破土而出的嫩芽,枝条舒展。

"嫩芽"被拽了一把。

"大哥,你做什么?"

"揠苗助长。"

苏徊意的病情反复是让苏纪佟没想到的。

今天他们本来还有别的行程，但看苏徊意现在这样估计是去不了了。

"爸妈，你们去玩就是了，我在房间里睡觉。"

"瞎说什么！"苏纪佟严肃地道，"我们怎么可能自己跑出去玩，把你一个病人丢到房间里不管不顾？"

于歆妍也说："一家人出来又不是为了去什么景点，主要是想大家在一起开开心心的。"

苏徊意就这么被"镇压"了。

他几乎在房间里躺了一天，苏持也没去别的地方，待在客厅处理工作，到了点给他拿药送饭。

下午的时候，苏简辰跟苏珽过来找苏徊意打扑克牌。苏徊意窝在被子里，和苏简辰一起十打十输——苏珽的运气好到仿佛出老千。

打完牌的苏徊意更蔫了。

苏持进来把苏珽赶了出去，苏简辰跟着离开了。

两人走后，苏持问："你一个人输？"

"还有二哥。"苏徊意吸了一下鼻子。

"但我看老二心情不错。"

"大概是两个人一起输让他觉得自己更合群了。"

苏持竟无力反驳。

苏徊意吃过晚饭后泡了个热水澡，顿感轻松很多。他今天躺了一整天，这会儿想出去走走。

苏持今天也没怎么动，看苏徊意的精神好了些，两人便换了衣服一起出门。

两人走到大厅时遇到散步回来的家里其他四人。苏珽一看他们要出去，立马加入进来："要不要去玩桌球？"

苏纪佟赞成："这主意不错。桌球馆在室内吹不到风，还可以疏松筋骨，小意你们可以去玩会儿。"

苏徆意说："好的呀。"他其实没怎么玩过桌球，总感觉这是一项专业而有格调的运动。

电视剧里很多高富帅都通过打桌球来搭讪，可惜现在是他们兄弟四个一起玩，必然没这个机会。

桌球馆开在娱乐区，旁边还有保龄球馆、滑冰场，苏徆意不懂就问："都是运动项目，为什么不放在疗养区？"

苏简辰还没做出专业解答，就听到苏持反问了一句："放在疗养区做什么，刺激病人？"

苏徆意："……"

桌球馆从外观看就有种高档娱乐场所的风格，苏徆意进门时注意到牌子上写了"NY"两个字母，和清吧一样隶属于疗养院背后的老板。

四人进去后开了个单独的包间，包间内沙发、桌台、茶几一应俱全，还有个小屏显示器，应该可以放歌曲或电影。

苏持解了袖扣，将袖子挽至肘间，强光照射下，小臂肌肉落下流畅的线条阴影，苏徆意忽然理解为什么男生喜欢打桌球了。

苏珽拿了球杆在手里秀技般一转，侧身坐上台沿，"砰"一声响，开球姿态随意。开局的主球碰撞红球后，以一个刁钻的角度折返，并停留在开球区内。相当好的局势。

苏珽谦虚地道："运气，运气。"

苏持和苏珽相反，姿势优雅而标准，宽阔的肩背向外打开，肘臂收拢，俯身抵杆时眼底映着光，像只蛰伏的凶兽。

苏徆意坐在一旁看兄弟二人对局，苏简辰三言两语地同他讲了规则。他虽然没太听懂，但还是觉得很厉害，反正总结起来就是一个字：牛！

一局结束，苏持直起身转过来："要玩吗？"

苏徊意站起来："我不会。"

苏持招呼苏徊意："过来。"

苏徊意依言走近，握住球杆的瞬间，冰凉的触感传入手心，接着苏持把他的手往下拉了拉："握这里。"

苏徊意照着苏持的指示调整好姿势，又弯下腰，上身趴在桌沿上。头顶灯光落下，有一瞬间他觉得自己帅爆了："哥，快看我这样是不是很帅？"

他叫苏持"哥"叫习惯了，这会儿有三个哥哥，几人同时看过去。

确实很帅。

帅气的苏徊意姿态清绝地一推，空杆了。

众人："……"

苏持哼笑："你觉得你能帅到谁？"

苏徊意腼腆地道："总会有那么几个眼神不好的。"

勉强打进几个球后，苏徊意退了下来，把桌台让给苏简辰和苏珵。他出来之前喝了很多水，这会儿想上厕所，跟几人打过招呼便推门而出。

桌球馆内的装潢大气精致，走廊的顶灯每隔五米一盏，灯光落在深红的绒毯上，明暗间隔。

苏徊意上完厕所出来，刚转过拐角，差点撞上一个人。

对方伸出手扶了他一把："小心。"

声音有些耳熟，苏徊意抬头，面前的男人他竟然见过，正是那家会所的胡经理。

对方见到他也有些惊讶，随即笑了："好巧，我们果然投缘。"

苏徊意总觉得这话哪里不对，但他现在脑子转不动，也不愿意去细想，只想找个借口快点溜回去。

对面的人似乎并不打算放过他："上次我以为你是普通学生，

没有冒犯你的意思。我向你赔个罪，交个朋友可以吗？"

苏徊意推脱："今天不方便，我们下次再交朋友。"

"防备心这么重？"男人无奈一笑，似乎打算把话说开了，直接伸手拦住苏徊意的去路，"我就是想和你交个朋友。"

苏徊意骤然抬头。

男人看着他继续说："我们先了解一下，然后你再做决定也不迟，是不是？"

是什么是！这不是消费陷阱吗？

苏徊意整个人都不好了，他侧身想绕过面前的男人，却再次被人挡下。

"咚！"铺了地毯的走廊本来不该发出声响，因此这道突兀的脚步声瞬间引起说话人的注意。

男人回过头，在看清来者后敛了笑意："苏先生。"

苏持站在六七米外的地方，白炽灯光洒落，他看着男人，眸底似寒潭般幽深。

苏持的眼神从苏徊意身上一扫而过，转向男人："聂先生。"

苏徊意当场呆住。

他没想到苏持会出现在这里，更没想到这两人还互相认识。

"你不是姓胡？"苏徊意目光如炬。

男人的神色有一丝尴尬，苏持冷笑："姓胡？名说？"

聂亦鹄转头向苏徊意道歉："第一次见面时我怕吓到你，所以才隐瞒了身份。"

苏徊意特意绕开聂亦鹄往苏持身边蹭："我不介意你一直隐瞒下去。"

聂亦鹄："……"

他刚伸手将人再次拦住，苏持带着寒意的声音就从后方响起："聂先生既然认得我，那你也该知道他是我弟弟。"

苏持说的不是苏家人,而是他弟弟,这两者在情感倾向上有微妙的差别。苏徊意察觉到了,抬眼看向苏持。

聂亦鹄温和的面容上笑意全无:"那又怎样?我只是想和他交个朋友而已,苏先生是不是管得有点多?"

苏持的脸色蓦地沉了下去。走廊里静默无声,气氛凝重,两人对视时似有火星,只需一根导火索便可引爆燎原之火。

紧绷的气氛中响起"呼噜"一声,是苏徊意吸了一下鼻涕。

两人被打断:"……"

苏持看苏徊意十分没有精神,便没再管聂亦鹄,直接迈步过去,隔开聂亦鹄的胳膊,将苏徊意往自己身前一拉,道:"回去了。"

苏徊意只觉得手腕一热,浑身的暖意也跟着起来了。

脚下的地毯明暗交替,苏徊意被苏持拉着往前走了十来米,聂亦鹄没再跟去,只立在原地看着两人离开。

拐过一道弯,苏徊意探头问:"哥,你怎么来了?"

苏持脚步一顿,转过身,苏徊意差点没刹住脚撞到对方。

苏持问:"怎么,嫌我多事?"

"没有没有,大哥救我于水火!"苏徊意看了一眼四周,发现不是回包间的路,猜想苏持是要跟自己单独谈谈,"大哥,你们认识啊?"

苏持很冷淡:"见过。"

"他不姓胡,那他叫什么?"

"不是跟你说了,姓胡名说。"

苏徊意觉得苏持是把自己当傻子:"哥,我认真问你呢。"

苏持揪了一把苏徊意的头发:"你问这么清楚做什么?你只要知道他叫'胡说'就行了。以后他跟你说什么,你都要记得'他是胡说'。"

苏徊意没忍住笑出声,他对人名一类的笑点真的毫无抵抗力。

145

苏持被他笑得都快没脾气了。也不知道苏徊意以前那股耍阴谋诡计的聪明劲跑去了哪里,改邪归正后智商都下降了吗?

姓聂的能在短短几年间一跃成为新贵,心机手段非同常人,谁知道他到底有什么目的?

"我提醒你,离姓聂的远点。"

苏徊意笑着故意纠正对方:"是姓胡的。"

"……"苏持改口,"离姓胡的远点。"

苏持觉得自己变了,以前总说苏徊意如何与自己无关,现在竟变得这么"多事"了。

两人换了条路往包间走,苏徊意看苏持的脸色缓和了,就蹭过去问:"哥,你刚刚生气是不是因为胡先生不好?要是换个善良的人就可以了?"

苏持说:"那也不一定,太蠢的就不行,你们会一起被人骗光家产。"

苏徊意顿时笑出了一个鼻涕泡。

他觉得苏持对朋友的要求太严格,剧本中的人肯定各有各的缺点,最完美的不就是苏持本人吗?

苏徊意说:"你总不能让我找个像你一样的吧?"

苏持皱眉:"怎么不能?你就按我这个标准找就行了。"

苏徊意为难道:"那肯定很难。"

苏持猝不及防被拍了一下马屁,回过神来居然觉得挺舒坦。

苏持叮嘱:"和人交往,要记得宁缺毋滥。"

苏徊意跟着苏持回到包间时,苏珽还在台桌边缘翻滚旋转,花式秀技,压根没问两人这么久去哪里了,这人一玩起来什么都能抛到脑后。

苏简辰倒是看了两人一眼，但什么也没说。

玩到晚上九点左右，苏持就说该回去了，几人去前台结账，不出意料地被告知免单。

苏珽觉得奇怪："为什么？"

苏简辰的目光立马落在苏徊意身上。

苏持掏出卡递过去："刷，不刷就投诉你们欺骗消费者。"

前台还是第一次遇见这种奇怪的投诉理由。他们欺骗消费者什么了？说好要给钱临到头却不让给？

强行刷卡结账后，一行人出了桌球馆往回走。

苏徊意偷偷同苏持道："我还是第一次碰到向我示好的人。"

苏持嗤笑一声，教育道："用金钱来示好是最廉价的方式。"

苏珽只听到后半截，凑过来问："你们怎么在聊这么深奥的问题？"

苏徊意小心翼翼地侧头看了眼苏持。

苏持面不改色："有感而发。"

苏徊意第二天起床就退了烧，他下午跟着苏简辰去练了会儿划船机，晚上又带上苏珽打扑克牌。

一开始是他们三个人打，打了一会儿毫无游戏体验感，仿佛是在被游戏厅骗钱，苏徊意就叫了苏持过来，说要四个人打两家。

分组的时候苏珽想和苏徊意一组："看你生病可怜，三哥带你躺赢。"

苏徊意说："我要和大哥一组。"

苏珽的运气再好，他大哥也是最厉害的！

苏珽仍在试图将苏徊意从苏持身边拉过来，苏徊意在两人之间来回往复，无人问津的苏简辰有种被排挤的感觉。

"为什么不跟我一组？"他对苏徊意说，"既然没法决定你跟他们谁在一组,那还不如跟着我。"

苏徊意拒绝了他的好意:"我尊重排列组合。"我俩最差劲,不能组到一起。

苏徊意最后还是跟苏持一组,有了苏持的加入,他们开始玩钱了。

苏持虽然没有苏珽的牌运,但他能记会算,还剩哪些牌、大概率在谁手里,全部算得一清二楚。他靠脑力赢下几局,反倒赢了苏珽几百块。

苏珽和苏简辰回去后,苏持把钱全丢给苏徊意:"你收着吧。"

苏徊意刚好在床上躺平,风从窗外吹来,钱就撒了满身。他眼皮子顿时一跳,坐起来收钱:"哥,你别把钱放我身上,吹开了不吉利。"

苏持:"……"

在疗养院住了几天,黄金周便接近尾声。苏徊意后面几天又把身体养回来了,感冒的症状基本消失,只是病去如抽丝,整个人蔫头耷脑的。

返程前一天,苏家人去当地最有特色的餐厅吃饭,苏徊意跟着众人刚走进门口,又在店名上看见了"NY"。

苏纪佟顺着他的目光望去,问道:"NY是什么意思?"

苏持一言不发。他早该想到了,聂亦鹄。

苏徊意神色木然:"孽缘的意思。"

苏纪佟一惊。

苏持:"……"

吃饭间,苏纪佟开了瓶果酒,除苏徊意之外一人一杯。苏徊意嘬着鲜榨果汁,冷眼看着他们讨论酒的口感。

餐桌上觥筹交错,苏徊意旁边坐着苏持,他偷偷戳了戳对方:

"大哥,要是一会儿又被免单了该怎么办?"

苏持以不变应万变:"投诉。"

苏徊意感叹他大哥不愧是最厉害的,能够将规则合理运用到极致。

回去前,苏徊意收到了"射击小分队"的消息,他们之前说要考察市场和销售点,孙河禹已经把行程规划好了,就在五天之后出发。

苏徊意没忘记被周青成坑了一把那笔账,心里默默盘算着怎么报复回去。

因为是瞒着家里偷偷做生意,他只跟苏纪佟、于歆妍说要和朋友出去玩半个月时间。

苏纪佟不太放心他:"周家跟孙家的孩子?就你们三个吗,去哪里玩?要不要爸爸请个保镖跟着你们?"

苏徊意赶紧说不用。

苏持揣着手看他爸像担忧小学生春游一样担忧苏徊意,仿佛苏徊意会被人贩子拐跑。

安抚好苏纪佟夫妇后,苏徊意溜去一边在群聊里发消息,正聊着,苏持就过来了。

"周青成跟孙河禹?"苏持看着他,"你们的关系什么时候这么好了?病还没养好你就非要去旅游?"

苏徊意立即锁上手机屏幕,显得特别心虚。他垂头抠手指:"第一次交到朋友,想和他们出去玩啊。"

"别撒娇。"苏持皱了皱眉头,想说什么又止住了。

苏持迅速在心底衡量了一下周青成和孙河禹的为人,最后道:"记得定期跟家里汇报行程,不要让爸妈担心。"

苏徊意特别乖地举起一只手保证:"会的,我会发在家庭群聊里,再配图配字配说明,风景、自拍加合影。"

苏持满意地拽了一把他翘起来的头发："这就对了。"

临近离开时，苏持忽然接了个电话。苏徊意就待在旁边，隐隐听到是秘书小秦的声音，他现在还对这个秘书抱有极大的觊觎之心。

就等着小秦什么时候被他大哥辞退了，他就去挖来。

等苏持挂了电话，他凑过去："是小秦？"

苏持瞥他一眼："看来你对小秦的印象很深刻。"

苏徊意说："小秦很不错。"

"是不错，工作能力强，也不给我惹事。"苏持说到这里忽然一顿，又转头细细观察苏徊意的神色，慎重地补充，"但不够稳重。"

苏徊意简直不能更赞同："对，就是不够稳重！"赶紧把人辞了！

苏持放心了：你清楚就好。

苏徊意也放心了：你清楚就好。

一片祥和的气氛里，苏徊意将两条腿搭在椅子边缘晃悠："小秦给你汇报工作？"

苏持说："跟我讲假期后的安排，我可能要出趟差。"

"去哪儿啊？"

"榕城。"

苏徊意的腿一下定住了。

榕城？他们不也是要去榕城？！

假期最后一天，苏家人乘飞机回去了——苏珽还得回学校上课，跟他们不是同一航班。

临走前，苏珽搭着苏徊意的肩膀道："有空来首都找三哥玩。"然后他就在苏持的注目礼中迅速溜走。

苏徊意回到家，收拾行李时后知后觉地发现，首都好像也在他们的行程里啊。

孙河禹定的行程完全就是在遇到他哥的路线上反复碾压！

吴妈过完节回来了，在厨房里煲了一大锅汤说要给家里几人补补，特别是苏徊意，才一周没见又瘦了。

苏徊意谢过吴妈，去庭院里看那盆罗汉松。

枝干曲折遒劲，针叶苍翠葱郁，几天没管它，长势依旧很好。屋檐挡了大半的雨，但盆上还是沾了泥土，苏徊意顺手给抹了。

苏简辰从回廊上走下来，看见他满手的泥，从裤兜里抽出张手帕塞到他手里："你也不嫌脏。"

他觉得苏徊意是真的变了，以前那股刻意装出来的矜贵气不见了，现在变得很不讲究，但也要比原来那样可爱很多。

"二哥，我洗了再还你。"苏徊意把手帕揣进兜里。

"你扔衣篓里就行了，用人会收。"

他们家请的钟点工每天早晚会过来收拾打扫。

苏徊意想起苏持的衬衣，他收到了自己的行李箱里，还没拿出来洗："大哥的衣服呢？也能扔衣篓吗？还是拿到外面洗？"

"扔衣篓吧，用人知道怎么洗。"

苏徊意忍不住感慨，昂贵的衣服真的好难打理。他问苏简辰："二哥，你知道三万块钱的衣服和三十块钱的衣服有什么差别吗？"

苏简辰困惑不已："多了几个零？"

苏徊意："……"算了。

孙河禹定的行程一共要跑三个城市——榕城、华都、首都，从西南到沿海，全是国内一线城市的代表。

苏徊意的初衷是考察，孙河禹和周青成两人则是奔着玩乐去的，所以行程半公半玩，一个地方待上四五天。

黄金周后天气陡然转凉，苏徊意收拾行李时，厚衣服都快塞不下了。

于歆妍过来帮忙："你就带点贴身衣物，冷了在外面直接买，轻装上阵。"

经过这段时间的相处，苏徊意发觉苏家人虽然都没什么架子，但他们的生活习性还是跟一般人不同。

比如他出去玩会把用得上的东西全带着，苏家人只带最实用的，其他有需要的就直接买。

苏徊意从善如流地把厚外套、秋裤、帽子、充电宝给丢了出来，还丢出一个柴犬布偶。

"……"于歆妍瞥了一眼，"你带了现金？"

苏徊意看到行李箱口袋里露出的一沓钱，是他们打牌时苏持赢下来的："大哥给我的。"

于歆妍觉得他这大儿子很没有格调，她开玩笑："给你几百块钱现金能做什么？要给就拿张卡给你呗。"

苏徊意闻言笑道："那怎么行，大哥的卡是要拿给他以后的媳妇的。"

第二天早上，苏纪佟让家里的司机送苏徊意去机场。

苏持刚好要去公司，两人便一起出门。

清晨的气温偏低，苏徊意裹了条薄围巾，半张脸都埋了进去，只露出一双眼睛。大概是还没从先前的感冒缓过神来，他眼角微微耷拉着，看起来有点没精神。

苏持伸手提过他的行李箱，大步走到院子门口，苏徊意跟小鸡崽似的"嗒嗒"几步跟上，一撮翘起来的头发频频致谢。

苏持的臂力算很好的，这会儿拎着行李，小臂上的青筋都鼓了起来，他拧眉："你是要去青运会参加举铁？"

苏徊意把脸埋深了点："我已经丢了很多东西出去了。"

"比如？"

"保温桶。"

苏持罕见地倒吸了一口冷气，面无表情地建议："要不把电饭煲也一起装上？"

"……"

司机开着车停在两人跟前，苏持把行李装进后备厢，苏徊意忽然拉了拉对方的袖子："哥，一起走吧，先送你去公司。"

苏持一只手搭在车后盖上，垂眼看了他几秒，随后"砰"地将后备厢关上："走吧。"

两人坐上车后座，司机立马发动车辆，安静的车厢内，苏徊意靠近苏持，问："大哥是什么时候出差？"

苏持看了一眼他那撮快戳到自己脸上的头发："明天的飞机。"

"哦……"苏徊意暗自琢磨着苏持的行程，猜想两人应该很难遇到，"分开的这段时间我会想念大哥的。"

大概是他最近变乖了，苏持竟然因为他这句话心软了一下："你准备怎么想念我？"

苏徊意又举起了他那颗屁大点的心："用这个。"

苏持道："那算了……"

车停在公司总部大门口，苏持打开车门，侧身而出，肩膀忽然被人搂了一下。

苏持怔住。车门外的保安也看呆了。

苏徊意收回手，挥手跟苏持拜拜，道："这个想念有没有真诚很多？"

苏持："……"

"砰！"车门关上。司机载着苏徊意掉头驶离，只在原地留下一溜车尾气。

从南城机场飞到榕城大概需要一个小时。

起飞前，苏徊意在家庭群聊里汇报行程，苏纪佟郑重其事地叮嘱他：注意安全！要听空姐的话！

其余人也或多或少地发出两句关心的话，只有苏持没有动静。

苏徊意关机前细细反思：该不会是那暂别的一搂让大哥不开心了吧？

下飞机后，三人坐车到了酒店。这家酒店在榕城城市投资集团名下，专门用来接待外宾或要客，周青成走关系订了三间房，他们一人一间。

苏徊意推着行李箱进了房间才发现是小套间，一室一厅，带沙发、办公桌和卫浴。

那个浴缸的对面还有面大镜子。

苏徊意不太能理解，莫非是方便人洗澡的时候欣赏自己优美的胴体？

收拾完行李后他跟家人报了个平安，想想又单独给苏持发了条微信消息。

苏徊意：离开大哥的第三个小时，想他！

发完这条消息，他就被孙河禹两人拖去吃火锅了。

榕城当地的火锅很有名，三人坐在包间内点单，孙河禹问他们："能吃辣吗，有忌口吗？"

周青成说可以吃微辣，苏徊意大放厥词："我能吃爆辣！"

那个"爆"字发音脆亮，很有冲击力。

两人："……"

孙河禹无语，转头对憋笑的服务生说："那就给他单独来个爆——辣。"

服务生笑道："对不起，本店没有爆——辣。"

孙河禹道："我加价。"

苏徊意："……"

为了照顾到每一位朋友的口味，他们拥有了鸳鸯锅：一个锅底微辣，一个锅底爆辣。

周青成拍了照片就发朋友圈，配文：请大家品品这口锅。

朋友圈里众人皆惊。

有人认出这家店的标志，评论说：难怪说榕城这家火锅店最有特色，原来是这种特色！

苏徊意优雅地在小本本上给周青成又添了一笔。

火锅吃到一半，雾气缭绕间，苏徊意的手机响了一声。他"噔噔噔"地转头一看，是苏持回复了微信消息。

苏持：知道了，刚刚开完会。

苏持：吃这么辣不怕上火？

苏徊意惊了，苏持怎么知道他在吃火锅？他甚至疑神疑鬼地往四周望了一圈，确认苏持不在这里后忍不住发问。

苏徊意：你为什么监视我？

苏持：呵呵。

"苏徊意，你吃个火锅还跟人发消息？谁啊，谈对象了吗？"孙河禹问他。

"是我大哥。"苏徊意问，"你说我大哥为什么会知道我在吃火锅？"

周青成的筷子在锅沿上"啪嗒"磕了一下："我去，该不会是看到我发的朋友圈了吧？苏持居然也会看朋友圈？"

苏徊意恍然大悟，随后疑惑地问："为什么我大哥不能看朋友圈？"

周青成解释："不是不能，是……你能理解看到偶像拉屎的那种感觉吗？"

苏徊意试图体会："也还好，又不是看到人吃屎……"

孙河禹缓缓放下了筷子。

三人出了火锅店，扑面而来的冷气驱散了一身燥热。

周青成侧头看向苏徜意，忽然道："你这样还挺……"

苏徜意投去疑惑的眼神。

周青成细细斟酌措辞："狐媚的。"

苏徜意、孙河禹："……"

需要报班的小伙伴增加了。

三人打算今天先休整，明天再办正事，这会儿吃过饭就溜达上街了。

榕城的街道宽敞干净，商业中心时尚繁华，还有很多网红在打卡点拍摄视频。

周青成对网红这一块相当熟悉："我认识好多网红，不是光靠脸的那种，还有才艺出众的，网上粉丝好几百万，跟明星也差不多了。"

苏徜意想起自己在清吧里遇到的调酒师："你认识网红的话，昆酒的销路就不愁了呀。"

周青成问："你要找美女做代言人啊？"

苏徜意觉得他是被火锅油蒙了心："那我还不如找我哥哥哥。"

熟悉的句式让孙河禹迅速反应过来苏徜意的意思是他那三个哥哥。

周青成捧场道："那是什么？"

苏徜意高深莫测地道："等考察结束，我们再从长计议。"

玩了一天回到酒店，大家都有些疲惫了，洗洗就去睡觉。

第二天早上七点，苏徜意被生物钟叫醒，天刚蒙蒙亮。

他估计周青成和孙河禹还没醒，就洗漱出门晨跑。

他们下榻的酒店往外走两千米是融入现代元素的古街道，混搭的风格很有韵味。苏徊意沿着街道跑了一大圈,直到周围的早餐店陆陆续续开了门,他才在白雾氤氲中往回跑。

这会儿已经八点多,他回去冲了个澡,出来刚好九点,周青成和孙河禹也在大亮的天色中缓缓苏醒,在聊天群里发了条消息,表示自己醒了。

三人吃过早饭下楼,电梯数字层层递减,孙河禹抬着下巴,双手插兜,一副大佬站姿:"今天去见代理商,我们要把格调提起来。"

苏徊意近距离观赏他浮于表面的格调。

周青成道:"你这算什么格调?真正的大佬都是挺背开肩,再冷的天也会把袖口挽到手肘,然后同人说话时微微垂头……"

"叮!"电梯到了一楼。

电梯门打开,周青成还在唠唠叨叨,苏徊意走出电梯,抬眼的瞬间脚步突然刹住了。

敞亮的大厅视野开阔,前台立着一个男人,正侧对着他们三人。

那人挺背,开肩,这么冷的天也把袖口挽到了手肘,露出一截线条流畅的小臂。这人身材高大,同前台说话时微微垂头,五官俊美无俦。

苏徊意瞬间张开手臂,像根升降杆一样把旁边两人重新拍回了电梯里。

他的心脏都要被吓停了,苏持怎么在这里?!

第七章

三人像导弹一样弹回电梯里。"哐!"电梯门缓缓合上,顺着楼层往上升。

周青成和孙河禹挨了一下,觉得莫名其妙:"你在干吗?"

苏徊意说:"我看到了周青成口中真正的大佬。"

周青成感叹:"哇哦,让我看看?"

苏徊意惊魂未定:"不用看了,是我大哥。"

"……"两人呆滞了几秒,"什么?!"

房间内。

三人围着小圆桌呈正三角落座,苏徊意一脸凝重:"第一次圆桌会议正式开始!"

周青成觉得有些窒息:"我觉得开启传送阵比较实际,把你大哥直接传送回去。"

苏徊意心想你不懂,我大哥可是最厉害的:"我大哥物法双抗,百毒不侵。"

孙河禹、周青成惊叹:"不愧是苏持!"

孙河禹安抚他:"其实你也不用这么紧张,遇到了就说是来旅游的不就好了?"

苏徊意凄凉一笑:"大哥跟我说他要来榕城时,我冷静得像个旁观者,结果转眼他发现我是个参与者,你猜他会如何揣度我?"

"……"孙河禹理解了,"你还真会给自己挖坑。"

苏徊意泪眼汪汪。

半个小时后,三人从房间里鬼鬼祟祟地溜出来,形迹可疑得仿佛扒手团伙作案,苏徊意甚至谨慎到拉着两人走消防通道。

光线微暗的走道里,三人扶着墙摸索前进,安全指示灯的绿光映在孙河禹眼底,他幽幽开口:"周青成,你为什么要把房间订在第十八层?"

周青成蹲着地面往下溜:"幺八幺八,要发要发。"

孙河禹道:"可我感觉我在下地狱。"

三人一路上没再碰到苏持,溜出酒店后跑到特色古街上大口呼吸着新鲜空气。苏徊意愧疚地给两人买了芋圆奶汤,他们边走边吃。

吃完芋圆,三人又恢复精神了。

孙河禹把碗一扔,擦擦手,格调荡然无存:"走吧,打车去见代理商。"

双方约在一家茶楼,榕城的茶楼遍布大街小巷,当地人聚会、商谈生意都在茶楼里。

榕城最大的昆酒代理商姓吴,体型微胖,四十岁左右。几人在单独的茶间坐着,要了壶肉桂各斟上一小杯。

周青成不懂这些,从入座起就端坐在椅子上维持格调,孙河禹和苏徊意同人细谈。

吴代理说:"第一批昆酒的销售价格在680元左右,目前知名度还没提上来,卖得不如其他牌子好。"

周青成玩手机,孙河禹撑下巴,苏徊意喝茶。

吴代理看得心火烧:"我们广告也打了,黄金位也给了,还是卖得不好！要我说就先降一点价，把市场打开了再涨回去。"

孙河禹把征询的目光投向苏徊意："你觉得呢？"

苏徊意放下茶杯："不需要自降身价。"他问吴代理，"现在你们每个销售点的日均销量是多少？"

"十瓶不到。"

苏徊意点头表示了解了："那就限购吧，每天限购二十瓶，多的就不卖了。"

吴代理仿佛没听清："啥？"

从茶楼出来，苏徊意目送吴代理离开。周青成待人走远后才说道："他看你的眼神像看白痴富二代。"

苏徊意点头赞同："可他还是不得不按照我说的做。"

周青成感叹："虽然我也不太懂你的操作，但反正我是玩票的，我一个外行就不插嘴了。"

孙河禹比周青成懂一点："放心，亏不了。"

周青成问他为什么，孙河禹半懂不懂，遂一脸高深莫测。

苏徊意也没解释，他只是短暂地利用虚假繁荣、饥饿营销，想要真正解决问题还需要……

他慈爱地看了周青成一眼。

周青成被他看得心惊胆战，仿佛即将被薅秃毛。

下午，三人走访了昆酒在榕城最大的几个销售点，情况果然如吴代理所说，口碑没有起来，只是靠岭酒的名气带着，不至于滞销。

苏徊意心里有数，对此不是很担忧，甚至还有心思一边走访一边探寻苏持的动向。

苏徊意：大哥，让我看看你在哪里。

苏持：有什么事直说。

苏徊意：关心大哥的生存环境。

苏持：放心，我经历过更恶劣的。

苏徊意："……"他总觉得自己又被内涵了。

不过苏持还是给他发了张照片——荒郊野外，看上去像是待开发区。

苏徊意放心了，他们还离得八竿子远。

下午四五点，苏徊意几人终于走访完几个销售点，他们在榕城的公事也算告一段落，剩下的是自由时间。

晚饭是在商业中心的特色古街上吃的。

苏徊意假模假样地拍了张照片发在家庭群，以自证游手好闲。

孙河禹提醒他："你最好别把特色菜发出去，不然他们很容易猜到你在榕城。"

苏徊意浑身戒备："他们若是问我，我就说这是高仿。"

孙河禹："……"

周青成用筷子在碗边磕了一下："你大哥会认出昨天那家火锅店吗？"

"应该不会，不然昨天肯定会问我。"苏徊意放下筷子，双手合十，"但愿大哥是个见识短的。"

孙河禹和周青成觉得他是被吓傻了。

榕城的夜生活是众所周知的精彩，正事也办完了，三人吃过晚饭便打算在商业区玩一会儿再回去。

周青成说去酒吧，苏徊意想起自己上次喝醉断片就心有余悸，严词拒绝道："被我大哥知道就完了。"

"他肯定不会去酒吧，只要我们回去的时候小心点，他是不会知道的。"

苏徊意心中警铃大作："你别乌鸦嘴！我怕的是他从别的途径知道这事。"

"什么途径？"

"社会新闻。"

"……"周青成不由得猜测苏徊意那天回家到底发生了什么。

孙河禹查了下手机："晚上在隔壁街区有场露天演唱会，要不要去听？"

这个选项还比较安全，苏徊意立马举双手赞成。

周青成盯着他绷紧的指尖发出赞叹："你跳健美操一定跳得很标准。"

苏徊意道："谢谢，谢谢……"

苏持这次出差是到榕城考察西郊的项目，晚上吃过饭回酒店已经接近八点。

昏暗的天色下，车流缓缓前行，明红的尾灯点亮了熙熙攘攘的商业街。

秘书小秦在驾驶座上开车："苏董，如果您不想在车里浪费您金贵的时间，我建议您下车穿过广场步行回去。"

"不用，太闹。"苏持往窗外扫了一眼，乌泱泱的人群，嘈杂鼎沸，临时搭建的舞台上是个不认识的小歌手在唱歌跳舞。

昏暗的天色中 LED 灯扫过人群，明暗交错。人头攒动间，一撮眼熟的头发映着光随风摇摆着。

嗯？苏持坐直了，眯了眯眼，突然道："停吧，我下车。"

舞台的音效声响彻整个广场，白光从闹闹嚷嚷的人群头顶横扫而过。

苏徊意跟个三维弹球似的在人群里游走，手机振动了两下，他拿出来"啪啪"打字。

孙河禹靠过去："你在干吗？"

苏徊意头也不抬："大哥问我有没有好好养病。"

"那你怎么说的啊？"

"我说我们在一个山清水秀的地方好好休养。"

孙河禹抬头环顾四周，昏暗的光线里人群拥挤吵闹："山水在哪里？"

苏徊意用小手指画了一圈："人山，人海。"

孙河禹钦佩："意向解释天才。"

苏徊意谦虚地抿嘴。

台上的歌手唱的是时下流行的歌曲，台下观众以年轻人居多，全在挥手呐喊。

苏徊意混迹其中，欢乐地跟着蹦了好一会儿，单方面把演唱会当作大型广场舞。初秋的寒意逐渐被驱散，他身上暖和起来，额头也微微冒汗。

孙河禹有点待不住了，他感觉自己格调尽失："我们换个地方吧？"

苏徊意说"好"，又拿出手机："等我拍张照就走。"

咔嚓、咔嚓，他举着手机拍得开心，微信消息又弹了出来，依旧来自苏持。

苏徊意觉得意外，他大哥还是第一次这么主动地联系他，莫非是想念他啦？

苏持：你现在在做什么？

苏徊意：锻炼身体。

苏持：怎么锻炼的？

苏徊意举起手，跳起来又拍了张照片，落地时还被左右的人群挤得歪了两下。

苏徊意：拉伸，蹦跳，左右横跨。

苏持：呵呵，乍一听还挺丰富的。

163

苏徊意回完消息，总觉得他大哥的语气怪怪的，但又说不上来哪里怪。

他思考无果，孙河禹已经在催促了："好了，快走，我的脑花都要被震散了。"

闻言，苏徊意脑海中立即浮现出孙河禹所说的画面。他赶紧收了手机，转头时，余光忽然扫到一个人影。

他抬眼望去，几米开外的人群中，身材高大挺拔的男人如鹤立鸡群，昏暗的光线都模糊不了对方俊美的脸。

LED灯一晃而过，在对方脸上停留的时间不到一秒，但足以照清那双如萤火般的眼睛。

苏徊意差点一口气没提上来，是他大哥！他大哥怎么会来这种场合？

苏徊意几乎是在看清苏持的那一瞬间便拔腿就跑，身后传来周青成和孙河禹的声音："苏徊意，你去哪里？"

与此同时，几米之外的苏持穿过人潮向他们这边走来。苏徊意暂时顾不上孙河禹两人，他拨开人群朝舞台后方挤。

歌曲恰在此时到达了高潮，歌手飙出一道高音，台下的观众们猛地跳起来跟着尖叫。

"咚！"不知道是谁挤了一下，苏徊意后肩处传来一股大力，脚下也被猛地一绊。他视线一倾，眼看就要往地上扑去。

"苏徊意！"嘈杂的人声中夹杂着孙河禹和周青成的惊呼。

苏徊意的手臂突然被一只有力的胳膊抓住，粗重的低喘带着气恼与后怕在他身侧响起："苏徊意，你躲什么？"

抓着苏徊意的胳膊稳固牢靠，隔开了周围拥挤的人群，一路带着他往外走。苏徊意跟只小鸡崽似的，扑棱了两下就不动了。

他的心脏"怦怦"直跳，一半是被人群吓的，一半是被苏持吓的。

苏持的语气有点凶，压抑的低喘让苏徊意想到了草原上蛰伏捕猎的雄兽，而自己就是那只被盯上的小崽子，现在被雄兽叼着后颈回窝了。

怎么会这样呢？苏徊意忍不住想。

两人挤出涌动的人潮，四周的空气陡然通畅。苏徊意刚站稳，转头就见苏持居高临下地看着自己。

苏徊意道："大哥，好巧……其实我是……"

"这么多人，你乱窜什么？"苏持打断他的胡编乱造，"你以为你是自由的小鸟？能在山清水秀的人潮里尽情展翅？"

苏徊意："……"

三连问，表示情绪强烈，苏徊意心想，自己完了。

周青成和孙河禹这会儿也挤了出来。两人看到苏持，瞬间安安静静地立在旁边，缩着脖子如同两只鹌鹑。

苏持只看苏徊意："问你话，你躲什么？"苏徊意不说话，他又问，"躲我？"

苏徊意把脸缩进围巾里，开始装死。

过了两秒，一只大手抓住他的围巾，拎着他往广场外走，苏持边问："你们住哪儿？"

苏徊意声若蚊蝇："城投的酒店。"

苏持一顿，随即冷笑一声。

四人同行，全程没有一个人发出一丝声音。苏持拎着苏徊意走进酒店电梯，周青成和孙河禹跟着进去，贴壁站好，小心翼翼地戳了个十八层——苏持的房间在二十一层。

"叮！"十八层到，苏徊意正要跟两个"鹌鹑"伙伴一起溜走，后颈就被苏持捏住了，只听他道："待着。"

两只鹌鹑毫不留恋地溜走，只剩苏徊意被苏持拎着，吱都不敢吱一声。

二十一层到了,苏徊意跟着苏持的脚步走向房间。"滴"的一声,门锁被刷开,落入视线的房间比楼下的要宽敞很多,客厅还是落地窗,浴室是透明的玻璃墙。

苏持松开他,扯开领口的扣子转过身:"说吧。"

苏徊意垂下头,翘起来的那撮头发一点一点的。

苏持盯着他那撮头发:"你撒娇也没用。"

苏徊意抬头,神情疑惑。

虽然他不知道大哥为什么说自己在撒娇,不过苏持的话为他提供了新的思路。

苏徊意蹭过去,觍着脸道:"大哥,我好想你,没想到我们住得这么近!缘分,妙不可言啊!"

苏持冷笑:"想我想到转身就跑?"

苏徊意道:"我高兴得想绕着广场跑十圈!"

苏持被他的强行解释搞得无话可说,也懒得追究了。

看苏徊意那张嘴跟机关枪似的,苏持转头倒了杯水递给他:"喝吧。"

苏徊意惊疑不定地接下:"赐给我的?"一大杯鸠酒……

"嘴干了。"

"哦。"苏徊意下意识地舔了下嘴唇。

苏持说:"越舔越干,喝水。"

苏徊意应下,喝了一口水后发出疑问:"那电视上接吻的人说'我用嘴帮你润润'岂不都是假的?"

苏持不知道他看了些什么乱七八糟的电视剧:"那些都是男人的借口,明白吗?"

苏徊意受教:"明白了,明白了。"

两人在客厅里坐着,苏持给苏徊意上了半个小时的安全隐患课,最后说:"少凑热闹,少去人多的地方,你知不知道每年发生多少起踩踏事故？"

苏徊意点点头，再三保证后，才被苏持放过。

这会儿已经九点了，苏徊意习惯睡前洗澡，他瞄向浴室里的大浴缸："大哥，你一个人住吗？"

苏持道："不然呢，跟人一起拼？"

苏徊意："……"

苏徊意试探地凑近了点，问："我可以来你这里泡澡吗？"

他房间里的浴缸是船形的，对面还有面大镜子，他总觉得怪怪的。这个浴缸是圆形的，看上去又大又豪华，他知道苏持从来都是冲澡，不用太浪费了。

苏持问："我这里是洗浴中心吗？"

苏徊意道："我房间里的浴缸对面有镜子，每次洗澡看见自己就觉得不自在。"他疑惑地问，"大哥，你说为什么要安一面镜子？"

苏持大概知道为什么，但这让他怎么说？于是道："为了让你检查自己洗没洗干净。"

十分钟后，苏徊意抱着换洗的衣服溜上来，浑身都散发着欢乐的气息。

浴室墙是透明的，不过苏持记得有个遥控器可以把遮帘放下来，他等苏徊意进去放衣服，就把帘子放下来，挡了个严严实实。

作为一个好哥哥，他要充分尊重弟弟的隐私。

"哗哗"的水声在浴室里响起，苏持坐在客厅里翻当地的旅游杂志，过了一会儿又起身去了卧房。

苏徊意在浴缸里泡得人都要化了才爬出来。

他跟个刚出笼的蒸包似的，热气腾腾地在客厅里搜索他大哥伟岸的身影，结果转了一圈没看到苏持的踪影，于是又敲开了卧室门，这才看见背对门口坐在床沿看手机的苏持。

苏徊意探头进去："大哥，我洗好了。"

苏持头也不回地道："洗好了就回去睡觉。"

"我明天还能再来吗？"

苏持沉默几秒，道："不能。"

"为什么呀？"

"浴缸是一次性的。"

"……"

苏徊意抱着自己的衣服回到房间，刚"滴"一声刷了门卡，他身后那间房的房门就被人从里面打开了。

周青成探出半边身子："苏持有没有说你什么？"

苏徊意回过头，一张脸红扑扑的："说我什么？"

周青成欲言又止，盯着他看了十来秒，神色复杂。

苏徊意三人第二天的行程是去逛古街，听说街上有很多当地的特色小吃和手工品，他打算带点回去当伴手礼。

反正已经暴露行踪了，他无所畏惧！

三人在酒店吃过早饭，出门正好遇到小秦。苏持没在旁边，小秦看到苏徊意便打了个招呼："苏徊意先生，您好。"

苏徊意的目光瞬间变得热切："秦秘书，好久不见，甚是想念。"

"承蒙厚爱。"小秦视线一偏，"苏董。"

苏持从苏徊意三人身后走出来："在聊什么？"

小秦一五一十地道："苏徊意先生说他甚是想念属下。"

苏持神色淡淡："听听就好。"水分很大。

苏徊意跳过对方话中的潜台词，问道："大哥今天有什么安排吗？要不要和我们一起去玩？"

苏持拽了把他翘起来的头发："你们玩你们的。"他说着又看向孙河禹两人,"愚弟就拜托二位照顾了。"

周青成很紧张:"我们一定照顾好愚弟。"

其余人:"……"

和苏持分别后,三人往古街走去。古街距离酒店也就一两千米,溜达着就到了。

途中,孙河禹忍不住道:"周青成,请你回去学学语文。"

周青成现在尴尬得脚趾蜷缩,走路宛如钉耙在犁地:"我只是嘴瓢了。"说着,他戳了苏徊意一下,"你大哥说话的时候眼神好有深意,他嘴上说让我们照顾好你,但那个语气像在说'你们最好保持距离'。"

苏徊意觉得他这是过度理解:"你想多了吧!"

周青成拍拍胸口:"但愿是我想多了。难怪你总想躲着他,我也想躲。"

苏徊意为自己辩解:"我躲是有理由的,再说了,虽然我的身体在躲,可心灵却在靠近。"

其余两人不欲同他分辩。

榕城古街上摊贩很多,卖的基本是当地的糕点、小吃、炸串。三人都不缺钱,基本每种都买了,挨个尝味道。

今天的天气还不错,上午出门时明明天还阴着,中午太阳就跑了出来。苏徊意把围巾取了,敞开外套,颈侧的红痣一下露了出来。

孙河禹每次看到苏徊意那颗红痣都觉得惹眼:"你这颗痣长得好……"

"狐媚。"周青成接嘴。

苏徊意收好围巾,向周青成请教:"你是不是只知道这一个形容词?"

周青成道:"还有个妖媚,但我觉得寓意不好。"

苏徊意一视同仁:"都是一家人,还分谁坏谁好?"

三人在古街上玩了一天,夕阳西下时苏徊意手里已经抱了一堆东西,都是要带回去送人的。

孙河禹好奇地问:"最大的这包是给谁的?"

"给我大哥的。"

"他就在本地,你还给他带这么多?比其他人的都多!"

"因为其他人的要装在我的行李箱里,大哥的可以让他自己带回去。"

孙河禹无言以对。

晚上回了酒店,三人到周青成的房间里打牌。周青成的牌技奇差,孙河禹的牌运奇差,最后居然是苏徊意独赢。

苏徊意在心中感慨:原来自己不是差劲,是走错片场了,自己就该在新手村里当个无冕之王。

玩到晚上九点多,苏徊意看时间差不多该洗澡了,就给苏持发了微信消息。

苏徊意:大哥,你回来了吗?

苏持:在房间里,怎么了?

苏徊意:我现在可以去你那边洗个澡吗?

苏持:不可以。

苏徊意:"……"

洗一次也是洗,洗两次也是洗,为什么昨天可以,今天就不可以?只是他看苏持态度强硬,也没再勉强。

周青成见他精神不振,便问道:"你怎么了,打牌赢了还不高兴?"

苏徊意说:"我房间里的浴缸坐着不舒服,对面还有面大镜子,大晚上的有点瘆人。"

周青成道:"怎么就瘆人了?"那是情趣。

苏徆意疑神疑鬼地道:"我总觉得大晚上的里面会出来点什么东西……"

周青成翻了个白眼。

苏徆意起身:"那我先回去洗澡了,洗完澡再来找你们玩。"

"你去吧,我们先玩着抽乌龟。"

苏徆意赞叹:"巅峰对决。"

苏徆意离开后,周青成洗好牌,忽然发现凳子上有部手机:"苏徆意没把手机带走?"

孙河禹不以为意:"反正他一会儿还要过来,别管了,发牌发牌!"

房间内。

苏持对着电脑出了会儿神,手机就搁在电脑边上,手一偏就能碰到。

几分钟后,手机被其主人拿了起来。

苏持:过来吧。

信息发过去半天不见回应,苏持皱起眉头,直接打了个电话过去,结果无人接听。

挂断电话,苏持起身,推门而出。

苏徆意在自己房间洗完澡,换了身衣服准备去周青成那里,结果刚出门就见走廊中央站了个人。

苏持跟他隔了五六米,不知道在那里站了多久,由于灯光的关系,苏持身前落下一片阴影,看起来有种无形的压力。看到他出来,苏持脚步一迈,走了过去。

"大哥?"苏徆意主动开口。

苏持停在他跟前："你去哪里了？"

苏徊意很疑惑，还能去哪里？他嘴上答道："浴缸里？"

苏徊意不知道他大哥怎么来了，神色还这么冰冷："大哥你来找我吗？怎么不跟我说一声？"

苏持问："你的手机呢？"

"扔在周青成那里了。"苏徊意反应过来，"你给我发消息了？"

话说完，苏徊意心里"咯噔"一下。

大哥不知道他的房间在哪儿，该不会就一直站在走廊里等着他吧？

苏徊意莫名觉得背后一寒，缩了缩脖子："大哥，对不起，我不是故意晾着你的，你等我先把手机拿回来，你再进屋里坐坐。"

见苏持没回话，他小心地绕过对方去敲对面的房门。在他摁响门铃的时候，身后冷不丁传来苏持的声音："周青成住这间？"

"是啊。"

走廊里的气压逐渐升高。

房门从里面打开，露出周青成的脸："你洗完了？快来，我们……"他的声音戛然而止。

周青成被立在门后的苏持吓了一跳。

苏徊意对周青成的感受毫无察觉，径直从门缝里溜了进去："我不玩了，我大哥来了。我把我手机拿回去。"

周青成也跟着溜进去："哦哦，你大哥刚刚给你打电话了，不过我们没接到。"

苏徊意浑身一震。

拿回手机，苏徊意和屋里两人打过招呼就离开了，然后带着苏持进了自己房间。

苏持一进门就看见了侧面的浴室，门还开着，热气未散，浴缸对面是被水雾模糊掉的大镜子。

"你自己的浴室不也能用?"

苏徊意小声道:"但是洗得不舒服。"

苏持觉得自己有必要给他提个醒:"出门在外肯定有很多不方便,你将就一下。别人的浴室不要用,要有隐私意识。"

很多人在这方面的认识程度不一样。苏持参加过一个CEO培训课程,一群企业高管在外面合宿,有的人晚上只穿条大裤衩,有的人却连睡觉都把自己裹得严严实实。

苏持觉得苏徊意就是缺乏这种意识,傻不愣登的,哪天被人拍照留下把柄都不知道。

苏徊意自我感觉极好:"我知道的,大哥,我就只用大哥的浴室,其他人的我不会用。"

苏持的目光中带着审视:"要是周青成房里的浴室比你的好用呢?"

苏徊意的目光忽然变得很凶恶:"那他也太不是人了!"

苏持:"……"

下午出门买的伴手礼就放在置物柜上,刚好苏持过来了,苏徊意就把东西都搬了出来,像松鼠堆松果一样堆在沙发上。

"大哥,这是买给你的,你带回去吧。"苏徊意指了指大包,又指了指包,"这是给爸爸、妈妈、二哥、三哥、吴妈和林司机的。"

苏持深吸一口气,又慢慢呼出来,他拎起那一大包:"为什么我的比其他人的加起来还多?"

"这就是自提和包邮的差别了。"苏徊意悉心叮嘱,"你拿回家时记得藏好,千万别被爸爸看见了。"

苏持不知道自己收个礼物到底图什么。

由于要乘第二天早上十点的飞机返程,所以苏持没待多久就回去了。

翌日,苏徊意醒来天色还早,他估计周青成和孙河禹都还没起床，就上楼去找他大哥。

"叮咚。"门铃响后，房门被人从里面打开。秘书小秦立在门口，在里面的苏持已经收拾好了行李。

"秦秘书早。"苏徊意溜进房，忽然又停下，侧头端详秦秘书，"难怪大哥不让我晚上过来洗澡，原来昨晚秦秘书住在这里……"

苏持额角青筋一抽："他住自己的房间。"

小秦负手而立："您想多了，属下不会这么没规矩。"

苏徊意换了个话题："大哥什么时候走？"

苏持道："半个小时后出发。"

苏徊意在沙发凳上坐下："那我再陪陪大哥吧。"

苏持冷笑一声："果然送走我的时候最殷切。"

苏徊意："……"

苏持这次出差的接待方之一就是城投集团，所以他的房间不但是最好的，桌上还有糕点果盘。

苏徊意嫉妒得眼眶发红，目光如有实质。

糕点盘被一只手推了推，苏持的声音响起："想吃就吃，免费的。"

苏徊意顿时受宠若惊，并从容地卷走了大半盘糕点："那怎么好意思呢……"

苏持不欲配合他的表演。

两人一个吃得欢，一个撑着脑袋看，时间过得飞快。半个小时过，苏持估摸着该出发了，便站起身来："我走了。"

苏徊意咀嚼的动作顿住，他放下糕点。

他其实不喜欢这句话，他亲爸对他说过，他亲妈也对他说过。说这话的两个人，一个离开了他们的家，一个离开了他。

头顶蓦地一痛，翘起来的那撮头发被人拽了一把，苏徊意抬头，正对上死亡角度也帅爆了的苏持。

苏持盯着他一动不动的腮帮："磕到牙了？"

苏徊意："……"

三人一起下到酒店大厅，苏徊意在门口陪苏持等送机的专车。小秦跟块立牌似的站在旁边，全程目不斜视。

片刻后，三人又重回酒店大厅。

航班延误，最早要下午四点才能起飞，现在才早上八点左右，也就是说至少还有八个小时。

"大哥，你要等吗？"

"那我还能自己飞回去吗？"苏持又去拽苏徊意的头发，他现在拽得得心应手，"你以为我是你，一只自由的小鸟？"

苏徊意觉得这件事过不去了："那要等八个小时呀。你要不要和我们一起去玩？玩到下午两点你再走？"

"你们玩你们的，"苏持还是那句话，"有我在，你们放不开。"

苏徊意说不出违背良心的话。在苏持面前，孙河禹跟周青成的拘谨有目共睹，苏持这么一个细致入微的人，肯定也察觉到了。

苏徊意想了想，道："那我和大哥一起玩，今天就不和他们一起了。"

苏持看着他："想和我一起？"

"想的呀。"

片刻后，那张薄唇轻启："好。你想和我去……"

苏徊意转头叫上小秦："太好了，秦秘书也和我们一起！"

苏持："……"

小秦波澜不惊的脸上罕见地浮现出了惶恐的神色。

周青成和孙河禹对苏徊意的"叛变"没有任何异议，特别是周青成，他昨天被苏持吓了一跳，现在压根不敢出声。

苏徊意就左手拉着大哥，右手拽着小秦，开开心心地上街了。

175

这是一个千载难逢的好机会,既可以亲近他大哥,又可以拐带秦秘书,简直不能更完美!

周边的古街苏徊意昨天就去过了,别的娱乐项目又配不上苏持的格调。

秦秘书拿出手机一查:"附近有个寺庙,听说很灵,不知道您二位有没有意向?"

闻言,苏徊意整个人都支棱了起来。苏持瞥了他一眼:"那就去吧。"

昭云寺的位置距商业中心不过五千米。寺庙经历千年风雨,几经修缮,如今立于闹市,颇有种"大隐隐于市"的味道。

从偏门入,红墙金瓦,林木葱茏,院内一方水池映着古林高天,环境十分清幽,一面墙竟隔出两个世界来。

苏徊意三人都放轻了脚步,沿着宽敞的林荫道去往正殿。

在清静的林院间,苏持的声音低沉平稳,不疾不徐地响起:"佛教的正殿称为'大雄宝殿',是寺庙的中心主体建筑,我们现在是按照顺时针方向参观,绕右为吉祥。"

苏徊意凑上去聆听,适时地送上夸赞:"大哥你好厉害,你怎么什么都懂?"

"多读书。"

道旁有僧人在扫地,见到三人便放下扫帚合掌施礼。苏持停下微微屈身回礼,苏徊意也跟着照做。

三人别过僧人继续往前走,跨门绕楼,进入殿前圆形广场,苏持说:"老三就很喜欢去寺庙。"

苏徊意很惊讶:"三哥竟然如此有佛性?"

苏持道:"他享受抽签的快乐。"

苏徊意:"……"这倒是很符合苏珽的人物设定。

大雄宝殿肃穆威严，有零星几名香客在殿前蒲团上虔诚跪拜。香火缭绕，氤氲白烟盘旋消散在空中，殿外古松葱茏，透出古朴的禅意。

这个点人少，苏持三人立于殿前十分显眼。

殿旁的僧人上前同他们说："三位施主拜佛后可去求上一签，若是心诚，会很灵验。"

苏徊意正想拜佛求签保佑昆酒大卖，于是询问道："请问主求什么签？"最好是事业，或者家宅、平安…

僧人合掌施礼："姻缘。"

苏徊意："……"

小秦和苏持都不求姻缘，苏徊意有片刻失落，后又蠢蠢欲动："大哥，你看来都来了。"

苏持冷冷道："你这样，我以后哪敢带你去看文物展览。"

苏徊意哽了一下，试图拉拢苏持："大哥，你也可以求一个。你都快三十了，连个能给银行卡的人都没有。"

苏持拧眉："我为什么要把自己的银行卡给别人？"

苏徊意缓缓睁大双眼，好没情趣的苏持！

最后，苏徊意一个人去求了个保佑姻缘的符，妥妥帖帖地揣在兜兜里。

苏持在旁边冷眼看着："想找对象了？"

苏徊意觉得自己被冤枉了，否认道："才没有！"

苏持教育他："没有就好。你现在连辨别好坏的能力都没有，出去就全被居心叵测的人骗走。"

苏徊意无力反驳。古朴的青松下，他双手合十，虚心请教："那大哥，你说我该怎么办呢？"

"我可以勉为其难地帮你把个关。"

"哇！"

旁听的小秦面无表情。两个情窦都没开过的人凑在一起讨论什么？真是一个敢说，一个敢信。

苏徆意对苏持的话没有产生丝毫怀疑，在他心里，大哥就是最厉害的。

他举起一只手乖乖保证："大哥放心，但凡以后有哪个不长眼的觊觎我，我立马事无巨细地禀报给大哥！"

苏持双手插兜："这就对了。"

当天下午两点多苏持就离开了。隔了一天，苏徆意他们也从榕城出发去往下一个城市——华都。

华都位于沿海经济发达地区，是国内最繁荣的城市之一。飞机上午起飞，下午抵达华都，三人照例是当日休整，第二天去见代理商。

酒店外有一个夜景吧台，晚饭后周青成提议去坐坐。他们落座后点了几杯果酒。

周青成道："你上次不是问我网红博主的事吗？我有好多朋友就在华都，你要见吗？"

苏徆意的重点在"好多"两个字上，他心想：看来周青成是和自己"孤寡小青蛙"的角色截然不同的"海王"。

苏徆意道："见见吧。"他也想看看"大海"的模样，随即又补充道，"最好是在酒饮、美食这方面有特长的朋友。"

周青成很疑惑："让他们帮忙推销？"

苏徆意不赞同："你怎么如此浪费！"明明是场海啸，却让它去灌溉农田！

周青成噎了一下："那要他们做什么？"

苏徆意优雅举杯，抿了一口："当然是发挥他们卓越的创造力了。"

吧台的幽蓝灯光落在玻璃杯沿上，反射出一道睿智的光芒。

孙河禹缓缓合上双眼，不欲多看。

周青成支棱着两条长腿靠在椅背上掏出手机打字："请停止你的矫揉造作。我和他们约在明天见了，说说你是怎么打算的。"

苏徊意闻言收起做作的姿态，同两人阐述："昆酒之所以面临这么激烈的市场竞争，是因为有同类替代品，也就是它具有可替代性。要想在不降价的情况下提高销量，就需要把可替代变为不可替代。"

周青成听得云里雾里："什么意思，要怎么整？"

苏徊意选择包容他的一无所知："意思就是，要让消费者觉得非它不可。"

周青成惊疑不定："你要给消费者洗脑？"

孙河禹嘴角一抽："该洗洗脑子的是你。"

苏徊意闻言，举杯同孙河禹一碰，以表赞同。

第二天三人见过代理商后，对当地的销售状况也了解得七七八八——华都的销量比榕城稍高一点，但依旧没达到预期。

苏徊意三人同代理商分别，找了家特色餐厅吃饭。

他们去得早，菜上得很快。华都的菜品口味偏甜，用料精细，色香味俱全。

苏徊意没忘记打卡，拍了照片发到家族群里。

苏徊意：中午在碧浪阁吃的！

苏纪佟：我看菜的分量不大，你别拍照了，赶紧下筷！

苏徊意抬眼看向盘中，果然已被横扫了一半。他立即放下手机加入战局："我觉得我们不像富二代。"

周青成从碗里抬起头："那像什么，饭二代？"

"饭袋。"

"……"

两人正用筷子在空中激烈打架,桌上的手机"叮"一声响。苏徊意敲了敲勺子,鸣金收兵,放下筷子,拿起手机。

苏持:你现在在做什么?

苏徊意被吓得差点扔了手机,完美演绎了什么叫一朝被蛇咬,十年怕井绳。

孙河禹问:"你在干吗?"

苏徊意警惕地道:"我大哥问我在做什么。"

孙河禹替他回答:"做贼心虚。"

苏徊意这会儿没心情陪他捧哏,小心翼翼地捏着手机揣度苏持这句话背后的深意,随后伸出一只试探的小脚。

苏徊意:在想你。

苏徊意:大哥,你在哪里?

苏持:想必是在你心里。

苏徊意:"……"

几经拉锯,满屏幕的对话中竟没有一条有效信息。

直到一路疑神疑鬼地回了酒店,泡进热腾腾的浴缸里,苏徊意才慢慢反应过来,苏持只是单纯在吓唬他罢了。

好有趣的苏持,值得记录在册。

一个有惊无险的夜晚过去,翌日的太阳又照常升起。

三人今天约了网红博主见面,周青成特意叮嘱苏徊意捯饬一下,别再有失格调:"我记得你以前喜欢穿那种欧式衬衫西装裤,浑身散发着贵族的气息,现在怎么变得如此平平无奇?"

苏徊意面上映着光:"返璞归真。"

周青成断定他又在瞎扯。

聚餐的会所是周青成朋友开的,他直接刷脸消费。孙河禹跟着周青成一路进去，由衷感叹："刷脸是真的爽。苏徊意，你感受过吗？"

苏徊意面色凝重："好几次都差点感受到。"还好他啃哥啃老。

其余二人惋惜道："那还真是可惜。"

刚进入包间，苏徊意就看到周青成的"海域一角"。沙发上一共坐着四人，两女两男，年纪都在二十到三十之间。

周青成上前招呼道："介绍一下，茶茶、栗子和南闵都是拥有百万粉丝的美食博主，佑哥是华都有名的调酒师。"

苏徊意、孙河禹同他们打过招呼，几人坐下来，周青成叫服务生上点小吃和酒水。

包间内有桌游、台球、桌式足球，他们一起玩了几局游戏，等中午吃过饭后几人也差不多熟悉了，这才坐下来准备细谈。

包间内的小吃和酒水换成了甜点下午茶，在场的女生爱吃，苏徊意也爱吃。茶茶还慈爱地推给他一盘草莓千层："多吃点呀。"

苏徊意礼尚往来地推给她一块蛋挞："你也是。"

旁观的孙河禹顿时被脑海里跳出来的"母慈子孝"四个字吓了一跳。

吃饱喝足，苏徊意放下盘子开始说正事："我们新推出了一批昆酒，周青成应该跟大家提过了。目前的情况是销路还没打开，需要几位帮帮忙。"

栗子问："是放在我们的美食视频结尾推荐吗？"

苏徊意暗示："还要再复杂一点。"

栗子简单推理："那就是开头和结尾一起推荐？"

众人："……"

"是换种形式推荐。"苏徊意细细解释，"昆酒没有互补品，又存在大量替代品，想要最大化提高销量可以双管齐下，一方面要制造互补品，另一方面要避免成为替代品。同样的模式也可以用在互补品上，buff（增益）叠加。"

佑哥一下懂了："所以我们要做的就是制造互补品了。"

苏徊意腼腆地道："是的，就拜托大家了。"

详细讨论了方案步骤之后，几个人互加了微信，最后又一起拍了张合影留作纪念。

苏徊意冷不丁交到了新朋友，回到酒店后罕见地发了条朋友圈以表不孤。苏纪佟、于歆妍纷纷给他这条朋友圈点赞，另外两兄弟没有点赞，但是留了评论。

苏简辰：你为什么没有背兔子背包？

苏徊意回复苏简辰：塞不进行李箱啦！

苏珽：在华都？离首都很近哎，快过来找三哥玩。

苏徊意回复苏珽：好的呀。

苏纪佟回复苏徊意：让老三请你吃好吃的！

苏珽：弟弟想怎么玩，三哥都陪着。

苏徊意还没想好怎么回复，就看见苏持点了个赞。

"……"他瞬间有种搞差别对待被当场抓包的感觉。

他这会儿正在浴缸里泡澡，立马单手比个心拍下来发给苏持。

苏徊意：大哥，真心感谢你！

图片上热气缭绕，一只纤瘦的手在灯光下白得发亮，手上的水珠透亮晶莹。

苏持：你的真心泡出褶子了。

苏徊意：……

苏徊意泡完澡出来就把手机扔在一边去吹头发。

等苏徊意打理好自己钻进被窝，他才发现周青成给他发了一堆消息——

周青成：我服了！我一网红朋友发我的，你被挂网上了！

周青成说完就把网页链接发到了群里,文章标题是《榕城古街甜糕男孩,颈侧红痣惊艳!》。

——"周青成"拍了拍我并被封印了起来。

周青成:???

跳过后面的无效信息,苏徊意的注意力回到那条链接上。

这是个啥?他伸出食指在链接上一戳。

开屏就是一张侧脸,光线充足,画面清晰,背后的街景被刻意模糊,画面中心的人外套敞开,抬手吃甜糕的动作使得领口垮落,露出修长的脖颈,一颗艳丽的红痣缀在颈侧。

苏徊意先是愣了一秒,心想谁这么好看?随后反应过来,哦,原来是我自己。

他完全不知道发生了什么,赶紧又去戳周青成。

苏徊意:咋肥四(回事)?

——我拍了拍"周青成"的肩并解除了封印。

苏徊意:"……"

周青成还特意改了微信拍一拍功能的后缀文案,戏要不要这么多!

周青成:榕城古街本来就是网红拍摄点,很多人拍照。估计有人拍了你的照片卖给网站,网站又偷偷发出来赚流量,没想到火了。

苏徊意的第一想法是:早知道这样就能赚钱,自己还卖什么酒啊!

接着他看了一眼评论区,又迅速打消了这个念头。

也不知道这是个什么网站,上面留言的网友竟还有人问"约不约"。

这算不算是觊觎他了?苏徊意思索两秒,决定事无巨细地告诉他大哥。

苏徊意：大哥，我来禀报了！

苏持刚回了一个问号，就收到了苏徊意发来的网页链接。

趁着苏持自己细品的这段时间，苏徊意又切回到网页，开始翻看评论区。

留言者有单纯夸他好看的，也有发言猥琐的，比如之前那个"约不约"。苏徊意迅速翻了几页，目光倏地停留在其中一条评论上：缺不缺哥哥？

苏徊意心说自己最不缺的就是哥哥，自己的哥哥都快泛滥成灾了。

他把这条相关留言截下来又退回到对话框，正好苏持也看完了，回他：乱七八糟，投诉。

苏徊意：在投了，在投了。

苏徊意发去一张评论区的截图，并问苏持：大哥，还有人问我缺不缺哥哥，是不是想撼动你的宝座？

对话框里陷入沉默，半晌后，苏持回复：去加件衣服。

苏徊意不懂话题怎么转换得这么快。而且他洗完澡就直接钻进被窝了，浑身都热烘烘的。

苏徊意：为什么啊？

苏持：天凉了。

苏徊意最后还是妥协地开了热空调，缩进被窝里睡觉。

第二天起来吃早饭时，周青成刷着手机同孙河禹道："我给你看，苏徊意被挂上网站了，就我们去榕城玩的时候他被偷拍的……咦？没了？"

"什么？"孙河禹凑了个脑袋过去，"404 NOT FOUND（链接指向的网页不存在）？"

周青成又刷新了一遍："昨晚还有的。"

苏徊意坐在他对面喝牛奶，大言不惭地道："肯定是被我投诉后关掉了。"

周青成狐疑地道："你的投诉这么有用？能把网址投诉成404？"

苏徊意感觉自己受到了质疑："你对力量一无所知。"

周青成觉得没有深入讨论的必要，话头一转："不过这个网站随便盗用别人的照片，评论也不干净，是该被投诉关掉。"

苏徊意欣慰地道："那我也算日行一善了。"

周青成："……"

这一插曲很快翻篇。

华都经济发达，人口密集，吃喝玩乐的地方很多。他们把首都的行程挪了一天到华都，这才勉强玩够。

苏徊意飞往首都前，苏珽还给他发了条消息。

苏珽：弟弟，落地后打电话给三哥，我去接你。

苏徊意：好的呀。

他收了手机转头对周青成两人道："一会儿到了，我三哥要来接机。"

孙河禹敏锐地提出疑问："他用什么接？"

苏徊意本来没在意，听到这话迟疑了一秒："用车？"

孙河禹问："他在首都买了车？"

苏徊意不确定地道："也许？"

语毕，三人同时陷入了难言的沉默，总感觉有些不靠谱。

几人下飞机时是中午十二点多。

苏徊意给苏珽发了条消息，对方说了个出口，三人便循着过去。

远远地，苏徊意就看见苏珽立于来往的人流之中。白大褂衬托出他修长的身形，栗色的额发下一双狭长的眼睛微微眯着。他正一手揣兜，一手抛着硬币，目光落在某处。

忽然，苏珽若有所察地转过头，视线聚焦到苏徆意身上，勾着唇角叫了声："弟弟。"

苏徆意三两步走过去，嘴还没张开，头发就被拨了一下，苏珽道："芽长高了。"

苏徆意的记忆力很好："大哥揠苗助长过。"

苏珽一脸疑问。

等孙河禹、周青成同苏珽打过招呼，四人便一同往机场外走。到了门口，苏珽停下来，掏出手机划拉几下。

苏徆意凑近："三哥，你在做什么？"

苏珽挑眉看他，似乎不懂他为何会问如此愚蠢的问题："叫车啊，不然我们怎么回去？"

三人同时面露疑惑。

十分钟后，四个手长腿长的大男人将出租车填得满满当当。

周青成个子最高，坐在副驾驶，苏珽、苏徆意、孙河禹三人被塞在后座，无法动弹。特别是坐在中间的苏徆意，甚至难以呼吸。

苏徆意在摇晃的车厢内艰难开口："三哥，如果你不来接机，我们三个打车应该会宽敞很多。"

苏珽忧愁地叹息："可是三哥想快点见到自己的弟弟。"

要是苏珽的语调没那么轻快，苏徆意觉得他还是信对方的。

苏徆意问："三哥，你在首都没有买车吗？"

"买了啊，昨天刚送去洗了，今天出门找不到车了才想起……不过既然答应了弟弟要来接机，三哥就算被挤一挤也不会食言的。"

苏徆意"哇"了一声，惊叹道："那真是辛苦三哥了。"

苏珽别扭地拨了拨他的头发："跟三哥客气什么。"

全程旁听的其余两人面无表情："……"

到了下榻的酒店，车门打开那一瞬，靠门坐着的孙河禹几乎是被弹出去的。

苏徊意下车后大口呼吸着新鲜空气，苏珽姿态闲适地绕到他背后催他："把行李放房间，我带你去吃好吃的。"

周青成和孙河禹二人对苏家兄弟的截和早已习惯，他们同苏徊意挥了挥手，用口型道了声"珍重"，似在礼貌地把人送走。

第八章

放好行李,苏徜意跟着苏珽上了出租车。

此时已经入秋,道路两旁的树木枝干高大、枝叶稀疏,黄叶落了一地,被路过的车辆卷起几片。

"三哥,我们这是去哪儿?"

苏珽懒懒地靠着椅背:"去三哥学校。我们学校的二食堂很出名,三哥请你吃饭。"

苏徜意记得剧本中说苏珽读的是首都科技大学,化工专业博士生,成绩在专业内名列前茅。

"三哥,你身上的白大褂是做实验时穿的吗?"

苏珽道:"不是啊。"

"那是什么?"

"维持格调。"

"……"

苏徜意在心底赞叹,苏家几兄弟的格调还真是稀奇古怪。

首都科技大学位于大学城内,苏徜意跟着苏珽一路走进校园,对方翩飞的白大褂在萧瑟的秋景中成为一道亮丽的风景线。

苏徜意看了一眼,在心底盘算着什么时候把苏珽也变成一道单纯的线。

这样才和谐,符合他二哥的核心价值观。

这会儿接近下午一点,正是午休时候。很多学生吃完饭从食堂回宿舍,宽阔的柏油路两旁尽是三五结伴的大学生。

苏徊意在现实世界里已经毕业好几年了,看到校园生出一丝怀念。

"想回学校?"苏珽出声,"去年让你考研你又不考。"

苏徊意从回忆里抽身:"我好逸恶劳。"——只想争夺家产。

当然,这是原角色的想法。

苏珽前额的头发遮挡了一半的眼睛,落在苏徊意身上的目光意味莫名,隔了片刻他才"嗯哼"一声,姑且将这个话题翻篇。

看得出来苏珽在学校里算是风云人物,一路上不时有学生同他打招呼,有叫"学长"的,还有叫"导助"的。

其间有部分打量的目光落在苏徊意身上,他只合上嘴巴,一言不发。

走了十来分钟,两人终于到了二食堂。

食堂外观平凡,进到里面才发现装修精致,环境优雅,很像外面的餐厅。苏徊意还是第一次在大学里看见这么漂亮的食堂,不由发出赞叹:"三哥,这里环境真好。"

苏珽勾唇掏卡:"瞧你那副没见过世面的样子。"

在餐桌边等餐的时间,"相亲相爱一家人"群聊里出现了苏纪佟夫妻两人的问候,大概是估摸着苏徊意已经到首都了,问苏珽有没有把人照顾好。

苏徊意正在对话框里编辑消息,对面传来"咔嚓"一声,他抬头就看见苏珽拿着手机正"啪啪"打字。

"三哥,你在干吗?"

"取证啊。"

半分钟后,家庭群聊里出现一张苏徊意的照片——他只着一件线衫，领口敞开，露出肌肤，脑袋低垂，头上一撮头发翘着。

苏珽：喏，带弟弟吃饭呢。

于歆妍：怎么才穿这么点？看着就冷。

苏徊意：外套脱了放在座位上，出门会穿的。

苏珽：弟弟要是冷，大不了我的衣服脱给他咯。

苏持：哦。

苏珽、苏徊意：“……"

两人捧着手机隔了张桌子默默对视。

半晌，苏徊意轻叹一声："三哥，你总是要回家的。"——何必造作。

苏珽说："我只追求当下的快乐。"

苏徊意道："所以说快乐都是短暂的。"

苏珽眼底的悲伤瞬间一泻千里，逆流成河。

二食堂的饭菜味道确实很好。苏徊意点了份爆汁菌菇鸡，最后把汤汁都拌着饭吃完了。

他吃饱喝足从碗里抬起尊贵的头颅，才发现对面的苏珽不知道已经看了他多久。

苏徊意惊得瞬间打了个响亮的嗝："嗝！三哥，怎么了？"

苏珽偏着头，靠在卡座椅背上，一手搭在桌面上，指腹细致地描摹过硬币正反面。

有一瞬间，苏徊意像是回到了那个吹着海风的午后，第一次对上苏珽的眼神，被人漫不经心地剖析着。

他心脏"咚"地一撞，还没来得及说话，就见苏珽恶趣味地一笑："碗沿上的酱汁沾在你鼻梁上了。"

"……"苏徊意觉得丢人，立马拿了张纸巾擦干净。

吃过午饭，他又跟着苏珽在学校里参观了一圈："三哥，你不忙吗？"

苏珽抬手同迎面走来的学生打了个招呼："再忙也要空出时间陪你啊。"

对面几个学生猛地看向苏徊意。

"……"苏徊意麻木地开口，"三哥真是绝世好哥哥。"

落在他身上的目光纷纷撤了回去，苏珽笑意盈盈，待几名学生离开后问道："那弟弟最喜欢几个哥哥中的哪一个呢？"

苏徊意看向他揣在衣兜里的手："请三哥把录音关了。"

苏珽眨了眨眼，随后扼腕叹息："好吧……本来还想发给大哥听的。"

苏徊意脚步一顿，神色忽而变得有些凝重。苏珽也跟着停下，侧头看他。

一阵秋风自两人衣摆下拂过，苏徊意缓缓开口："我们从刚才起好像又把二哥移出群聊了。"

苏珽："……"

苏珽望向辽远的天空："只要我们谁都不说。"

苏徊意："好的，这就是我们兄弟间的小秘密了。"

在首都科大逛了一整天，苏徊意回去时是苏珽开车送的他。两人坐在宽敞舒适的豪车内，车载音响放着欢乐的迪斯科伴乐。

车窗开了一半，苏徊意的头发被风吹得翩翩起舞。他面容平静，目光淡漠："三哥，你不是说你的车开去洗了？"

苏珽笑眯眯地道："洗完了它就自己跑回来了呀。"

苏徊意"哇哦"一声，赞叹道："它还挺认主的哦。"

"是的哦。"

和苏珽暂别，后面几天苏徊意又投入到正事当中。

由于在首都的行程被压缩了一天，因此他们只待了三天便准备返程。

周青成、孙河禹来时只提了个包,走时依旧。苏徊意来时提了个大行李箱,走时提了个被纪念品挤到开缝的行李箱。

登机前,苏徊意给家里发了条消息,又去私戳他大哥。

苏徊意:大哥,我的行李箱快要爆炸了,你能来接我吗?

他把行李箱的照片发给了苏持,苏持回道:我是拆弹专家吗?

苏徊意:"……"

苏徊意:我思念大哥的心情也快要爆炸了!

苏持:建议你收敛一点,易燃易爆物品过不了安检。

苏徊意:"……"很好,还是那个大哥。

从首都返程需要三个小时,他们乘坐的下午五点的飞机,落地时已经八点多。

他们出机场时,天色已经暗了下来。周青成、孙河禹都有家里的司机来接,三人便分别了。

苏纪佟跟苏徊意说已经让林司机去接他了,估计马上就到,于是苏徊意提着快爆炸的箱子杵在停车场外等着。

大概过了十分钟,熟悉的私家车驶入视线,浅黄色的车灯在昏暗中一扫而过,缓缓停在苏徊意面前。

林司机从驾驶座开门下来,帮忙接过行李放入后备厢。

苏徊意走到后座,伸手拉开车门,停车场的灯光瞬间闯入车后座,映亮了坐在里面的人。

苏持的目光落在苏徊意脸上:"临危受命,过来运送一下危险物品。"

两人回到苏宅时天色已晚。车停在院门口,门侧亮了两盏灯。空气清冷,灯光暖人。

苏持下车提了行李箱,苏徊意跟在他后面,像个自动寻路的扫地机。

回屋的路铺着石子，行李箱拖不动，苏持将箱子拎在手里，手臂青筋暴起。他走到半路停下来，放下快要"爆炸"的行李箱，发出"咚"的一声闷响："你到底带了些什么回来？"

　　苏徊意自知理亏："爱总是沉重的。"

　　苏持垂眼看他："这份沉重现在是由我在承担。"

　　苏徊意替他感到庆幸："还好你已经提前承担过一部分了。"

　　"呵呵，那我还挺幸运的。"

　　苏纪佟夫妻俩还没睡，于歆妍正坐在沙发上看电视，听到动静回头："小意回来啦？"

　　"回来了，妈妈。"苏徊意扒拉了一下苏持，示意对方放下行李箱，"我给你们带了纪念品。"

　　于歆妍转头让吴妈叫苏纪佟下楼，然后凑过去看苏徊意买了些什么。

　　行李箱拉链被绷到变形，苏徊意扯了两下没扯开，指头红了一片。苏持嘴角一抽，蹲下摁住箱面用力一拽，"哗啦"一声，开了。

　　箱子像蚌壳一样弹开，露出里面大包小包的东西。苏徊意一个个分配："这是给妈妈的，这是给爸爸的，还有二哥的、吴妈的、林司机的。大哥和三哥的我已经提前给过了。"

　　苏纪佟正好下楼走过来，探头一看，顿时一惊："这么多！"

　　于歆妍捧着一盒精美的雪花霜，乐滋滋地道："小意有心了，这么远搬回来。"

　　苏纪佟拍拍苏徊意的脑袋："辛苦了，快上楼洗个澡，早点休息。"

　　行李箱空了大半，苏徊意就自己拎上楼。苏持不紧不慢地跟在他身后。

　　走到二楼楼梯口，房间门忽然开了，苏简辰从里面走出来，看到两人，他愣了下，随后道："你回来了。"

193

苏徊意想着刚好把礼物给他,便在原地摊开行李箱:"二哥,我有礼物带给你。"

苏简辰发出一声带着疑问的"啊",杵在原地,然后就看见苏徊意扒拉出一只毛茸茸的熊猫仔,起身塞进自己怀里:"……"

"给二哥的毛茸茸。"

苏简辰恼羞成怒:"谁要这种东西了?!"

"那我留给三哥……"

苏简辰抓起熊猫仔转身就进了屋,紧接着"砰"一声关上卧室门,动作一气呵成。

安静的走廊里,苏徊意转头问苏持:"二哥为什么生气?"

苏持脸不红心不跳:"因为他更喜欢兔兔。"

苏徊意恍然大悟。

在家里睡觉比在外面踏实,苏徊意一觉睡到大天亮,下楼时家里其他人都已经吃完早饭了。

今天周末,全家都没出门。

苏徊意吃过早饭就被苏纪佟叫住:"小意,爸爸有事交代你。"

两人坐到沙发上,苏纪佟开口:"你毕业这几个月了,也差不多该上班了,先在我们集团总部实习一阵子,然后转正,你觉得呢?"

苏徊意答应:"好的呀。"

他是没有问题,总不能一直在家里当个米虫。不过他的身份有些敏感,苏纪佟不介意,就是不知道苏持会怎么想。

苏纪佟侧头朝庭院里叫了声苏持:"小意说愿意去上班,老大你来给他安排一下!"

苏持从门外走进来,停在客厅外侧,隔了几米看着苏徊意:"愿意去上班?"

苏徊意赶紧表忠心："为爸爸和大哥分忧！"

这会儿苏纪佟还在场，苏持没说别的，转身上了楼："过来吧。"

苏宅的三楼有间书房，里面放了很多有关公司的资料，平时只有苏纪佟和苏持会进去，这还是苏徊意第一次进来。

全木质的装潢沉稳大气，整面墙打通做书柜，上千本书整齐排开，彰显出苏家的底蕴。红木书桌背靠格窗，圆形绒毯旁放置了一张弧形沙发，旁边的小圆桌上摆了个地球仪。

苏徊意一眼看到地球仪，问："大哥，你放的吧？"

苏持正在书架上找资料："你怎么知道？"

"很符合你的气质。"——你秘书说的，有格调。

空气中响起一声轻嗤。两叠文件被一只带薄茧的手抽出来，苏持将文件放在桌面上："先了解一下公司设立的职位。"

苏徊意接过来细细看着，苏持的声音在一旁响起："爸昨天交代我，说给你分配的工作不要太辛苦，最好压力不大、人际关系单纯、环境清静、冬暖夏凉……"

苏徊意一顿。

苏持语调缓缓："你觉得，这是个什么岗位？"

妈呀！这哪儿是去上班，根本就是换个地方当米虫！

苏徊意冷汗涔涔："想必是去地下车库当门卫。"

苏持："……"

安静的书房里响起哗哗的翻页声。苏徊意翻遍了文件，最后目光落在"董事长秘书"上。

苏持顺着他热切的眼神看过去，额角青筋一跳："那是小秦的工作。"

苏徊意精神了，那不是更好吗？

先挤走小秦，再取而代之，最后让小秦到自己身边做事。

"大哥，我可以当你的秘书，然后让小秦当我的秘书。"

195

苏持冷笑:"小秦做错了什么,要遭到……"

贬职。苏徊意在心底接话。

苏持道:"流放。"

苏徊意:"……"

有关职位的探讨一直到午饭时间都没得出结论。吴妈在桌边盛汤,苏徊意接过一碗转手递给了苏持,态度殷勤:"大哥先来。"

苏持接过,面色不改。

"小意对老大真好。"苏纪佟笑道。

苏徊意正好接过第二碗,闻言腼腆一笑,在苏简辰期盼的眼神中,将碗端回自己跟前,埋头嘬了一口。

苏简辰"哼"一声转回头。

一旁的苏持看了他一眼。

餐桌上几双筷子交错来回,于欹妍夹了块红烧肉放进苏徊意碗里:"小意准备上班啦,安排的哪个职位啊?"

苏徊意叼着红烧肉抬眼看向苏持,对方一眼扫过来:"想都别想。"

苏纪佟问:"嗯?怎么了,你们还没商量好?"

苏持道:"他想当董事长秘书。"

苏徊意把希冀的目光投向苏纪佟。

"哦,那是不行。"苏纪佟无情地打破他的幻想,"哪有弟弟给哥哥做秘书的?秘书是服务型岗位,大事上辅助决策、上传下达,小事上端茶倒水、开车挡酒,这肯定不合适。"

苏徊意瞬间萎靡。

目睹他情绪变化全过程的一桌人:"……"

苏纪佟改口:"要不就助理吧,董事长助理,坐在办公室,帮忙收个文件、传个话什么的。"

苏徊意重新抬起头。

苏持眉心一跳:"知道了。给你两个月的试用期,做不好就把你换掉。"

苏徊意举起手保证:"做得好,做得好。"

周末一晃而过,周一苏徊意便要去上班。

苏徊意穿了正装,白衬衣扎进西装裤里,外面搭了件修身的黑西装。他之前穿正装都是去酒会,色调偏浅、款式时尚,像今天这样穿还是第一次。

他一到客厅,众人的目光齐齐投来。

苏纪佟眼前一亮,连说了两声"不错":"比之前看着成熟些了。"

黑色正装将他身上的稚气压了下去,凸显出几分朝气来。

"是吗?"苏徊意凑到自己的新任上司跟前,"大哥觉得呢?"

新任上司居高临下地看着他,问:"你的衬衣为什么绷得这么直?"

苏徊意有点羞涩:"我怕它会跑,所以……"

苏持太阳穴猛地一跳,止住了他的话头,拎着人往卫生间走。

苏纪佟和苏简辰面面相觑。

进了卫生间,苏持松开手,面无表情地道:"扯出来,不要扎在内……什么里面。"

苏徊意一边扯出衬衣重新扎,一边问:"要是它待会儿跑出来怎么办?"

苏持说:"你就深吸一口气。"

"大声叫你来帮忙?"

"自己用腹部把它卡住。"

苏徊意一脸不敢置信。

他整理完仪容仪表,随着苏持回到客厅。苏纪佟问了声"怎么了",苏持神色自然地瞎说:"他想上厕所。"

苏纪佟有些疑惑："你是怎么看出他'想'的？"

"眼睛是心灵的窗户。"

苏纪佟无言以对。

这会儿时间差不多了，四人便一齐出门上班。

苏简辰主管集团底下几个子公司，不在总部；苏纪佟出门和其他集团的董事见面，由林司机送过去；剩下苏持和苏徊意一路走。

苏持平时是自己开车，今天多了个苏徊意，两人站在车前对望了片刻。

苏持问："你站在驾驶门前做什么？"

苏徊意入戏很快："作为助理，我来送你上班。"

苏持拒绝："我怕你会送我上路。"

苏徊意："……"

车一路开往公司，驶入地下车库后，苏持握着方向盘往外张望。苏徊意贴心地道："大哥在找车位？"

苏持比他更贴心："在看你以后的工作环境。"

苏徊意立刻警醒起来："大哥你不能这么对我！"

苏持倒车入库，熄火后拨了一下他那撮翘起来的头发："看你表现了。"

两人直接乘电梯上了十二楼顶层。电梯门打开，苏徊意踏入熟悉的走廊。秘书办公室靠近电梯，他们路过时门是敞开的，小秦已经在里面坐着了。

看到两人，小秦起身道："苏董，苏徊意先生，二位早上好。"

苏持停下，打量了几眼小秦的办公室。

苏徊意小声问苏持："以后我要和秦秘书坐一个办公室吗？"

苏持睨他："这层楼就两间办公室，你说呢？"

"我不能跟大哥在一间吗？"

"我把董事长办公桌分一半给你？"

"……"苏徊意细细回想,"你不是还有张放地球仪的桌子?"

苏持不为所动,只对小秦道:"你收拾一张桌子出来,从今天开始他是你的同事。"

小秦也不多问,直接去收拾:"明白了,苏董。"

秘书办公室有两张放资料的办公桌,苏徊意看小秦在收拾,也不好意思干站着,便跑过去一起收拾。

苏持看了两人一眼,转头离开。

苏徊意把文件摞齐了,和小秦一起抱去另一头的书架上。他心想这样也好,可以和秦秘书拉近关系,不动声色地把人挖走。

"秦秘书,我应该做些什么?"

"有工作的时候,苏董都会吩咐您的。"

苏徊意每次听到小秦的尊称就觉得头皮发麻:"我现在是董事长助理,和你是同事,你可以直接叫我的名字。"

"这不合适。"小秦思索几秒,"不过可以叫您苏助理。"

"好的呀。"苏徊意感觉两人之间的距离拉近了点,他试探着问,"你觉得我这个人怎么样?"

小秦似乎有些诧异,不过还是一五一十地回答:"苏助理人很好,性格也好。"

苏徊意舒心了:"谢谢,我也觉得你很好,我很期待和你共事。"

"多谢抬爱。"

收拾完办公桌,小秦要去董事长办公室汇报工作,便让苏徊意先坐会儿。

小秦出了门径直走向董事长办公室,敲了两下后推门而入,道:"苏董。"

苏持正坐在办公桌后看电脑,见人进来便问:"情况如何,他跟你说什么没有?"

小秦说道:"苏助理和我一起收拾好了办公桌,这会儿正在

199

等您布置工作。他没跟我说别的,只问我觉得他怎么样。"

苏持眉头微拧。小秦继续说:"他还说我很好,期待以后能和我共事。"

办公室内安静半晌。

随后,苏持说:"帮我把他叫来。"

"好的,苏董。"

两间办公室挨得近,小秦离开后不到一分钟,苏徊意就从门外溜进来:"大……苏董。"

苏持坐在桌后,逆光的面容显出几分冷峻。

苏徊意停住脚步:"怎么了?"

苏持的目光扫向办公室右侧的红木桌:"自己去把桌子收拾出来。"

桌上的书籍和文件被收到书柜里,只剩下一个精美的地球仪,蓝色的球面、金色的支架,摆在红木桌上很漂亮。

苏徊意虽然不知道他大哥为什么改变主意,但搬过来也不错,跟着小秦、跟着大哥各有各的好。

他请示:"苏董,这个地球仪还是放在这儿吗?"

苏持头也不抬:"收进书柜。"

"好的。"苏徊意边收边感慨,他大哥的格调就这么被自己挤走了。

桌子收拾出来后,他还没来得及落座,苏持就递来一叠文件:"拿去项目部,让他们改。"

苏徊意接过:"项目部在哪里呢?"

电脑背后抬起一双眼:"你是助理还是我是助理?"

苏徊意噤声了。他发现苏持投入工作之后就特别有王霸之气,比平时相处的时候要严肃很多,一点也不徇私。

他赶紧溜出门请教秦秘书去了。

苏徊意这次至少要实习两个月,以后大概率也会留在总部工作一段时间。小秦便带着他先熟悉工作环境,从一楼到十二楼挨个转了一遍。

"项目部在八楼。一楼是大厅,二楼是会议室、接待室,三楼是餐厅、茶水间,从四楼到八楼都是公司各个部门,行政、人力、财务、监察……九楼往上是企业高管的办公室,十二楼就只有董事长办公室和秘书办公室。"

上了电梯,小秦摁下楼层按键,电梯从八楼升至九楼,然后停下。电梯门打开,一个五十多岁的男人走进来。

男人看到小秦,打了个招呼:"秦秘书。"接着他又把目光投向一旁的苏徊意。

小秦介绍道:"这是今天刚上任的董事长助理,这位是人力资源部陈部长。"

苏徊意点头:"陈部长好。"

陈部长"嗯"了一声,草草回应,视线却若有若无地继续打量苏徊意,直到电梯停在十一楼才收回目光离开了。

"哐!"电梯门关上。

苏徊意问小秦:"我是不是满脸写着'关系户'?"

小秦回答:"没有,是浑身上下都写着这三个字。"

苏徊意感叹道:"哇哦。"

花了一个多小时了解完公司各部门,两人回到顶层,一起去往苏持办公室。

小秦敲开门,苏持看到两人一起进来,他没说什么,只跟小秦交代了工作安排,又让苏徊意回自己桌前处理文件。

偌大的办公室,两个人斜对着在电脑前工作。平时只有一道键盘声,今天多了一道,却也不算吵闹。

两人各做各的,谁也没干扰谁。

苏徊意把各部门上传的文件挨个分类完,之后又按紧急程度排了序,编好文件名称发给苏持。

斜对面的电脑立即传来"叮"的一声,苏徊意望过去,苏持没看他这边,神色如常地继续工作。

不愧是最厉害的大哥,定力真是好,一点也不受外力影响。

第一天上班,手里的事情不多,苏徊意很快做完,扒着桌子不知道该干什么。

他看苏持工作得认真,眉间微微聚起一道沟壑,就没敢上去询问,待了几分钟便起身倒了杯水放到苏持桌上。

敲击键盘的声音停了下来,苏持问:"工作都做完了?"

苏徊意表功:"全发给你了!"

"那剩下的时间你自己安排。"苏持说着看了眼水杯,"倒水这类事以后你不用做。"

"为啥呀?"总不能是娇惯他吧,他大哥不像是这种人。

苏持淡淡道:"我的后遗症还没治好。"

苏徊意想了足足五六分钟,才回想起自己在浴室里犯的错。

上午的工作时间结束,苏徊意跟着苏持去餐厅,两人路过秘书办公室时里面已经没人了。

苏徊意问:"秦秘书不和我们一起吃饭吗?"

苏持反问:"你老是惦记着小秦做什么?"

苏徊意道:"我就随口问问。"

这个话题就此终结,两人一起坐电梯下到三楼,门打开那一瞬,苏徊意的天灵盖凉了一下。

待跟着苏持进了餐厅,他才心有余悸地感叹:"我也感受到后遗症的余威了,刚刚电梯门打开时我总觉得二哥会站在门口。"

"……"苏持问他,"你好像很怕老二?"

苏徊意很诚实:"以前怕,现在不了。"

"为什么?"

"以前我得罪了二哥,现在二哥原谅我了。"对方甚至企图融入爱心觉罗大家庭,十分合群。

苏持无言以对,两人打完饭菜便找了个靠门口的位置坐下。

苏持是集团董事,平时落在他身上的目光本来就多,现在他身边忽然多了个相貌出众的新人,周围人的视线顿时热切了起来。

苏徊意照例拿头追着碗,听见细碎的议论声传入自己耳朵:

"那是谁……也很帅啊,不过有点青涩……"

"我总觉得见过,他之前是不是来过我们公司?"

"跟着苏董一起吃饭,是朋友或者家里人吧。"

"应该是新入职的,今天看见秦秘书带他参观公司了……"

苏徊意从碗里抬起头看向苏持,见对方面不改色,似是没听见,他也就假装没听到,继续埋头追碗。

饭吃到一半时苏持的手机响了,苏徊意看他拿起手机出了餐厅,估计是工作上的事。

苏持一走,周围人的目光瞬间失去了约束,全落在苏徊意身上。

他嘴里打横含着一只鸡翅,在剔上面的肉,余光忽然扫到一个人,仔细一瞧,是正好路过餐厅门口的陈部长。

两人的目光对上,陈部长看了他两秒后抬步离开,看方向是要去茶水间。

苏徊意敏锐地察觉到对方不喜欢自己。

过了六七分钟,苏持回来了,他拉开椅子坐下:"你吃完了?"

苏徊意乖巧地坐正:"没有,我还等着大哥。"

苏持的目光落在他盘子里仅剩的一棵西蓝花上:"你似乎等得有点勉强。"

苏徊意拿筷尖戳了戳西蓝花:"这是我最后的倔强。"

饭后有两个小时午休时间。

苏氏集团虽然体系庞大、工作繁忙,但对待员工从不苛刻,该休息就休息,超出工作时间就发加班工资。

苏徊意同苏持回到办公室,大门关上,苏持松开领口:"你要是困了就去休息室睡会儿。"

董事长办公室一侧的休息室里有床、衣柜和盥洗间,有时候加班太晚或者临时需要更衣都可以直接去休息室。

"大哥不睡吗?"

"你睡你的。"

苏徊意还没来得及感动,又听苏持哼笑道:"你要是犯困把工作搞错了,我还得花一晚上来处理。"

"……"果然是他大哥的风格。

休息室的床躺上去很舒服,苏徊意也确实有点困,就脱了外衣缩进被子里,很快睡了过去。

苏徊意醒来时感觉自己睡了很久,结果一看时间才发现不过半个小时,大概是自觉鸠占鹊巢,所以睡得不踏实。

他爬起来,轻手轻脚地出了门,苏持正靠在沙发上,仰头阖目小憩。

苏徊意又退回休息室,从衣柜里找出一张毯子,悄悄溜过去给他大哥盖上。结果毯子刚一挨身,苏持就睁开了眼。

四目相对,两人都有片刻的呆愣。

最后是苏持率先开口,嗓音带了点醒后的低哑:"不睡了?"

"睡好了。"苏徊意看他醒了,就大胆地给他披了披毯子,"要不你去躺会儿,两点我再叫你?"

毯子有点薄,披在苏持脖子下像张巨大的口水帕。

苏持:"……"

"不用。"苏持将大掌撑在额间摁了摁太阳穴，起身扯下毯子叠好，又坐回到办公桌前准备工作。

苏徊意觉得这么下去不行，还有这么长一段时间，总不能让他大哥一直在沙发上午睡吧？

"大哥，要不以后我们一起睡床？"他知道苏持保守，又补充道，"我们就全副武装地躺着。"

苏持惊叹于他遣词造句的能力："那我们要不要醒了再兵戎相见地一起工作？"

苏徊意："……"

下午苏持要跟策划部开一个小型会议。

小秦下去准备会议室了，苏徊意在办公室里看苏持整理电脑里的文件："哥……苏董，我用不用一起去？"

他把称呼分得很清楚，休息时间就叫"哥"，工作时间就叫"苏董"。苏持在工作上是非常严格的一个人，苏徊意不敢造次。

"你去干吗？当个吉祥物吗？"苏持收拾了东西准备出门，转头吩咐他，"你留在这里，好好研究书柜第二排第一本书。"

"好的。"

办公室门关上后，苏徊意转头走到书柜前，按照苏持的指引找到那本书，而后沉默了。

入秋以来难得出了一次太阳，下午阳光正好，宽敞的办公室里漂浮着细尘，时光静谧。苏徊意端坐在桌前，细细品读着《新华词典》。

词典刚翻到 B 字母开头的那一页，办公室门便被人敲响。

苏徊意抬头说了声"请进"，大门便被推开，陈部长从外面走了进来。

看见对方，两人皆是一愣，随后苏徊意道："苏董在开会，

205

陈部长有什么事？"

陈部长的目光扫过他桌上的《新华词典》，嘴角一抽，语带轻鄙："我有事找苏董，他不在就算了。"他说完就径自离开了。

苏徆意望着合拢的大门，疑惑地想：陈部长为什么看不起《新华词典》呢？

会议结束是两个小时之后。苏持回来时一手搭着外套，一手拿着电脑，一进门便给苏徆意下达新任务："去帮小秦整理会议记录。"

"好的。"苏徆意放下词典溜出去了。

小秦正在秘书办公室将资料分类，里面还站了两名职员，苏徆意一进去就遭到了目光的洗礼。

小秦示意另外两人先离开："剩下的交给我就行了。"

两人走后，苏徆意问："刚刚的人是秦秘书的下属吗？"

"谈不上下属，不过也是秘书组的。"

"这样啊。"苏徆意接过会议记录，"下午的时候陈部长来了，我需不需要跟苏董说一声？"

"他应该会再过来的。"

"好的。对了，秦秘书，我觉得陈部长不太喜欢我，因为我是关系户吗？"

小秦动作一顿，抬手抵了抵眼镜："是吗？这可能是其中一部分原因。"

"还有一部分原因是什么？"

"上个月陈部长举荐他的侄子任董事长助理，不过被苏董驳回了。"

苏徆意心说果然有故事！他精神一振："为什么呀？"

"苏董是这么说的——"小秦模仿着苏持的口吻，"'在我身边放这么多闲杂人等做什么？下午就着阳光好开茶话会吗？'"

虽然小秦的表情没谁没什么变化，但苏徊意莫名觉得对方模仿得惟妙惟肖："现在我就是这个闲杂人等。"

小秦说："家里人算不上闲杂人等。"

苏徊意感慨："你真的不考虑跳槽吗？我可以偷我哥的卡给你发工资啊。"

"不了，"小秦很理智，"我只拿正经工资，不收赃款。"

苏徊意："……"

会议记录整理到一半，小秦的电脑发出"叮"的一声响。小秦转头看了一眼："苏助理，这里有一份文件麻烦你去打印一下，然后交给苏董。剩下的会议记录由我来整理就好了。"

苏徊意应下，打印了资料后出门去往董事长办公室。

两间办公室相隔不过十来米距离，苏徊意走到门口便听见里面传来说话的声音。

陈部长刚汇报完工作，苏持道"知道了"，接着陈部长又说："哦，还要恭喜苏董又招纳到新的人才了。"

门外的苏徊意一脸茫然。

陈部长状似无意地道："刚刚我来找苏董，看见助理正在看词典，想必是海归高才生吧，不知道是主攻什么专业呢？看样子对母语还不太熟悉。"

苏徊意惊了，陈部长这招以退为进、明夸暗讽用得可真顺手！

他正想冲进去堵住陈部长的嘴，一道声音忽地响起。

"嗯，跨领域高才生。"苏持语调悠悠，"当代生理学巨擘，外加能源方向研究者。"

苏徊意被苏持一本正经的胡说八道惊到了！

苏徊意觉得此刻自己挺直的脊梁甚至因为承载了过高的赞誉而微微弯曲。

办公室内的空气似是凝滞了片刻,接着响起陈部长略带尴尬的声音:"专业好像不是很对口啊……"

苏持淡淡道:"陈部长好像也不是人力资源专业的。"

"说的也是……我先走了,苏董。"

苏徊意赶忙倒退了三大步,在门打开的瞬间又恢复成前进的姿态,假装是刚刚到来。

他和匆忙出来的陈部长打了个照面,对方看见他就移开了视线,两人擦肩而过。

苏持坐在办公桌后,苏徊意进去后把文件递上去:"哥……"

"不叫我'苏董'了?"

"那我现在要改吗?"

他叫"哥"是情绪忽然上来了,因为苏持刚刚护短的时候不是他的上司,只是他的哥哥。

苏持说:"随你。"

苏徊意发现苏持的标准好像也不是那么严格,他试探地道:"要不在人前我叫你'苏董',只有我们两人的时候就叫你'大哥'?"

苏持说:"看来你是没什么机会叫我'苏董'了。"

"……"苏徊意感觉自己就要被雪藏了。

忙到下午五点,苏持手头还有点工作没处理完,坐在办公桌后敲击着键盘。

苏徊意凑过去:"哥,还没忙完吗?"

"怎么,急着回家了?"

"没有,我是心疼大哥。"

苏持觉得这话水分很大。

苏徊意搬了椅子过来坐在苏持旁边看他收尾,中途小秦进来请示下班,苏持让人先走。

苏徊意也跟小秦挥手:"明天见,秦秘书!"

"明天见，苏助理。"

小秦走后，苏持的声音在办公室里响起："我要不要把办公室墙体改成透明玻璃？"

苏徊意收回目光，不明白他为什么突然想换装修风格："为啥呀？"

"方便你目送小秦离去。"

"……"

苏持只用了半个多小时便处理完，两人一起下班回家。

此时正值下班高峰期，两人乘坐电梯下去时中途上来很多员工，好些人也是开车来的。到了地下车库，苏徊意就在众人眼皮子底下跟着苏持上了车，并且姿态娴熟地坐上了副驾驶座。

众人的视线瞬间凝固——这是个不得了的关系户！

车门一关，苏徊意仗着车窗贴了单向透视膜，肆无忌惮地打量众人惊愕的脸色。

"哥，今天过后我就要声名大噪了。"

"那不是更好？"苏持转动着方向盘把车开出停车位，"以后你就自带通行证了。"

苏徊意喜滋滋地纠正："是自带身份证。这样他们都会知道我是大哥带来的人。"

车正驶过减速带，车身猛地一震。

"就不会出现像今天这样的……"他的话音戛然而止。

苏持神色自若，没有丝毫惊讶："你听到了？"

"嗯。"苏徊意老实承认。苏持是怎么知道他当时在门外的？莫非走廊里安了监控设备？

他偷偷瞄向驾驶座上的苏持。

车开出车库，外界光线陡然映亮了苏持的眉眼，一道柔和的光线滑过对方眼底，后者像是一块色重质腻的黑玉。

"黑玉"轻启唇齿:"呵,我就知道。如果没原因,你哪儿会这么殷勤!"

苏徊意:"……"

两人回到家里正好赶上晚饭。

苏持上楼换衣服,苏纪佟坐在沙发上问苏徊意:"今天上班怎么样,累不累?"

"不累不累。"苏徊意说,"我感受到了同事间的温暖。"

苏持正走到楼梯口,闻言头也不回地说了一句:"让你上班不是去感受温暖的。"

苏徊意被反驳后,精神萎靡,连那撮翘起来的头发都垂了下去,苏纪佟见状,忙把他那撮头发里起来:"哦,工作氛围不错,还有呢?"

"工作任务不是很多,大哥也很照顾我。"

"那就行,跟着你大哥多学点东西,知道吗?"

"好的呀。"

按照原剧本中的剧情,苏纪佟大概会在两年后把一家子公司交给他。

苏徊意自觉有必要好好学习,免得无心插柳达成原角色坑害苏家的目的。

苏纪佟看他乖巧地应下,就把人放走了:"去吧,上去把衣服换了,下来吃饭。"

苏徊意换完衣服从房间里出来正好遇到苏简辰。

走道里,两人隔了三米站着,苏简辰本来是往楼下走,看到苏徊意就停了下来,似在等他。

苏徊意两步上前:"二哥。"

"嗯。"苏简辰应了声，踌躇片刻又道，"你给大哥当助理，他都让你做什么了？"

"收发文件，给秦秘书帮忙。"

"哦，他没让你端茶倒水吧？"

"没有，大哥不让我端茶倒水，可能是怕我泼他一头吧。"

"……"苏简辰道，"那就行。"

两人沉默下来，苏徆意心想苏简辰莫不是在关心自己？他看对方有点找不到话题，便主动开口："二哥，有件事我想问问你？"

苏简辰隐隐松了口气："什么事？"

"大哥的休息室里只有一张床，要是我去睡了，大哥就只能睡沙发……"

"那就再添一张床，置办起来很快。"

苏徆意拍手："哇，好主意！"

苏简辰拿出手机快速订购："明天我就让人给大哥再送一张床过去。"

苏徆意夸他："二哥真会办事！"

"哼，那是当然。"

两人下楼到餐厅吃饭，苏纪佟正在和苏持谈公司的事，于歆妍叮嘱吴妈把汤炖久一点，苏徆意凑过去："今天喝什么汤？"

"芸豆蹄花汤，"于歆妍笑道，"美容养颜的。"

苏简辰说："我们几个大男人，不需要美容养颜。妈，你多喝点。"

"谁说男人就不需要美容养颜啦，追求美丽是全人类共同的事。"于歆妍说完，捏了一把苏徆意的脸，"你看看小意，保养得多好。"

苏徆意："……"他没有保养！

虽然洗漱间里是有很多保养品，但那都是原角色买的，他很

211

少用那些。

苏简辰扫了眼苏徇意的脸:"妈,你把他的脸捏红了。"

苏持停了话头看过来,于歆妍赶紧松手:"怎么就红了呢?痛吗?"

苏徇意搓搓脸:"没感觉。"

"那就好,待会儿多喝几碗汤补补。"

这有什么好补的!苏徇意搓着脸震惊了。

第二天出门上班,苏徇意相当自觉地钻进了副驾驶座。苏持开着车行驶在大马路上,专注的眼神透出细致沉稳。

苏徇意忽然想起苏持第一次开车来接他时,周青成等人受到了冲击的事,不禁好奇地问:"哥,还有谁坐过你开的车吗?"

"有两次接过爸回家。"

"还有呢?"

苏持哼笑:"那就是运送危险物品了。"

那他还真是除了苏纪佟以外唯一一个霸占他哥的副驾驶的人。

苏徇意顿时如坐针毡,在丝滑的皮垫上挪来挪去。

"坐好了,别乱扭。"

"哦……"苏徇意有些不好意思,"哥你真好,还允许我坐车里。"

"那不然呢?让你躺后备厢里?"

苏徇意:"……"

到了公司,苏徇意跟着苏持一起上楼。电梯里不时有人上来,大概是昨天两人一起离开的事已经传遍了,员工们都偷偷拿余光打量苏徇意。

别人没主动问,苏徇意也不好意思站出来自我介绍。苏持一介霸道总裁要维持格调,立在一旁什么也没说。

电梯里的人来了又散去，最后升至顶层，两人一齐出了电梯。

小秦依旧早到，同经过门口的两人问好："苏董早，苏助理早。"

苏持"嗯"了一声，苏徆意那撮头发也点了点："早啊，秦秘书！"

下一秒，苏徆意的头发就被人拽住了。

苏持垂着眼，目光锁定那撮跃动的头发："长长了，是不是该剪掉了？"

苏徆意一惊："这不是你揠苗助长的结果吗？"

怎么还钓鱼执法呢！

苏持冷笑："可我看它一点也不懂得反哺。"

那撮头发仿佛有自主意识，在苏持骨节分明的手指上绕了个圈，一副挽留的姿态，苏徆意表忠心："怎么会呢？这是大哥亲手养成的。"

苏持松开手，脚尖重新转回董事长办公室的方向："那就先留着。"

正式工作时间从早上九点开始。

苏徆意打开电脑望着苏持呈待机状态，像个等待班主任布置作业的小朋友。

"你盯着我干吗？"

"等大哥给我安排事情。"

苏持额角一跳："但凡你有你头发一半的主观能动……"

"都将被斩草除根。"苏徆意摁住刚刚死里逃生的头发，笃定地道。

苏持："……"

十点半苏持要去会客，十点十分的时候小秦进来请示，两人收拾一番便准备下楼。

苏徆意从红木桌后探出头："那我呢？"

苏持抻了抻外套抬步出门,路过苏徊意跟前时带起一阵风:"留守。"

办公室内只剩下苏徊意一人,他安安心心地坐着处理工作,结果工作全都完成了苏持还没回来。

这会儿接近十一点半,还有半个小时就是午餐时间,他正想出门看看,就听见电梯口隐隐传来一阵动静。

董事长办公室位于走廊尽头,这个距离就算苏持踢正步回来,苏徊意也不会听到什么声音。

苏徊意起身推门而出。电梯口旁的安全通道门大开着,工人们抬着大床的画面缓缓进入苏徊意的视野……

床因为太大还被拆解成了好几部分,工人们跟蚂蚁搬家似的排成一溜往办公室这边运来。

苏徊意身躯一震,他就说一觉醒来忘了什么,他把二哥的馈赠给忘了!

看样子是趁着苏持在会客,公司门户无人防守,一行人凭借着苏简辰这张通行证长驱直入。

走在最前面的工人丝毫体察不到苏徊意震撼的心情:"你是这儿的员工吧?帮忙把门全敞开,不然不好运进去。"

苏徊意:"……"不,他是这张床未来的主人。

四十分钟后,工人装好床收工离开,苏徊意站在休息室门口望着室内陷入沉默。

床买大了,和苏持原本那张床并靠在一起,几乎占据了整间休息室,让人难以下脚。

苏徊意觉得自己不是和苏持一人一张床,是两人一起睡蹦床。

他思索片刻,决定把床缝掰开一点,从表面上弱化蹦床的感觉。

他上前抓住床沿,两腿分开方便使力,甚至因为过于使力而缓缓劈了个叉……

"咚！"背后传来一声轻微的闷响，苏徊意心头一跳，扒着床脚回过头。

苏持不知什么时候回来的，此刻正抱臂靠在门框上，眼睫半垂地看着他："你在干什么？"

苏徊意差点把裤子崩裂。

他扶着床脚缓缓站起来，像个合拢的圆规："大哥，我是……"

"是在给我表演劈叉？"

"……"苏徊意乖巧地点头，"是啊，助个兴。"

苏持放下胳膊走过去，停在两张床跟前："这也是助兴？"

"助眠。"

苏持冷笑一声，拎起人的后领出了休息室，苏徊意又变成了一只小鸡崽，扑棱着解释道："我看大哥昨天在沙发上睡得不舒服，就想再添一张床。"

"一张蹦床。"

苏徊意讪讪地道："二哥不小心买大了。"

苏持停下，意味深长地道："哦……原来还有老二的掺和。"

苏徊意羞涩地把人卖了："不然送货的人怎么进得来公司呢？"

对不起二哥，黄泉路上我们相依为命，你也不算落单了。

苏持松开手，脱了外套搭在沙发上。

苏徊意试探着问："大哥，那你中午进去睡吗？"

"都装好了，为什么不睡？"

苏徊意被他大哥的理性所折服。

两人出门吃过饭，回来时看到小秦等在办公室。现在这个点不是工作时间，一般来说他不会过来汇报工作。

苏持问："怎么了？"

小秦说："苏董，信锐集团的董事回话了，他明天上午有空，问要不要谈谈榕城的投标。"

"那就谈谈吧。"

"好的，苏董，我这就去答复。"

小秦走后，苏徊意问："大哥明天上午要出去吗？"

"看约在哪里，如果约在对方公司就要出去。"

"我还需要留守吗？"

苏持垂眼看他，思索片刻："你也一起去。"

苏徊意开心了。他不喜欢一个人待着，以前上学的时候他连上厕所都要拉着朋友一起去，还被人笑说"怎么跟女生一样"。

他大概是有点黏人，但是不缠人，只要身边有人陪着，哪怕不说话也是好的。

"那大哥我们午休吗？"

苏持走进休息室，从衣柜里拿出一套干净的被套："先把床铺好。"

苏徊意殷勤地凑过去："我来就好。"

上午的会客拖延了十几分钟，铺床又花了十几分钟，剩下的午休时间不过四十分钟。苏徊意铺好床就立即脱了外衣钻进被子里，还招呼苏持："大哥快抓紧时间睡！"

苏持不紧不慢地松开领口，迈着长腿走到床另一侧。

苏持掀开被子躺进去，是中规中矩的平躺，手搭在小腹上，缓缓合上眼睛。

两人中间有一米多宽，苏徊意转头去看苏持。

冷傲和锐气褪去后，苏持周身的气势松懒了很多。青松之上冰雪消融，都化成清润的水流。

他大哥大概在睡觉的时候最温柔。

第九章

午睡过后，两人继续工作。

因为第二天临时约了信锐集团的董事，接下来的行程都有所调整。苏徊意跟着小秦一起去做协调，电话打了几通，楼上楼下跑了几趟，回到秘书办公室就糖在了椅子上。

小秦将一杯水递到他跟前："苏助理辛苦了。"

苏徊意接过来："谢谢秦秘书。"

他感觉小秦还是把他当苏家的儿子来看，虽然也会给他安排工作，但言行中依然透着恭敬。

秘书行业要求从业人员具备严格的上下级观念。小秦在这方面做得很好，不卑不亢不逾矩，所以才能在他大哥身边待这么久。

相比起来，自己可能随时会被辞退。

"秦秘书，你有没有在我大哥的底线上蹦过迪？"

"苏助理，蹦过迪的都不在公司了。"

苏徊意一抖，心想果然，又好奇地问道："你知道他们都去了哪里吗？"

小秦回答："抱歉，本公司不做售后。"

苏徊意："……"

临近下班时天色昏暗，只余天际一道亮线，是要下大雨的前兆。

苏徊意走到落地窗前,从这个视角往下看,已经有很多员工从楼里离开了。

"大哥,还没到下班时间哎。"

"还差十分钟。"苏持抬眼看手机,"要下雨了,从大门离开的人一般都是坐公共交通回家,提前点就提前点吧。"

苏徊意觉得像苏持这样的上司很难得,便道:"大哥是个好上司。"

苏持关了电脑收拾桌子,道:"少拍点马屁。"

两人离开公司的时候,雨点已经落下来了。苏持开着车,挡风玻璃被雨滴砸出点点水痕,蜿蜒滑落。

亮红的车尾灯在雨幕里折射出雾蒙蒙的红光,雨刷打落了逐渐变大的水痕。

车外的世界越是嘈杂,车内就越显得静谧。

"前面有点堵车,"苏徊意看着导航说,"不过也就几百米。"

"知道了,坐车别看手机。"

"没事,我不晕车。"

苏持瞟了眼被他吃了大半袋的饼干,嗤笑道:"胃口这么好,看你也不像晕车。"他又说,"摸了手机还拿手吃东西,不知道手机有多脏吗?"

苏徊意有点心虚:"我又不喂你。"

苏持听得青筋直跳:"你自己就能吃了?"

"大哥,我没有那么脆弱。"

车子驶入拥堵路段,车流停滞下来,苏持伸手在苏徊意后颈皮上捏了一把,那里立马留下一道红印。

"不脆弱?"

苏徊意抬手捂住脖子狡辩:"我的皮是脆的,器官是强大的。"

"呵呵,你怎么不说心灵是无敌的呢?"

路上时不时堵车，等两人回到家已经是六点半。

车库在宅院一侧，距离大宅门口有一段距离，苏持停好车，从后备厢里找出一把伞撑开，对苏徊意道："过来。"

两人并肩走进雨幕，伞是单人伞，要完全遮挡两个成年男子还是有些困难。

苏徊意侧头看见苏持半边肩膀都被雨淋湿了，赶紧推着对方的手，把伞往对方那头带去："哥，你肩膀淋到了。"

在嘈杂的雨声中，苏持倏地转头看他，两三秒后转了回去："不碍事。"

今天的雨势不如上次的暴雨大，两人进屋时只有肩膀和手肘有点湿。吴妈已经做好饭菜端上桌了，于歆妍叫苏持两人赶紧上楼换衣服。

上楼时正好遇到苏简辰换过衣服下来，三人在楼梯上相遇，目光相对，同时停下脚步。

苏简辰尚不知道发生了什么，他还沉浸在给苏徊意买床的自我满足之中。

苏徊意的第一反应是自己卖了苏老二，他紧张地看向身侧的大哥苏持。

苏持从见到苏老二那一瞬，视线便如有实质，紧紧地盯着对方，颇有种山雨欲来风满楼的意味。

三人的视线在楼梯间形成了一个单向大三角，莫名其妙却又合乎情理。

最后是苏纪佟出现打破了凝滞的气氛。

苏纪佟扒着楼梯扶手往上看："老大、老二、小意，都傻站着干吗？炒米粉要坨了！"

三人："……"

一家人吃过晚饭，苏持因为淋了雨便赶紧回房间冲澡。

苏徊意跟着苏简辰上楼，他觉得有必要跟对方通个气："二哥，那个……"

"你要不要来我房间……"

两人同时开口。

苏徊意说："什么？"

苏简辰有些窘迫："我是说我把罗汉松搬回去了，你要不要过来看？"他说完又问，"你刚刚想说什么？"

"……"苏徊意把先前想说的话咽了回去，"没什么，我想说我怎么没看到罗汉松。"

苏简辰说："那要来看吗？"

"要。"

他不敢跟对方通气了，因为他又回忆起了罗汉松差点在头顶开花的恐惧。

苏简辰的房间布置得简洁利落，没有多余的装饰品，趴在沙发凳上的那只熊猫仔就格外惹眼。

苏徊意看了一眼，那上面似乎有被揉搓过的痕迹……

罗汉松又被放回了阳台上，遒劲生长。阳台底下正对后院，入秋过后的院景深褐青黄，眼前一簇深翠衬着秋色，生意盎然。

苏徊意扒着盆沿："长得真好。"

他手上沾了点盆边的土，苏简辰转身抽了张纸给他："你能不能注意点？"

"谢谢二哥。"

苏徊意擦过手，罗汉松也看过了，两人一时找不到事做。苏简辰其实也只是随口提一下，找个理由跟他拉进关系。

以前苏徊意颠倒黑白、装模作样的时候，苏简辰恨不得把人赶出家门，后来苏徊意豁出去跟他道了歉，开始慢慢变好，他也就渐渐原谅对方了。

苏简辰唯一不懂的是：同样是和好，为什么苏徜意跟大哥、三弟就要亲近很多呢？莫非是他之前太凶了？

"好了，你回去吧，你是不是该洗澡了？"

苏简辰不说还好，一说苏徜意就觉得被雨淋过的地方痒痒的。他隔着睡衣搓了搓肩头，领口被牵开，露出脖颈来。

"啪"的一声，他的手腕突然被苏简辰抓住。

"二哥？"苏徜意惊讶地抬头，对上苏简辰不敢置信的眼神。

苏简辰的目光直白而不加掩饰，手上力道之大，拉得苏徜意跟跄了一步。

"你这里怎么了？"

苏简辰伸手要去指，苏徜意傻愣愣的，完全不知道发生了什么："什么？"

苏简辰的手还没碰到苏徜意，门口就传来一声厉呵："老二！"

苏徜意跟苏简辰同时转过头，他们刚刚进来时没带上门，此刻苏持就立在门口。苏持刚洗过澡，湿润的头发自然地垂落额前，却遮不住凌厉的眉眼。

苏持大步走进去："老二，你这是在做什么？"

苏简辰心里的震惊还没过去，被呵斥了一声，他立马硬气地道："我还没问大哥，你又做了什么？！"

苏徜意被这莫名其妙的局面给吓呆了，他怎么不知道这两人做过什么？两人又像是完全掌握了对方的作案证据！

苏持皱起眉头："你什么意思？"

苏简辰梗着脖子道："你是不是欺负他了？"

"我欺负他什么了？"

苏简辰没说话，苏持的目光落在两人手上："你先松开。"

苏简辰这才注意到自己把苏徜意的手腕勒出了一圈红痕，他赶紧松手。

苏持冷着声音道:"老二,你现在可以说了。"

苏简辰迟疑片刻,突然伸手把苏徊意往外赶:"你先出去,我和大哥有事说。"

苏徊意扑棱扑棱地挣扎:"我为什么要出去,二哥?"

苏简辰不回答,不由分说地把苏徊意推了出去:"大人说事情,小孩子不要听!"

"砰!"卧室门被关上,苏徊意也被丢到了走廊。

房门一关,从门外什么也听不见。苏徊意觉得肩膀痒痒的,便转身先回屋里洗澡。等他洗完澡出来,苏简辰的房门已经开了。

苏徊意站在门口往里看了眼,只有苏简辰一人,苏持已经离开。

他探了个脑袋进去:"二哥,你们聊完了?"

苏简辰冷不丁被吓了一跳,道:"嗯。"

"你们聊什么了?"

苏简辰盯着地面:"跟你没有关系。"

苏徊意道:"二哥的意思是,你和大哥对视了一眼,然后突然吵起来了?"

苏简辰道:"我只是看你有伤痕,以为大哥对你动手了。刚刚大哥解释过了,说是不小心给你捏出来的,现在没什么事了。"

苏徊意狐疑道:"是吗?"

"不信你去问大哥!"

他姑且接受了这个说法,道:"二哥你放心,大哥不会对我动手的,他最多轻描淡写地嘲讽我两句而已。"

"我知道。"

见苏简辰颇为尴尬,他贴心地道别:"那我先回去了,二哥晚安。"

"嗯。"

从苏简辰房里退出来,苏徜意便溜去了苏持房间。

他敲了两下门,里面响起苏持的声音:"进。"

他贴着门缝滑进去:"大哥……"

两人的视线对上,苏持很快别开眼神。

苏徜意问:"大哥,你为什么不看我?"

苏持闻言转回来,好整以暇地看着他,反问:"看着你做什么,你又要表演节目助兴?"

"……"苏徜意噎了一下,换了个问题,"你跟二哥聊什么了?"

苏持道:"我以为老二要对你动手,刚刚误会解开了,没什么事了。"

双方供词一致,苏徜意终于信了。他用于歆妍的语气规劝道:"误会解开了就好,兄弟之间要相互信任,不要互相猜忌。"

这句话从他嘴里说出来,一点也不具备可信度。

苏持嘴角一抽:"受教了。"

房间内陷入沉默,苏持见苏徜意手腕上还残留着红痕,便起身从背后的柜子里拿出一瓶红花油:"过来,我给你擦擦。"

"哦。"苏徜意蹭过去,"好的呀。"

待他走近,苏持又念头一转。

苏徜意手心一沉,红花油落入手中。

"你自己擦。"苏持道。

苏徜意惊讶于对方的善变:"为什么?"

"你自己擦不到?"

苏徜意理亏地缩回手,心想,既然是自己擦,那就没必要留在苏持房间里了,免得全是味道。

"大哥,我先回去了。"说完,他捧着红花油溜回自己房间。

第二天出门上班。

两人坐进车里，苏徊意扯开领口："今天是要去见信锐集团的董事吗？我昨晚上了药，今天早上只用毛巾擦了擦，会不会还有味道？"

苏持将车开出宅院："你闻不出来？"

"一个味道闻久了，就习惯了。"苏徊意伸出手在空中扇了扇，问苏持，"你闻到了吗？"

苏持道："我在开车，你坐好。"

苏徊意又道："那待会儿到了公司你闻一下？"

"我们直接去信锐集团。"

"那就到了信锐集团……"

苏持冷笑："你觉得合适吗？"

苏徊意沉默。

信锐集团在城西，从苏家开车过去要比平时上班远十几千米。

双方约定的时间是上午九点半，他们八点出门，到时正好九点二十。

小秦已经提前等在一楼的侧厅，见到苏持二人，起身迎上去："苏董，苏助理。"

苏持点头："要带的资料都带齐了吧？"

小秦回道："全部带上了。"

电梯口有董事长秘书前来接引，四人上了电梯站成两排。

董事长秘书在前面同苏持说话，苏徊意趁机靠近小秦，悄声说："秦秘书，我身上有没有红花油的味道？"

小秦刚一侧头，苏持突然转过来："资料拿给我吧。"

"好的。"小秦随即撤开，上前一步把资料递过去。

电梯门恰好在这时候打开了，三人跟着秘书出了电梯，直接往会客厅的方向走去。

苏徊意只能暂且放下对红花油的顾虑，跟在苏持身后。

信锐集团不同于苏氏集团，是三个大股东合资创办的企业，而厉行忠是其中持股最多的股东。

他们这次商谈的是有关榕城城郊的投标，苏徊意全程旁听，并做会议记录。他之前学过金融和法律，现在学起来也不算吃力。

中途厉行忠的手机响了，商谈暂停。苏持转头看了苏徊意一眼，目光落在整整齐齐的记录本上，片刻后又收回目光。

一个半小时后，商谈结束。

苏徊意将会议记录交给小秦，几人准备辞别，厉行忠忽然叫住了苏持："哦，苏董，我还有点私事想向你咨询，你有时间吗？"

"可以。"苏持用余光扫过某人，"毕竟来都来了。"

苏徊意："……"

两人去了楼上办公室，厉行忠的秘书小邱就领着苏徊意、小秦去茶水间等候。

信锐集团的茶水间装修精致，有着大片玻璃窗，明亮宽敞，很适合喝下午茶。

小邱给他们备了一壶茶水、几碟糕点，然后坐下陪着说话："苏助理是新入职的吗？之前没在苏董身边见过你。"

"是的，刚入职。"

小邱惊讶地道："你刚入职就能跟着苏董做事，看来你很受器重！听说苏董欣赏的人都和他本人有某些相同之处，不知道你们有……"

苏徊意腼腆地道："我们有同一个爸爸。"

小邱："……"

空气安静了几分钟，小邱才从震惊中回过神。

他看着面前正小口吃甜点的苏徊意，以及旁边淡定喝茶的秦秘书，颤巍巍地求证："是真的？姓苏不是巧合？"

苏徊意道："是真的。"

小邱倒吸一口冷气,道:"我开始听到姓氏还以为只是凑巧,因为我看你们的长相并不……抱歉,我不是那个意思!即使是兄弟也有的随母亲,有的随父亲。"

"没事。"苏徆意毫不介意地叉走最后一块小蛋糕,"平庸的灵魂千篇一律,苏家人的皮囊各有各的美。"

其余两人:"……"

小秦推推眼镜:"失策了,我应该录下来给苏董听。"

苏徆意问:"他听完会心花怒放?"

"不会。我只是想听听苏董对这一段精彩言论的独家评析。"

几人坐着聊了会儿天,临近十一点半,小邱看了眼时间,道:"厉董怎么还没结束?"

"你们接下来还有安排?"

"是啊,厉董约了朋友十二点吃午餐。我先失陪了,我得去叫一下厉董。"

小邱正要起身,厉行忠和苏持便从门外走了进来。

苏持的目光停留在苏徆意面前的一叠空盘子上,嘴角似乎抽了一下。

小邱上前:"厉董……"

"没事,我记着的。"厉行忠抬手止住他的话头,又转向苏持,"没想到都这个点了。这样,苏董中午要是没什么安排,我做东,一起吃个饭怎么样?"

他补充道:"不过我还约了个朋友,都是一个圈子的人,就是不知道苏董介不介意。"

苏持在正式场合还是很会说人话:"厉总的朋友,我怎么会介意?"

厉行忠大笑:"那我们走吧!"

众人坐电梯下楼,苏持侧头低声问苏徆意:"你一会儿还吃得下？"

苏徊意不懂："为什么吃不下？"

他的语气太过理所当然，以至于苏持竟觉得合乎常理。

电梯间内很安静，苏徊意想凑近点再说话，意图刚萌生就被苏持的眼神压制回去——保持上下级距离。

苏徊意："……"

到了一楼，电梯门打开，厉行忠率先走向侧厅："我这位朋友广结善缘，想必也愿意同苏董交个朋友。"

"是吗？"

随着几人走近，侧厅里的情形逐渐进入视线。

侧立的男人身姿颀长，衣着讲究，他听到动静转头看来，露出一张斯文的脸。

苏徊意心底陡然一惊，暗道一声孽缘！

与此同时，苏持停下了脚步。

厉行忠没注意到两人的异样，他三两步上前："小聂，今天多几个朋友一起吃饭，你不介意吧？"

聂亦鹄一如既往地谦和："当然不介意，不如说是我的荣幸。"

他说着转向苏徊意，问："是吧？"

苏徊意心想：不，不是。

厉行忠顺着他的视线看去，这才察觉到身后两人的异样，问："怎么，你们认识？"

苏徊意不敢吱声。苏持四周的温度直降至冰点，目光对上聂亦鹄："没什么交集。"

聂亦鹄走上前："我跟苏先生是没什么交集，不过我跟小意缘分很深，相信以后还会有更多交集。"

小意！

苏徊意震惊不已，他们什么时候熟到这种程度了？！

苏持沉下脸："聂先生，注意你的称呼。"

聂亦鹄没理他，只问苏徊意："小意不介意吧？"

侧厅口的空气中似乎燃起了火星。苏徊意见状，赶紧靠近苏持一步，同聂亦鹄道："社交称呼我不了解，我听我哥的。"

聂亦鹄的笑容淡了下来。苏徊意身侧的气温缓慢回升。

厉行忠闻言，诧异地看向苏徊意，商谈前他没关心苏持带来的人是谁，没想到是苏家的小儿子。

聂亦鹄休整了几秒又重整旗鼓："上次你说你喜欢东南亚菜，我们会所的厨子研究出几道新菜，想请你去品尝，不如就今天怎么样？"

苏徊意警惕地婉拒："多谢你家厨子的好意。"

其余人："……"

聂亦鹄纠正："是我想请你去品尝。不知你能否赏光？"

苏持没有侧过头，但苏徊意感觉他大哥的目光一直落在自己身上。聂亦鹄也看过来，表面谦和有礼，仿佛自己再拒绝就是不识好歹。

在这两道目光的夹击之下，苏徊意觉得自己的头发都快要打结了。

救命！没人跟他说做助理还要经历这些！

一道爽朗的笑声突然打破了僵局："小聂，今天是我做东！这样吧，你们既然有缘，就下次再约怎么样？"

厉行忠驰骋商场几十年，双商在此刻准时上线："你们来这儿都是客，怎么说都该让我尽地主之谊，给我个面子！"

聂亦鹄笑了笑："说的也是。"

厉行忠转头："苏董觉得呢？"

苏持平静地道："厉董的面子，怎么都是要给的。"

双方在厉行忠的调和下各退一步，一同往外走。警报解除，苏徊意还记得恪守"上下级距离"，步子一横，又远离了苏持。

　　苏持伸出一只手拎住他的后领口，把他提溜回来："跟紧了，乱窜什么。"

　　苏徊意回道："好的……"

　　厉行忠请客的地方在公司后面的四星级酒店，既不掉价，又不会过于正式，用来招待朋友刚好。

　　一行人进去，立马有服务生前来引路。大厅装修典雅，金枝翠叶镂花灯吊顶，冷烟池底锦鲤浮游。

　　苏徊意朝池底看了一眼，金红的锦鲤灵巧地摆尾，激起几点水花。

　　"很漂亮，对吧？"聂亦鹄转头看着他问。

　　苏徊意还没回答，就听苏持淡淡道："你不是才吃完甜点，怎么又饿了？"

　　聂亦鹄："……"

　　苏徊意："……"

　　不知道是不是他的错觉，他总觉得苏持是明杠自己，暗杠聂先生。

　　进了包间后，厉行忠坐主位，按照餐桌礼仪，他左右两个位子应该一边坐苏持、一边坐聂亦鹄。

　　苏持落座后，苏徊意跟着坐在他旁边，聂亦鹄却抬步走向苏徊意另一侧的空位："今天是朋友聚餐，不讲究这么多规矩。我就挨着……"

　　"小秦。"苏持出声。

　　小秦会意，赶紧上前一步在苏徊意另一边坐下。他一本正经地抵了抵眼镜："抱歉，聂先生，苏助理今天长途奔波，累到视

229

力模糊、手不能提，需要我帮忙布菜。"

众人："……"

苏徊意在心底感叹，也没人告诉他做助理会得这么多疑难杂症啊。

聂亦鹄转而坐在厉行忠另一侧，落座前他意味深长地道："苏先生真是找了个有灵性的秘书。"

苏持道："最主要是识时务。"

主位上的厉行忠已经吩咐服务生端上了瓜子，准备近距离观赏这出夹枪带棒的言语交锋。

菜很快被端了上来。

今天厉行忠做东，苏持和聂亦鹄都懂得适可而止。三人一起聊到别的话题，言语间还是客客气气的。

视力模糊、手不能提的苏徊意安心埋头吃饭，旁边的小秦帮他把人设贯彻到底，全程用公筷给他夹菜。

苏徊意从一开始的不好意思，到现在坦然接受，甚至接菜的动作十分流畅。

"小秦，我还想吃咕咾肉，谢谢。"

小秦看了眼靠近厉行忠的那盘咕咾肉，正要抬手转桌盘，一双筷子忽然夹了两块肉放进苏徊意碗里。

"舍近求远？"

苏徊意含着碗沿扒肉："不敢劳驾大哥。"

苏持嗤笑道："你劳驾得还少了？"

苏徊意羞涩地用"不能提的手"夹了块肉放进苏持碗里："反哺大哥。"

下一秒，那块肖似瘦肉的老姜被苏持夹到渣盘里："你的好意我心领了。"

"……"苏徊意怔然，"我的视力果真模糊。"

饭后出了酒店,临分别时,厉行忠同几人一一握手。

聂亦鹄拿出手机对苏徊意道:"都见过这么多次了还没交换过联系方式,微信加一下吧?"

他将二维码递到苏徊意眼前。

厉行忠在一旁道:"哎,对,年轻人就是要多交朋友。"

苏徊意顶着"死亡凝视"缓缓摸出手机,轻轻扫了一下。

他大哥肯定觉得他不听告诫,交友不慎。

好友申请通过,苏徊意刚备注了个"胡",聂亦鹄就发现了:"我姓聂……"

苏徊意被当场抓包,从善如流地改字:"聂先生全名是什么?"

聂亦鹄从上衣口袋里掏出一张名片递到他跟前:"这是我的名字。"

在苏持锐利的视线下,聂亦鹄同苏徊意温声道:"这次好好记住了。"

名片上的字龙飞凤舞,苏徊意逐字辨析:"聂赤鸡?"

聂亦鹄:"……"

空气中传来一声几不可闻的轻笑。

下午回到公司,苏持大发慈悲地没有给苏徊意安排工作:"今天下午你休息。"

苏徊意感觉自己不作为大半天了,问道:"为什么?"

"给你的奖励。"

"什么奖励?"吃得多?

"语文水平进步的奖励。"

苏徊意不是很懂他大哥的点在哪儿,但既然有奖励,他就来者不拒。

苏持在办公桌前工作,苏徊意在微信上和人聊天,聂亦鹄的消息弹了出来。

苏徊意道:"哥,胡赤鸡约我吃饭。"

苏持:"……"很好,三个字一个都没对。

苏持悠悠地打开手机:"有没有想吃的东西,我给你点。"

苏徊意问:"为啥?"

"又进步了,奖励翻倍。"

下午五点,两人准时下班。

苏徊意上车的时候觉得身上有点痒,但不好意思伸手进去挠,就在座椅上蹭了蹭,他的小动作立马被苏持逮住了。

"你又在乱扭什么?"

"我背后有点痒,是不是打底的羊毛衫起球了?"

"家里还不至于给你买起球的衣服。"

"……"

车开出公司,过了十来分钟苏徊意还是觉得痒,他没忍住掀开衣服看了一眼。

苏持正开着车,余光瞟到苏徊意的动作,道:"苏徊意,你把衣服……"话音骤止。

方向盘一打,车转入岔道停在路边。

苏持一把抓住苏徊意挠背的手,沉下脸道:"你过敏了?"

"啥?"苏徊意茫然抬头。他过敏?他对什么过敏?

苏持不欲同他多说,掉转车头开往医院。

市立医院是本市最权威的医院,位于市中心,从这里过去开车只需一刻钟。

平时就诊都要预约挂号,但苏徊意看苏持只打了个电话,到医院时便直接领着他去了诊室。

苏徊意一边隔着衣服蹭痒,一边道:"大哥,我们又作威作福了耶。"

苏持拎着苏徊意大步走在医院走廊里,脸色难看到了极点,道:"闭嘴!"

一系列检查下来,外面的天已经黑了。苏持跟家里打了个电话,把情况讲了一遍,说他和苏徊意晚点回去吃饭。

苏徊意垂着脑袋在苏持的低气压下听医生训话。检查报告显示他对海带过敏,他记得中午的时候是吃了不少。

准确来说,是每盘菜都吃了不少。

"都二十几的人了,自己对什么食物过敏心里该有个数。该忌口就要忌口知道不?你现在发红起疹还算轻的,过敏严重甚至会出现呼吸不畅乃至休克的症状!"

苏徊意如小鸡啄米般点头:"好的,好的……记住了。"

妈呀,他哪儿知道这副身体会对海带过敏!

医生给他开了些药,叮嘱他该擦擦该吃吃,不要用手去挠。苏徊意掏出小本本一一记下。

药是苏持拿着单子到取药处领的。苏徊意在诊室外面等着,抬头便看见苏持拎着塑料袋走过来,随着两人之间的距离逐渐拉近,对方高大的身材给苏徊意带来一股压迫感。

"大……"

"哗啦。"塑料袋被扔到了他怀里。

"你对海带过敏你自己不知道?一天到晚就知道吃吃吃,什么你都吃,不要命了是不是?"

苏持的脸色冷得可怕,苏徊意瞬间噤若寒蝉。

在他印象里,大哥从没这样生气过。

他从床底爬出来的时候没有过,他淋了苏持一头冷水的时候没有过,今天遇到聂亦鹄的时候也没有过。

只有此刻,苏持的眼底像有风暴在酝酿成形。

233

汹涌的气流下，苏彻意抱紧了柔弱的自己："大哥，我的脆皮再不擦药就要成酥皮了。"

地下车库里光线昏暗，车内亮了盏阅读灯。

苏持话说得重，力道却放得轻。

苏彻意撩起衣服背对着他，嘴里哼哼唧唧："哥，太痒了，你重点行吗？顺便给我挠挠。"

苏持冷声道："要不要再拿钉耙给你犁一犁？"

苏彻意自知理亏，垂着脑袋乖乖让人抹药。

车厢内有那么五六分钟都是安静的。苏彻意正想着怎么编造自己不知道过敏原的借口，苏持忽然出声。

"我不知道你对海带过敏。"

苏彻意愣住。

苏持这是什么意思？是在自责对他不够关心，还是觉得如果自己知道了，他或许就不会过敏？

他等着苏持往下说，但这次苏持什么也没说。

两人一路静默地回了家。

苏彻意被闻讯等在客厅里的苏纪佟夫妇和二哥围住，他透过几人之间的空隙，看见了苏持独自上楼的背影。

苏纪佟夫妇看了看苏彻意背后的红疹，见已经上过药了，这才放下心。

于歆妍心疼他："怎么不忌嘴呢，知道自己不能吃海带还吃？"

对于这副身体的过敏原夫妻两人和做饭的吴妈都知道，但苏彻意这个"外来人口"不知道，更别说跟原角色感情不好的苏家三兄弟了。

苏简辰偏头看了苏彻意一阵子，组织了半响的措辞才道："那你要吃清淡一点。"

"好的呀，二哥。"

苏徇意又朝楼梯方向望了眼，没看到苏持下来。他想起苏持那道背影，道："我先上去换衣服。"

走上二楼，苏徇意见苏持的房间门轻掩着，敲了敲便溜进去："大哥。"

屋里的苏持还穿着今天外出时那身衣服，正垂头站在书桌前，不知道在想什么，听到声音转过来，问："什么事？"

苏徇意说："换了衣服我们好下去吃饭。"

苏持脚下一动："知道了。"

苏徇意偷偷瞄了眼，见对方神色如常，看不出异状，试探道："大哥，你刚刚怎么一个人先上楼了？"

苏持淡淡地道："那我要留下来跟他们一起把你围着？你是篝火？"

苏徇意："……"看来是他想多了。

也是，自己过敏又不是苏持的错，他大哥本来就没必要自责。

苏徇意换上睡衣下楼到餐厅时，苏简辰也坐在桌前。

"二哥没吃饭吗？"

"我是来监督你的。"

苏徇意："……"他二哥表达善意的方式真是让人消受不起。

吴妈重新热了饭菜摆在桌上，半边是水煮鱼、肝腰合炒、炖牛肉，半边是米粥配清炒，泾渭分明。

苏简辰指了指："你不能吃这几样。"

苏徇意不甘心："我涮一下吃……"

背后忽然伸过一只手，将水煮鱼、炖牛肉端进了厨房。几样菜撤完，苏持坐回桌前："吃饭。"

苏简辰道："大哥，你都端走干吗？你又不用忌口。"

235

苏持一个眼神轻飘飘地飞过去："你是来监督他吃清淡点的，还是来督促我吃香喝辣的？"

苏徆意像毛毛虫一样翻滚了一夜，第二天出门前，苏纪佟把他叫住："小意要不就在家休息，别去上班了。"

苏徆意侧头去看苏持，对方正好也垂眼看着他，脸上没有任何不豫的神色，就像他去不去对方都不会有异议。

"不用，我就跟着大哥一起。"

苏纪佟不强求："那好，老大你记得给他擦药。"

苏持说："我知道。"

昨天刚谈过榕城的项目，苏持到了公司就下楼同相关部门开会。苏徆意想跟上，苏持将一叠文件放在他桌上："把这些都整合出来。"

"我不用一起去吗？"

"你留在这里。"

"原来你打算给我画地为牢。"苏徆意感慨了一句，说完后才反应过来，"我是不是又用错成语了？"

苏持罕见地没有祭出《新华词典》，只道："只要能让你安分点，怎样都好。"

"苏脆皮"无言以对。

苏持一走，办公室里便只剩下苏徆意。偌大的空间里太过安静，苏徆意处理了会儿工作，没忍住拿出手机看了眼。

微信有两条新消息，他点开发现是苏珽发来的。

苏珽：弟弟，过敏啦？

苏珽：好了没？拍来看看，我让医学专业的朋友开点药给你。

苏徆意感慨他三哥消息灵通，也不知道是家里谁说出去的，他盲猜是企图融入群体的苏老二。

苏徊意：谢谢三哥，已经去医院看过了。

苏珽：眼见为实，快拍张照给三哥看看！

苏徊意：都是疹子，不好看。

苏珽：没事，我就想看看有多丑。

苏徊意不是很能理解苏老三的兴趣，不过他也不介意拍下来，只是起疹的地方主要在背后，不好拍，除非等苏持回来给他上药的时候顺便拍一张。

苏徊意：三哥你等会儿，等大哥回来给我拍了，我发给你看。

苏珽：会威胁人了啊？呵呵……

苏徊意一头雾水。

他哪句话是威胁了！

上午的短会比以往结束得要早，苏持回来时不过十点。

见桌上的文件变成差不多高的两堆，苏持问："怎么才做了一半？"

苏徊意厚道地没有甩锅给苏珽，道："背后的痒意分散了我处理工作的精力。"

苏持没说什么，径直走进休息室，再出来时袖子被挽到肘弯，大步朝苏徊意走过去。

苏徊意立马贴紧椅背，问："干架？"

"……"苏持扶额，"不是说痒？过来，给你上药。"

董事长办公桌靠近落地窗，光线要好很多。苏徊意坐到苏持跟前才发现对方手背微润，刚刚应该是去洗手了。

"把外套脱了，再把衬衣捞起来。"

苏徊意乖乖照做。

苏持帮忙上药时，苏徊意趁机问："大哥，你能不能帮我拍一张？"

"你想看？"

237

"是三哥想看。"

苏持沉默了几秒，随即道："把老三的对话框打开。"

苏徊意拿起手机，点开苏斑的对话框，反手递给苏持，道："拍吧，哥。"

苏持接过来却没按相机，他拇指点在语音键上，道："老三，要不要我再开个视频给你看？"

消息"咻"一声发过去。

苏徊意转头，问："还需要开视频吗？三哥说啥？"

手机被苏持扔在一边，他用没碰过手机的那只手继续给人擦药，道："他说，点点点。"

苏徊意身上的红疹子只几天就慢慢消下去了。

晚上，苏徊意洗完澡，在浴室的镜子前扭头看自己后背，发现只有一点点印子，估计过段时间就能散了。

幸好苏持按住了他，没让他挠背，不然以他的体质肯定会留下难以消除的疤痕。

进入十一月后，气温便固定在十度左右。

于歆妍早在入秋时就给家里人都定制了新的冬衣，这几天刚好送来。

苏徊意以往的衣服全是大衣，这次也不例外。裁剪得体的大衣优雅又修身，穿在他身上衬得人挺拔如同修竹。

"修竹"在室外招摇了两天就被冻出了鼻涕，他吸溜吸溜地回家翻箱倒柜找羽绒服。

于歆妍看他找出来的全是大衣，忍俊不禁道："你忘啦？你以前打死不穿羽绒服，觉得太土了。"

苏徊意："……"

"要不你去你几个哥哥那儿看看有没有羽绒服，先将就着穿两天，周末再去买？"

"好的呀。"

苏徆意就溜去了苏持的房间。

对方正躺在床上，一条腿支起架了个平板电脑在看视频。他见苏徆意吸溜着鼻涕跑过来，头往后一仰，道："你是滴灌装置？"

苏徆意有求于人，不同他计较，只道："大哥，你有没有羽绒服？"

"没有。"

苏徆意"哦"了一声，掉头就走。

苏持把人叫住，问："去哪儿？"

"我找二哥问问。"

视频被按了暂停，平板电脑被搁在床头柜上，苏持问："你要借老二的衣服穿？"

"我之前不也借过大哥你的衣服？等周末我就自己去买。"

苏持冷笑一声，道："他比你高大那么多，你穿他的衣服？你穿着去公司别人还以为我们跟米其林轮胎有合作。"

既视感太强，苏徆意决定回去自己的房间，心想那再忍忍吧，忍到周末他就去买一打羽绒服。

第二天出门，于歆妍看他还是穿着大衣，不禁"咦"了一声，问："你没借哥哥的衣服？"

苏徆意把头埋进厚厚的围巾里，配上翘起来的那撮头发，看起来像个盆景，他道："太大了。"

"对哦。"于歆妍转头从屋里拿了几片暖宝宝塞给他，"先将就用吧，在车上和办公室里都有暖气，冷也就冷上车前那一段路。"

苏徆意本身也不是娇气的人，道："谢谢妈妈。"

今天一整天办公室和车里的暖气都开得很足，苏徆意冻僵的灵魂又在慢慢复苏。

临到下班时，他站在落地窗前俯瞰楼下蚂蚁大小的路人，问："大哥，你看他们是不是都冷得在发抖？"

苏持不欲同他搭戏，只道："我没你这么好的视力。"

两人上车后，暖风装置被一秒打开。

苏持拧眉道："你有这么冷？"

苏徊意点头道："冷嗯嗯嗯嗯的！"

波动的颤音令人信服，车内热风被调至最大，车窗关得很严实，隔绝了外界的冷空气。

私家车驶上大马路，过了十几分钟又停下来。苏徊意看向车窗外的大商场，有点没回过神，喊道："大哥？"

苏持解开安全带，道："下车。"

ISE 是市内最大的一家国际贸易中心，各大品牌在里面都有实体店。

商场内开了暖气，浅灰色的大理石地面光可鉴人。

电梯口都有楼层指引，苏徊意跟着苏持直接上了四楼，走进一家男装店。

目光落在店口的 Logo 上，他道："这个牌子好眼熟。"

苏持淡定地提示："你用来擦过头。"

刚迎上来的店员一脸震惊。

苏徊意："……"

苏持毫无给人造成剧烈冲击的自觉，他抬了抬下巴，示意苏徊意去看羽绒服，道："那边有一排，看想要什么就买。"

苏徊意顶着店员热切的目光溜过去，挑了几件看上去很厚实的拿在手里，道："就这些吧。"

"好的。"店员接过来放在收银台前一一清点。

240

苏持立在一旁等着，视线无意扫过刚刚那排衣架，忽而定住。

他抬步走过去拿出其中一件，转身在苏徊意身上比画了一下，道："你试试这件。"

苏徊意接过来，纯白色的羽绒服，帽子上的毛是灰黑色的。他套在身上拉好拉链，刚抬头，一双手就把帽子给他扣上了。

苏徊意问："大哥，你在做什么？"

一团白色中间漏出点黑麻麻的软毛，像芝麻汤圆漏了馅。

苏纪佟的形容是要更贴切一些。

苏持垂眼道："你适合这件。"

两人提着购物袋回到车上，苏持发动私家车往苏宅而去。

苏徊意是直接穿着那件白色羽绒服回去的，他缩进灰黑的绒毛里，感觉浑身的暖意都被兜住了。

他就着车窗照了照，是挺好看，但他这张脸穿什么都好看，苏持说"适合"的点他还没能 get（理解）到。

"大哥，你怎么觉得我适合穿这件？"

私家车驶出停车场，在减速带上震了一下。

苏持道问："你不觉得自己露馅了？"

苏徊意的心脏猛地一跳。

苏持接着道："像戳开的汤圆。"

心跳缓缓恢复正常，苏徊意往绒毛里缩了缩。

吓他一跳，原来是说他穿得像汤圆露馅，他还以为是自己被苏持看透了。

其实仔细想想，这段时间他露出的尾巴也不少。

看来他以后得小心点，把尾巴都塞好。

两人回到家里，正遇上苏纪佟从楼上下来，他看见苏徊意，顿时眼睛一亮，道："哟，小意裹得这么严实！你们这是去商场

241

买衣服了？不错不错，我觉得你穿羽绒服比穿大衣合适。"

虽然优雅成熟的大衣很有味道，但轻巧的羽绒服更能衬出他的少年感。

"大哥也说我穿这件合适。"苏徊意向苏纪佟展示，"这件就是大哥给我挑的。"

苏纪佟有些诧异地看了眼苏持，他大儿子还会给人挑衣服了？不过……

"老大是有眼光，这身好看。"

苏持拎着购物袋上楼，道："别晃了，换身衣服吃饭。"

苏徊意立马跟上去。

这几套衣服都是苏持付的钱，吃过饭后苏徊意想把钱转给他。

"不用转，直接从你工资里扣了。"

苏徊意总觉得苏持在糊弄他，但他没戳破，只举起手保证："那等我赚了钱再给大哥买礼物。"

苏持采访他："你有没有觉得这一幕似曾相识？"

"什么？"

"上次在清吧结账，你也是这么跟我开空头支票的。"

苏徊意："……"

为了尽快证明自己开的不是空头支票，苏徊意当晚就联系了周青成，询问他的朋友进展到了哪一步。

"最近昆酒系列新品已经被研制出来了。"周青成说，"先在华都试点，征集反馈之后再大规模推出。"

苏徊意感慨："你的用语很有专业水准，人果然是会不断进步的。"

周青成也感慨："我是照着朋友发给我的微信消息挨个字指读的。"

苏徊意转而赞赏他的诚实。

两人你来我往地商业互吹了四十分钟，快挂电话时周青成忽然问道："这周六你有没有空？"

"有的，怎么了？"

"哦，我手里有两张电影首映式的入场券，周六晚上的。我那天有别的事，你要不要去？"

周青成说的那部电影是前段时间全网预热的科幻片《墟城》，预告片里画面精细、特效炸裂、演员阵容强大。

苏徊意心动了，道："要去要去！"

"那行，我明天让人把券给你送去。"

苏徊意还在上班，入场券是第二天晚饭后送到的。他出门拿了券回来，在客厅门口和苏简辰迎面撞上。

苏简辰看到他手里的入场券，问："这是什么？"

苏徊意有些尴尬，他本来是想私下找苏持一起去，但先被苏老二看到了，他这会儿总不能说"朋友给我了两张券，我准备和大哥一起去"吧？

他只道："是首映式的入场券。"

"哦。"苏简辰撇开眼神，不到一秒又转了回来，"你约了朋友一起？"

"还没有。"

"嗯。"

"……"

两人间陷入了微妙的沉默。

剧本中说苏简辰喜欢看科幻片，苏徊意怀疑他在等自己开口邀请。

他没顶住，问："二哥，你想看吗？"

苏简辰说："还行吧，可以看。"

他的话语有多勉强，回答就有多迅速。

苏徊意："……"

苏徊意抽出一张给苏简辰，道："是周六晚上的。"

苏简辰接过说了声"好"，隔了两秒又补充道："谢谢。"

两人一前一后地往里走，苏纪佟和苏持都坐在客厅里。苏徊意瞄了眼苏持，对方正垂头看着平板电脑，似乎没注意到他们这边。

苏纪佟忽然开口："老二，你们手里拿的是什么？"

苏徊意心底一抖。苏简辰老实回答："《墟城》首映式的入场券。"

苏持抬头看过去。

苏纪佟来了兴趣，问："哪儿来的？"

苏简辰对答如流："弟弟给的。"

苏徊意顿时想拿台球杆把他一杆子戳回卧室里——他不合群不是没道理的，自己好不容易端平的水，这下全洒了！

苏徊意朝苏持那边看了一眼，正对上一道深邃的目光，顿时冷汗涔涔，想到了"二桃杀三士"。

苏徊意抠着票面，火速补救："大哥要不要去？我这里还有一张券。你要是想，可以跟二哥……"

"不用，我有事。"苏持垂下视线，继续看平板电脑。

苏徊意松了口气，捏着券快速上了楼。

第十章

第二天没有开会，苏持留在办公室。

苏徊意面对他大哥还是有点心虚，"哗啦啦"地翻着文件，一只手无意识地摁在手机侧面，屏幕霍然一亮。

苏持的声音悠悠传来："在看时间？"

"嗯嗯！"苏徊意碰手机被抓包，正愁没个借口。

苏持问："在看还有几分零几秒到周六？"

苏徊意："……"

剩下的工作苏徊意在极度专注中完成。

中午两人下楼吃饭，进餐厅时正好碰上小秦。为了保证顶层办公室随时有人，一般来说小秦和苏持吃饭的时间会错开。

苏徊意看见小秦面前的桌子上撒了汤汁，应该是不小心打翻了餐盘，所以收拾到现在。

小秦这会儿正好收拾完，同两人打招呼："苏董，苏助理。"

苏持问："衣服有弄脏吗？"

"没有的，苏董，您放心。"

"那就好。"

小秦离开后，苏徊意跟着苏持去打饭，途中道："大哥真是好上司，还关心秦秘书的衣服有没有弄脏。"

苏持公事公办地回答："董事长秘书代表的是公司形象。"

"那我呢？董事长助理代表公司什么？"

"代表公司大权尚未旁落。"

苏关系户："……"

今天白天下了雨，空气变得湿冷彻骨。五点下班时苏徊意直接把帽子扣了起来，只露出半张脸。

视线里绒毛丛生，他出门时差点撞到门框。

苏持一把拎住他的帽檐，把人往前带，道："这么怕冷，你周六怎么办？"

苏徊意被他提溜着"自由滑翔"，无忧无虑地道："没事啊，我看过天气预报了，和今天差不多的。"

苏持冷笑道："你以为你能穿羽绒服去参加首映式？"

苏徊意僵住了。

他只想着要去看电影，完全忘了首映式也算得上正式场合。

他细细思索道："要不我把羽绒服穿在里面，再在外面套一件大哥你的正装？"

"怎么，你想跟剧组抢热搜？"

苏徊意："……"

最初的预想被无情打破。周五晚上，苏徊意就开始动手囤暖宝宝，找出第二天准备在正装底下穿的毛衣毛裤。

他卧室门半敞着，忽然被人敲响。

苏徊意扒着衣柜回头，苏持正靠在门口，神色懒懒地看着他道："明天要跟老二去看电影了，这么激动？"

苏徊意道："我是怕我扛不过明天。"

"怕冷可以不去，老二能理解，他不会介意。"

"我还是去吧。"入场券是周青成给的，浪费了不好。

苏持看了他一会儿，转身要走。苏徊意出声叫住他："大哥，你明天晚上是真的有事吗？"

"你问这个做什么？"

"没什么，我只是关心一下大哥。"

两人安静了几秒。

苏持道："有。"

首映式是在周六晚上六点，观众需提前半个小时进场，而这个时间对苏徊意他们来说不早不晚。

从苏宅过去要一个小时，如果在家吃饭，四点半出门的话，四点就得开饭，但要是等首映式结束再吃，又得到晚上八九点。

苏简辰看着手机地图，道："那儿附近有家粤菜馆，我们四点出门，到那里五点，刚好吃饭，吃完饭再进场。"

苏徊意还在拉扯衣服底下的暖宝宝："好的呀。"

这会儿已经接近四点，他们收拾完就准备出门。苏徊意在玄关换鞋，转头看见苏持靠在走廊口刷手机，问："大哥，你今晚不是也有事吗，什么时候出门？"

苏持刷手机的动作一顿，他道："晚点。"

"哦。"苏徊意穿好鞋站起来，他背后的暖宝宝似乎没挂稳，顺着背脊滑了下来，他反手拍住，"这片黏性不好。"

苏简辰就站在他旁边，见状给他摁了摁，问："好了没？"

"谢谢二哥。"

苏简辰推开大门，一股冷气钻进来，苏徊意缩了缩脖子，转头想跟苏持道别，却发现走廊口已经没人了。

苏简辰道："那我们走吧？"

苏徊意三两步跟上去。

他还是第一次坐苏老二的车，彪悍的山地越野车底盘高，坐上去视野好，很有车主的风格。

苏持的车开得流畅，苏简辰的车开得平稳，苏珽的车开得像在跟交警赛跑。

苏徊意现在体会了个遍，觉得自己还是最喜欢坐苏持开的车。

车开出十来分钟，苏简辰的手机响了。他的手机连接了车上的蓝牙装置，苏徊意看见来电显示是苏持。

苏简辰腾不出手，对苏徊意道："你帮我接一下。"

苏徊意伸手一戳。

"嘟"一声响，电话接通，两秒停顿后，车厢里响起苏持的声音："老二。"

苏简辰认真看着路，问："大哥，怎么了？"

苏徊意乖乖听着两人对话，没有出声。

"我办事的地方离首映式地点很近。"苏持的声音夹杂着电流，出现了些许波动，"晚饭我和你们一起吃。

通话挂断，苏徊意道："大哥要办什么事？既然离得近，刚刚就该一起出门嘛。"

苏简辰表示不知道，又说："可能是临时换了地方。"

"有道理！"

这个点不堵车，两人比预计时间还提早了十分钟到。

徐记粤菜馆开在商业街二楼，木质门扇，白石桌面，挂着橘黄小灯笼，干净温馨。

苏徊意两人坐下点完单，没多久苏持就到了。

卡座是四人座，一面靠隔墙。苏简辰看见苏持从门外走进来，他朝里面挪了挪，喊："大哥。"

"我们坐一排会挤。"苏持停在苏徊意跟前，"坐进去点。"

苏徊意乖乖平移进去。

"哦，也是。"苏简辰又挪回来，随即把菜单推过去，"我们都点好了,大哥你看你还要点什么?"

苏持接过来扫了一眼,道:"差不多了。"

两兄弟坐着聊天,苏徊意放松下来在卡座里摊成一块饼。他跟苏老二单独在一起吃饭有点拘谨,还好他大哥来了。

卡座的椅子是皮质的,西装面料也很光滑,苏徊意摊着摊着就发现自己贴着椅面像张 A4 纸一样缓慢下滑……

整个过程从匀速到加速不过三秒,等他反应过来时只剩个头顶还露出桌面。

一只手忽然伸出来,拎着他的衣领把他提溜回来,苏持问:"行为艺术?晚上的红毯是请了你压轴?"

对面的苏简辰看苏徊意的衣领被扯歪,热心提议道:"大哥,你下次还是拎他那撮毛比较好,不然衣服都皱了。"

苏徊意不敢置信地望向苏简辰,他的毛是不可再生的!

苏持将他的衣领扯平,道:"抓不稳,太滑了。"

苏简辰不太相信,真的有那么丝滑吗?

徐记粤菜馆的很多菜品都是现成的,他们点的菜很快被端上来,冰火菠萝油、叉烧鹅、水晶虾饺、双拼烩面……摆了一桌。

苏徊意端着碗就探头追去。

其余两人习以为常,面不改色地挺直背脊,端碗夹菜。

饭吃到一半,苏徊意忽然停止了追逐,面色凝重地道:"我是不是又吃坏东西了?"

旁边两人放下筷子看过来,异口同声道:"怎么了?"

"我感觉我的肚子忽冷忽热。"

苏持的目光落在他微微鼓起的肚皮上,随着他的呼吸,肚皮正一起一落地贴近衬衣、远离衬衣……

苏持淡定地收回目光,道:"你是吃多了。"

苏徊意问:"为啥?"

249

苏持伸出一只手按在他腹部的暖宝宝上,问:"你感受到的是不是这种热?"

苏徊意沉默片刻,羞涩地拿起筷子继续吃饭。

距离首映式入场还有二十分钟,他们再吃一会儿差不多就该离开了。

"大哥,你一会儿去哪儿办事?"苏简辰问,"结束后还跟我们一起走吗?"

"就在附近,看时间吧。你们结束了给我发消息。"

"好。"

三人出了餐厅,苏徊意跟苏持挥手,道:"大哥拜拜,祝你事情办得顺利。"

苏持看着他,道:"去吧。"

苏徊意感觉对仗不工整,道:"大哥你应该说,祝你们电影看得开心。"

苏持冷笑道:"不需要我祝,我看你已经很开心了。"

还有十分钟进场,三人没再多聊,就此分别。

苏徊意走出几十米,快到街角时转头看了一眼,苏持还站在餐厅门口。

首映式的来宾大多数是演员、媒体、娱乐公司高层。现场设备齐全,美人云集。

苏家两兄弟的相貌和身材都很出众,他们站在其中完全没被压下去,甚至吸引了不少视线。

直到两人在观众席落了座,那些视线才逐渐撤去。

苏徊意脑海里依旧是苏持侧立的身影,他小声向苏简辰求教:"二哥,如果你跟朋友吃完饭,他们都走了,你还不走,你觉得是为什么?"

苏简辰代入了一下，道："可能是我没吃饱，想等他们走了再倒回去继续吃。"

苏徊意顿如醍醐灌顶。

首映式流程包括媒体采访、剧组宣传、场下互动，最后是放映电影片段。

漆黑的环境里，大荧幕的光线明暗闪烁，紧张的节奏伴随着交杂的音效刺激着人的感官。

影片只播放了不到一半便结束。光亮重回现场时，众人依旧意犹未尽。

苏简辰看上去很兴奋，脖子根都是红的。

散场时苏徊意感觉他对自己无比亲和，甚至主动询问："你喜欢什么，下次我请你。"

苏徊意畅想道："有没有那种不用社交的酒会，可以让人无忧无虑地吃吃喝喝的？"

苏简辰认真思考了片刻，那不就是自助餐吗？

出场之后苏简辰给苏持发了条信息。对方很快回复，说他那边也结束了，可以一起回去。

两人在商场门口等了十来分钟，苏持裹着深秋的寒意走近。

苏徊意闻到他身上有股淡淡的咖啡味，应该是在咖啡厅坐了很久，便问："大哥，事情谈好了吗？"

苏持"嗯"了一声。

苏徊意察觉到他大哥的情绪并不怎么高，猜想事情可能没谈好，就没继续这个话题。

三人一同往停车场走，两辆车没停在一处，苏简辰转头问苏徊意："你坐谁的车？"

苏持已经朝着另一头走出了三四米，苏徊意赶紧说："我还是坐大哥的车吧，习惯了。"

"好。"苏简辰是无所谓。

苏持离开的脚步稍滞,随后慢下来,直到苏徊意追上。

三人到家已接近十点。

苏简辰跟两人打了个招呼就上楼洗澡。苏徊意扒住他大哥,问:"你晚上是不是没吃饱?"

苏持道:"还行。"晚餐他从来都只吃七八分饱。

苏徊意试图慢慢打开他的心扉,道:"你不要羞涩,我知道你晚上没吃饱。"

苏持甚至想偷偷续桌,但被自己发现了!

苏持不知道苏徊意从哪儿来的猜想,问:"谁跟你说……"

"要不我给你煮碗面吃?"

苏持双手插在兜里沉默了片刻,道:"随你。"

厨房里,水烧开后,氤氲的白雾飘出来。灯光映着苏徊意专注的半张脸,隔了层缭绕的雾气,显得朦胧又柔和。

苏持换过衣服下来,就靠在厨房门口看他怎么把鸡蛋壳敲进锅里。

"你是想给我补钙?"

大概是今天累了,苏持的语气很轻,苏徊意又用勺子把碎鸡蛋壳捞出来,道:"再完美的作品也有瑕疵。"

苏持眯着眼睛仔细搜寻那口锅里是哪片浮沫体现了"完美"两个字。

面出锅,加了香油、葱蒜、酱醋和辣椒,虽然卖相差,但闻着还是很香。

苏徊意把面碗端到餐桌上,道:"大哥,快来吃。"

苏持抽了筷子坐下,苏徊意捧着下巴坐在旁边看着。两人之间热气缭绕,白雾慢慢盘旋升上头顶,被橘色灯光笼着。

苏彻意忽然觉得这一幕很温暖,问:"大哥,好吃吗?"

苏持道:"不好吃。"

暖意瞬间消散。

苏持看人脸色不对,难得放软姿态,补充道:"不过这碗面很喜庆。"

苏彻意恢复精神,问:"怎么喜庆了?"

打结的面糊被筷尖挑起,苏持道:"看,中国结。"

苏彻意:"……"

最后,那碗夹着蛋壳的"中国结"还是被吃了个干净。

苏彻意跟着苏持上楼,他看对方情绪好转,自己的心情也慢慢好了起来。

还说不饿,果然还是需要他这个贴心的弟弟来投喂大哥!

两人在房门口分别,苏彻意叮嘱:"大哥,以后你饿了渴了都可以跟我说,我喂饱你!"

苏持的嘴角似乎抽了一下,然后苏彻意头顶那撮头发被他大哥轻轻拽住了,他大哥说:"大放厥词。"

十一月下旬的气温已经降至十摄氏度以下。

苏纪佟下午回家的时候手里提了只甲鱼,还是活的。于歆妍吓了一跳,问:"哪儿来的?"

"老刘搞了个养殖场,今天带我去看,顺便让我拿了只甲鱼回来。"他将甲鱼拎进厨房,同吴妈嘱咐,"晚上把这只甲鱼炖了,天冷了该补补。"

"哎,好。"

晚上吃饭,一桌菜中间炖得鲜香的甲鱼格外抢眼。吴妈厨艺好,炖出来的甲鱼汤汁浓稠,上面还浮了层亮晶晶的油花,看着很有食欲。

苏徊意端着小碗探头过去。

苏纪佟看他眼睛转不动的样子就觉得好笑，道："小意可以多吃点，你身体不好，多补补！"

苏徊意顿时像是奉了圣旨，一双筷子挥舞得十分放肆。一整块甲鱼壳正要落进碗里，对面的苏持抬眼看过来，问："你是打算从滴灌改漫灌了？"

筷子在半空悬停，苏徊意神色茫然。

合群的苏老二出声翻译："吃多了流鼻血。"

筷尖一颤，甲鱼壳转道落入了苏持碗里，苏徊意道："大哥，你吃。"

苏持额角青筋一跳，问："吃了好让我流鼻血？"

苏徊意忙说："不会的不会的，你不会流鼻血的。"

大哥就是最厉害的！

苏持不欲同他辩论，垂头把碗里的甲鱼壳理来吃了。

第二天起床，苏徊意感觉身上有点燥热。昨天那甲鱼的功效果然好，补了一身的火。

他换过衣服下楼吃饭，苏纪佟、于歆妍已经坐着了。等热豆浆端上桌，苏简辰也走下楼，他扫了圈餐桌，问："大哥还没起？"

"不知道，平时这个点他早就下来了。"苏纪佟看看时间，"你们谁去叫一下老大，别是睡过头了。"

"我去吧。"苏徊意放下碗，"哒哒"跑上楼。

苏持的房门紧闭着，苏徊意敲了两下，里面没有动静，也不知道对方是睡熟了还是身体不舒服。

他犹豫片刻后，按下把手推门而入。

"大哥？"

房间里空空荡荡的，没人回应。床上的被子掀在一旁凌乱不整，很不符合苏持严谨的行事风格。

苏徊意扫视一圈，没见到苏持，洗漱间的门轻掩着，里面没有开灯。

难道是上厕所的时候晕倒了？

苏徊意想了三秒后，慢慢地退了出去。

门"咔嗒"一声轻轻关上，楼梯口忽然传来一声："你在这儿干吗？"

苏徊意被吓得浑身一震。

苏简辰看着企图与墙壁融为一体的人，问："是门锁上了吗？你在模仿崂山道士？"

苏徊意抬手将对方往回推："没有，大哥在上厕所。"

苏简辰像扇旋转门一样被翻回去，不解地道："上个厕所需要这么久？"

苏徊意指责他的不体贴："谁还没个困难的时候。"

苏简辰瞬间了悟。

没想到他大哥看上去如覆雪青松，私底下还是逃不过凡人之痛啊。

一顿早饭快吃完的时候，苏持终于下楼了。

他已经穿戴整齐，面色如常，和平时没什么两样。

苏简辰热心地朝他面前推去一叠玉米饼，道："大哥你吃这个，粗纤维的。"吃完解决困难。

苏持微微挑眉，应了声"好"。

苏徊意垂着脑袋，不敢吱声。

去公司的路上，苏持开着车，苏徊意扒着车窗留了个后脑勺给对方。

"你在看什么？"苏持问。

苏徊意从善如流地回答："人不能只关心终点，还要多看看沿途的风景。"

回答他的是一声轻嗤。

苏徊意缩了缩脑袋。

"苏徊意，"苏持蓦地开口，"你是想给我的车窗上层釉？"

"……"

车窗上雾蒙蒙的水汽立马被苏徊意擦去。

到了公司，两人一前一后走进办公室。

小秦等在门口，见到苏持立即请示："有家子公司的财务出了点问题，我今天上午要不要过去一趟？"

苏持道："你去吧，我这边上午没什么事情。"

苏徊意朝小秦靠近一步，问道："我想一起去，可不可以？"

小秦的镜片折射出一道光。

苏持问："为什么？"

苏徊意张开双臂比画："公司这——么大，我想去看看。"

苏持看着他随时准备上天的姿态，道："哦，忘了你是只自由的小鸟，是我这间小小的董事长办公室限制你翱翔了。"

苏徊意缩回手，重新斟酌措辞："是我不知天高地厚，想去看看爸爸和哥哥们的江山。"

"这么能吹，子公司剪彩的时候该请你去门口吹喇叭。"

一只手伸向他的头顶，翘起来的那撮头发下意识一颤，那只手就在半途定住。

苏持问："你抖什么？"

苏徊意道："没有，是被掌风呼到了。"

苏持收回手揣进裤兜，垂眼看了他几秒，道："你去吧。"

那家子公司不在苏简辰的管理范畴，是公司的另一个总经理在管理。公司开在一环,从总公司开车过去要四十分钟。

路上,苏徜意向小秦询问了一下财务上的问题,后者说子公司的财务报销有个十几万的缺口没填上,但总的账目显示是平的。

"这次漏洞过大,合理猜测是做账的时候小数点错位了。"

苏徜意感慨,这似乎并不怎么合理。他问:"查出来会处分相关人员吗?"

小秦直白道:"会将他们扫地出门。"

苏徜意道:"大……苏董真是铁面无私,毫不留情。"

小秦似乎透过镜架瞟了他一眼,留下一句意味不明的回答:"也许吧。"

工作上的交谈告一段落,导航显示还有十多分钟才到子公司,车厢内一时陷入沉默。

气氛一安静下来,早上的情景便再次浮现在苏徜意的脑海里。

他正调节着心态,旁边的小秦出声打破沉默:"苏助理,我们刚刚一起离开的时候,您是否有注意苏董的表情?"

苏徜意很有自知之明,道:"送瘟神的表情?"

小秦道:"不是……呵呵。"

苏徜意愕然,小秦什么时候学会如此讥诮的冷笑了?

小秦陈述:"我是说苏董脸上写着'呵呵'。"

苏徜意:"……"

他大哥肯定觉得他是个小白眼狼,一顿好吃好喝转头又跟秦秘书跑了。其实他是贴心小棉袄,跑出来只是为了调节心理状态。

苏徜意开口:"秦秘书,我有个朋友想问个问题。"

"好的,苏助理,您的朋友有什么问题?"

"他想问如果撞见同性朋友比较私密的一面,会不会觉得不自在?"

"这个问题因人而异,"小秦平稳地开着车,理智分析,"有的人并不在意,有的人则羞于启齿,不管哪种想法都是正常的。"

苏徊意虚心请教:"那有没有什么快速调节的方法呢?"

"有的。"

一只食指戳开了车载音响。

那一瞬间,《正道的光》响彻了整个车厢。

苏徊意跟着小秦处理完子公司的事还不到十二点,小秦打电话给苏持汇报完工作,挂断后道:"苏助理,我们回去吧。"

经过"正道之光"的洗涤,现在苏徊意的内心已经圣洁了许多,他说:"这个点回去我们只能喝凉水,秦秘书。"

小秦伸手抵了抵眼镜,道:"苏董订了餐。他特意叮嘱,说苏助理在广袤的天地翱翔辛苦了,现在该回他那狭隘的小天地吃点好的。"

苏徊意:"……"

两人回到总公司刚过十二点半。

苏持的办公桌上摆了四菜一汤。苏徊意已经恢复了常态,闻着饭香凑过去,道:"大哥,你尊贵的桌子怎么能用来摆菜呢?"

"那要用平凡的地板来摆?"

"不是还有小资的茶几吗?"

苏持不欲同他讨论家具的阶层,拆了筷子分给两人。

桌上的菜都是苏徊意爱吃的,他吃饱喝足,考虑到小秦还在场,就轻轻打了个嗝。

苏持朝他投去一瞥。

三人吃完饭后,午休时间已过大半。小秦回了自己的办公室,苏徊意起身去往休息室,转头看见苏持拿着文件坐到了沙发上。

"大哥,你在看什么,不进来睡吗?"

"你睡你的,我在看后天的行程。"

"什么行程？"

"后天出差，"苏持抬眼看他，"你也去。"

出差的地方在宁市，坐飞机过去只要一个小时。

苏徊意和苏持依旧并排坐着，隔了条过道是小秦。

飞机起飞时机身震动轰鸣，苏徊意又去抓苏持的手腕，直到飞机平稳飞行，苏徊意才睁开眼松手，道："谢谢大哥。"

苏持收回手，什么也没说。

下飞机后，几人直接去往下榻的酒店。

苏持的行程安排得很紧凑，他们几乎没有休息，放了行李便立即动身。

苏徊意这次有点晕机，跟着苏持去见合作方时全程强撑着没表现出不适。双方谈了一下午，晚上还有个饭局。

在饭桌上点餐时，合作方的纪董说来一瓶红酒。苏徊意正在脑海中用饼状图计算自己喝吐的可能性，就听苏持转头同服务生说："再来瓶柠檬水。"

纪董讶然一笑，道："苏董还喝柠檬水，养生吗？"

"刚下飞机有些不适，先喝点柠檬水压压，待会儿红酒上来了再跟纪董喝尽兴。"

"哎呀，早说嘛，没事没事！"

苏徊意看向苏持，他大哥也不舒服？

一顿饭吃了三个多小时。饭局结束后，苏徊意跟着苏持回了酒店，苏持订的双人套房，两人住一起。小秦的房间是单独的，同他们隔得不远。

进门后苏持就松开了领口，问："我今晚要洗个澡，你先还是我先？"

房间内开了暖空调，苏持直接脱了外套搭在沙发上，衬衣下的身体精壮而有张力。

苏徊意看对方面带疲色，还染了薄红，便试探地问道："大哥，你现在怎么样？"

"我能怎么样！"苏持嗤笑，"你是觉得我喝多了，该背起手来给你跳一支踢踏舞？"

苏徊意欣慰地道："看来没事。"

苏徊意洗澡洗得慢，他就让苏持先洗。

十几分钟后，水声停止，浴室门被"哐啷"推开，苏持裹着浴袍从里面走出来，高大的身材映着廊灯，阴影落在身前。

"你过来。"苏持道。

"过来干吗？"苏徊意问。

"是你不会用的那种淋浴，过来我教你。"

"养鱼"的经历仍历历在目，苏徊意乖乖跟了过去。

浴室里的热气还未消散，他跟着苏持走到花洒底下，浴缸也在旁边。

苏持伸手越过他指着墙壁上的按钮挨个讲解功能。

苏徊意泡了四十多分钟，直到浴室门被"咚咚"敲响。

苏持的声音传来："你在里面煲汤？"

"哗啦！"苏徊意离开浴缸，门外的脚步声又逐渐远去。

苏徊意出了浴室，苏持正坐在客厅沙发上。苏徊意整理好心情，走过去坐到对方旁边，道："大哥，我……"

"又不擦干。"一条毛巾落到他头上。

今天两人都累了，洗漱后便各自回房睡觉。

第二天起床，苏徊意梦游着去了洗漱间，苏持正背对着他在刷牙，未打理过的头发和衣襟稍显凌乱，透出居家的随意感。

没有外人在场，苏徊意就打了个响亮而放肆的哈欠，然后道："大哥，你洗漱完了吗？"

苏持抬眼从镜子里跟他对视，刷牙的声音加重了一点，意思是"不明显"？

苏徊意混沌的脑子清醒了一点，他转开话题："昨晚下雨了，感觉有点冷。"

苏持漱过口擦了把脸，道："冷就多穿点。"

"今天不是还要见合作方？正装里面又不能套羽绒服。"

"外面穿件呢子大衣就行了。"

苏徊意抱紧"脆皮"的自己，道："哥，我们不一样。"

苏持："……"

苏徊意这次出门忘记带暖宝宝了，半夜下了雨，气温骤降，他在行李箱里扒拉了半天也没找到可以叠穿的毛衣。

离约定的时间还有四十分钟，路上需要大约半个小时，保守一点现在就该出发了。

苏持抬腕看了眼手表，道："别找了，下楼。"

"我们家会不会从此少一名人口？"

"……"苏持有些无语，"楼下有超市，我去给你买暖宝宝。"

两人推门出去，小秦已经等在电梯口，见到二人就上前提醒道："苏董、苏助理早上好。我刚刚已经叫好车了，预计五分钟之后就到楼下。"

苏持道："先不急，去趟超市。"

旁边的苏徊意朝苏持靠了靠。

小秦推了推眼镜，道："好的。"

酒店旁边是家连锁超市，苏持进门后径直拿了三盒十片装的暖宝宝去收银台结账。

暖宝宝又称暖宫贴，一般是女生买来用的，也有男生用，不过很少。苏持高大英俊，看着不像买来自己用，收银的小姑娘健谈，边扫码边道："收您36元。先生买给女朋友的吧，真贴心。"

261

苏持没回应，掏出手机付过钱道了声谢，拿起袋子转手丢给苏徊意，道："拿去。"

小姑娘："……"

苏徊意："……"

苏持已经大步走出超市了，苏徊意欲盖弥彰地同小姑娘解释："是买给他女朋友的，我是帮忙提东西的助理。"

"嗯嗯嗯。"

苏徊意："……"

他们这次包了辆商务车。上车后，苏徊意捞起衬衣让苏持帮他把暖宝宝贴在背上，道："大哥，你刚刚怎么不解释呢？"

苏持撩开苏徊意的衣摆，拿着暖宝宝探入他背后，找准背心的位置摁了摁，问："解释什么？"

"你之前说过的……"苏徊意回忆着当时的情景，模仿着他大哥清冷孤高的调调，"'以后在别人面前不要做这样的行为，容易让人误会、被人嘲笑，明白吗？'"

苏持："……"

苏徊意继续道："'我们不是亲兄弟，你清楚吧？闲言碎语传多了不好。'"

苏持："……"

苏徊意转头，问："是这么说的吧，大哥？你刚刚干吗不解释？那小姑娘看我的眼神很奇怪。"

苏持瞥他一眼，道："你想让我怎么解释？这不是给我女朋友的，是我弟弟太'脆皮'？"

苏徊意："……"

坐在两人对面的小秦抵了抵眼镜，苏持立马朝他扫了一眼，问："好笑？"

小秦回道："没有，属下是发自内心地为二位感天动地的兄弟情感到喜悦。"

苏持淡淡道："马上要发工资了,想必你会更喜悦。"

"属下可以道歉。"

苏徊意又发现了小秦身上另一个珍贵的品质:能屈能伸。

这次约见的合作方是全国连锁酒店的老板,见面的地方就在对方旗下的一家日式酒店。

三人走近庭院,架高的木质走廊旁是茂林修竹,头天晚上下过雨,此刻清冷的空气中还混有泥土的芬芳。

合作方老板姓万,四十几岁的年纪,他在贵宾室接待了苏持三人。

贵宾室也是日式建筑风格,矮几上烹了热茶,点缀了几枝红梅。背后是一面大屏风,头顶吊着扁圆灯笼。

这次见面主要是商谈合作一个康养项目。几人入座,相互介绍后便开始详谈。

康养项目定在渠山一处河谷,那里的土壤不适合农作物生长,一直荒废着,但地理位置比较优越,光照充足,适合开发成阳光小镇。

苏持同万老板介绍着项目规划,苏徊意坐在旁边听着。他怕冷,捧了杯热茶在手里,等茶水温下去就两口喝掉又添新茶。

苏持跟万老板谈着事,中途瞥了苏徊意几眼。

万老板哈哈一笑,道:"苏董,您的助理很喜欢这茶啊,这可是我朋友从滇省带回来的,有品位!"

只是为了取暖的苏徊意有些无语。

苏持向他投去意味深长的一瞥。

茶喝多了就想上厕所,苏徊意向万老板问过方向,道谢后便起身出门。

他离开不到半分钟，万老板忽然"哎呀"一声，道："忘记和他讲了，卫生间有扇通风的窗户，也不知道关没关上。窗户外面是庭院，有时候还是会有人路过的，希望他自己能留意到。"

苏持忽然起身，道："失陪一下，我也去趟洗手间。"

待苏持的身影消失在门外，万老板同小秦感叹："你们苏董真是体恤下属，是个好上司。"

小秦慢悠悠地抿了口茶，道："您说的是。"

洗手间的位置比较偏，苏徇意中途问了服务生才找到。

他进去之后寻了个位置，刚松开皮带扣，苏持便从门外走进来。

苏徇意侧头，道："大哥，你也来撒……"他在对方凌厉的目光下改口，"水。"

苏持越过他走到窗口，抬手将木窗合上，苏徇意眼前蓦地一暗。

"你关上的是我心灵的窗户。"他道，"我现在什么都看不清楚了。"

苏持关上窗走到另一侧，跟他隔了两个位置，金属扣解开的声音在封闭的室内敲击着耳膜，讥诮的声音也随之响起："你的眼睛是水闸开关？"

苏徇意："……"

两人回到贵宾室，商谈继续进行。临近十二点几人便去吃午餐，下午又接着谈了两个多小时才收尾。

万老板起身领着几人走出贵宾室，道："辛苦各位了，不如在我们这里休息一下，住一晚再回去？"

苏持谢过对方的好意，道："我们已经订好酒店了。"

"那要不泡个温泉、蒸个桑拿再走？后面还有几个药汤，这几天气温骤降，泡药汤能活血通经，增强抵抗力。"

苏徇意微微探头。

万老板盛情邀请："比如这位助理，你脸上血色不足，泡一泡是最好的！"

苏徊意道："我听苏董的。"

"……"苏持嘴角一抽，把探头探脑的人拎回来，"那就麻烦万老板了。"

泡温泉有专门的淋浴室和更衣室。

入温泉前需要冲洗、更换浴袍，苏徊意跟着苏持进了准备间，小秦拐去另一侧，只留两个人在同一方隔间。

苏持打开储物柜，苏徊意凑过去想打开他旁边的柜子。

"隔壁的隔间是空着的，干吗非要来跟我挤？"

苏徊意开了储物柜就准备脱外套，道："我们都是能共享心事的关系了，你还羞涩什么？"

苏持："……"

苏徊意的语气活泼欢快："你真善变。"

苏持感觉自己的底线像根琴弦被拨得嘣嘣直颤。

眼看着苏徊意的衬衣都解开了两粒扣子，瓷白的颈侧露出惹眼的红痣，苏持拿了浴袍转身去了隔壁间。

两个隔间中间是一条过道，相对着敞开，转头就能彼此看见。

衣料摩擦的声音在半封闭的空间内窸窸响起。苏徊意除去衣物放入柜中，穿浴袍时带子太长，他伸手往后拽。

"咚！"胳膊猛地撞上背后的铁柜，苏徊意吃痛"哼"了一声。

"怎么了？"

苏徊意转头，见苏持正望向他，目光相交，对方迅速移向别处。他拢了拢散开的浴袍，道："没事，手肘撞了一下。"

"小心点。"苏持又扭过头去。

苏徊意换好浴袍等在走道中间，抬眼看见苏持背对着他，浴袍已经换好了，头微垂着，不知道在想什么。

265

他出声叫道:"大哥?"

"嗯。"苏持后颈一动,似是回神。

苏徊意看对方准备转过身来,身前的储物柜还半开着,便开口提醒:"哥,你的柜门开了。"

"砰!"柜门被一把关上。

苏持抵在上面的手指微不可察地轻颤了一下。

温泉共大小三十二个汤池,深浅错落。白雾缭绕在汤池之上,石子路旁立了指示路牌,淡季的下午三四点没多少人在里面。

苏徊意在前面走着,苏持跟他隔了一长段距离,他摆摆手招呼道:"大哥,快一点。"

苏持垂下眼,道:"你走你的……"

"阳关道,我过我的独木桥。"苏徊意流畅接腔。

"……"苏持终于抬眼看他,"乱用什么俗语?"

苏徊意乖乖闭嘴,转头去找风水宝地。他寻了一处僻静的汤池,半面铺了鹅卵石,背靠一片树荫。

他围着浴巾溜下水,从水面冒了个脑袋出来,喊道:"大哥,快进来,是热的。"

苏持顿了顿,扯开腰间系带,跟着下了水。

两人之间隔了有三米,苏徊意"哗啦哗啦"地漂过去,问:"大哥,你说小秦能不能找过来?"

苏持把他推开,道:"我不是导航。"

苏徊意目光微震。这不是反问,也一点不带讥诮,他大哥是怎么了?难道是泡温泉引起的不适?

他试探道:"大哥,你是不是脑子不舒服?"

苏持沉凝了一路的面色终于在此刻出现了一丝裂缝,他问:"苏徊意,你的语文是谁教的?"

苏徊意羞涩地低头,道:"自学成才。"

热腾腾的水面之上落下一道冷嗤,那声冷嗤之后,苏徊意感觉他熟悉的大哥又回来了。

两人泡了没多久,一名服务生从不远处的吧台走来,手里端着托盘。托盘里面放了青梅酒和一些糕点,还有腾着白烟的装饰干冰。

温泉池岸半面铺的是鹅卵石,半面是平整的溢水格栅。托盘被服务生放在溢水格栅旁,服务员道:"两位客人,这是我们万老板请的。"

"谢谢。"

他们背靠的是鹅卵石一侧,服务生离开后,苏徊意眼馋道:"大哥,这个我们能吃吧?"

"为什么不能?"

"之前胡先生送的我们不是拒绝了?"

四周温度骤降。

"能一样?"

"不一样,不一样。"苏徊意漂离了看上去心情很不美好的苏持,"哗啦哗啦"地往托盘那里蹚。

脚下的池底触感粗糙,但有些地方又滑滑的,像是整个石块挖空凿成,不大平整。

"别摔了。"苏持道。

"我知道,我脚底贴着底面走的。"苏徊意说完,身后的人便没再开口。

苏徊意蹭着池底蹚过大半温泉池,离托盘差不多两米的时候,脚趾突然踢到一块断裂的石头。

"啊!"他痛呼一声。

身后响起"哗啦"一片水声。

苏徊意缩着脚站在原地不敢动弹，怕再踢到石头的另一半。趾尖传来尖锐的痛感，他还不忘叮嘱苏持："哥，你小心池底的石头，可能是被其他人踢进来的。"

靠近的水声却丝毫没有停顿，直到他的手臂被一只温暖厚实的手掌握住。

苏持托着他慢慢靠近池边，全程一句话都没说。

苏徊意从最初的痛感中缓过劲来，想跟苏持说没事，抬头却撞上对方晦暗难明的眼神。

"大哥，你也踢到石头了？"

苏持紧抿的唇松了松，他道："没有。你坐上去。"

苏徊意被苏持托上了池岸边，嘴里还在喋喋不休："真的吗？你不要为了面子就不说。你要是也受伤了，我们可以在岸上抱头痛哭、相互舔伤，谁也不比谁高贵……"

"腿抬起来。"苏持沉声打断他的胡言乱语。

一条腿从翠色的水里抬起来踩在岸边，带起一串水花。

苏持握住他的脚踝拉近了点，顺便提醒："把你的浴巾搭好。"他手指微屈，"不然腿冷。"

苏徊意听话地拉了拉浴巾："好的呀。"

脚趾常年不见光，脚背莹白，趾尖泛红。苏徊意踢那一脚大概是踢到趾甲了，和肉相接的地方有一丝血红。

苏持拧紧眉头，抬起手轻轻碰了碰他受伤的地方，问："这里疼不疼？"

"好像没那么疼了。"苏徊意诚实地道，"哥，你手指好糙，碰到有点疼。"

"'脆皮'。"苏持松开他的脚踝，"哗啦"一声撑着池岸起身，水珠沿着他漂亮的肌肉线条滑落，"回去了。"

"回去干吗？"

"擦点碘酊,别泡了,除非你想被感染。"

苏徜意的目光落在旁边的托盘上,他恋恋不舍地道:"可它们还在等我。"

"……"苏持深吸了一口带着硫黄味的空气,弯腰一手端起托盘,一手捞起苏徜意,"要吃就快点。"

回到淋浴室冲洗更衣后,苏持去酒店前台要了碘酊先给苏徜意擦上。

"我们要不要给他们提个醒,说可能有游客把鹅卵石踢到了水里,免得后面的人再踢到?"

"我已经说过了。"苏持给他擦好药后起身。

苏徜意正穿着鞋子就听苏持的手机响了,应该是小秦在找他们,苏持接起来报了个地点。

不到十分钟,小秦便出现在前台待客厅,道:"苏董,苏助理,泡过温泉后两位气色很好。"

苏持对他的睁眼说瞎话不予评价。

苏徜意问:"秦秘书,你刚刚怎么没来找我们?"

小秦道:"因为月末了。"要发工资了,他必须谨言慎行。

苏徜意没听懂他的潜台词,刚想追问就被苏持打断:"回去吃饭。"

这个不重要的问题立马被苏徜意抛到脑后,他开心道:"好的呀。"

回到酒店,苏徜意支了条腿在沙发上躺得四仰八叉,宛如病入膏肓。

苏持看了他一眼,没说什么,拿出手机订了餐,没一会儿晚餐就被送进房间。

两人面对面吃晚饭。苏持哪怕坐在茶几旁也依旧端正挺直,和对面软塌塌的"果冻人"形成了鲜明的对比。

苏徜意一边吃,一边在"射击小分队"里报告自己的伤情。

除了善良纯真的孙月表达了痛惜以外,其余两人口径统一。

孙河禹:牛!

周青成:牛!

苏徜意:"……"

大概考虑到自己的态度不端正,周青成便向他推荐景点。

周青成:宁市有个观景塔适合晚上去,不过你恐高……唉,啧啧啧。

那句"啧啧啧"要多损有多损。

苏徜意不开心地站起来,放下手机同苏持说:"哥,我们晚上要不要去观景塔?"

"你刚刚还像被截肢了一样。"

"我现在好了,已经痊愈了。"苏徜意见对方的眉心有聚拢的趋势,赶忙凑上去,"不是还有大哥你在吗?"

"……"苏持拒绝的话又混着一口白米饭咽了回去。

宁市的观景塔高达408米,位于市中心清府河畔,是宁市著名的观光景点。

夜里风大气温低,苏徜意裹上了"汤圆羽绒服",缩进"芝麻馅"里,亦步亦趋地跟在苏持后面。

因为淡季人少不需要排队,苏持直接在门口买了票带人进去。

一楼有电梯直达顶层观光台,且电梯四面是透明的,上升的过程中,整个城市的夜景逐渐在两人脚下铺展开。

苏徜意进了电梯后,有点紧张地拽着苏持的胳膊肘,问:"大哥,我能不能挨着你?"

四周是漆黑的夜色,透明电梯周围的蓝色灯光映在两人身上。

静谧的空间内,苏持的声线压得很低:"怕高你还来?"

电梯骤然升起,苏徊意的"爪子"猛地收紧,他道:"人总得不断地挑战自我。"

苏持见自己名贵的大衣被他拽出了包子褶,道:"我怎么觉得你是在挑战我。"

电梯升上一百米后,底下便是千百里的万家灯火。苏徊意又想看又害怕,眼睛逐渐眯起,企图用眼帘来遮挡恐惧……

苏持的目光就落在他抖动的睫毛上。

几百米的高度,不过一分钟便到了。

两人出电梯时,苏徊意几乎挂在苏持的胳膊上,道:"大哥,好刺激啊。"

苏持淡定地搓了一把他的"狗头",安慰道:"别怕。"他顿了顿,又道,"一会儿还有更刺激的。"

苏徊意瞬间僵住了。

观景台从塔身外支出,360度全方位观景,脚底玻璃透明,直击400米高空。

苏徊意扒着苏持慢慢蹭出平台,只目视前方,一眼都不敢往脚下看。远方的夜景恢宏明丽,夜晚是一个城市最绚烂的时刻。

四周游客三三两两,人不算少也不算多。几分钟后,电梯门打开,有导游带了二十几个人进入观景台。

他们站的地方直接对着入口处,空气的流动立马变得滞缓。有小孩在打闹,苏徊意被撞了一下,幸亏有苏持扶着。

苏持的声音在模糊的夜色中听上去有些起伏,他道:"我们换个……"

咻——砰!砰!砰!

正对面的夜空中蓦地蹿起一簇簇烟火。灿烂盛大的烟花在同一水平面的高空绽放,四周的人群一阵惊呼,都朝着他们这边靠过来。

四周被围得水泄不通,两人便没再动。苏徊意的注意力也都放在了烟火表演上。

他们身后的导游介绍道:"这是对面的电视塔放的烟花,每个月25号晚上都会放一次,你们刚好赶上了。"

苏徊意闻言就骄傲地挺了挺小胸脯,翘起的头发如同鲜艳的红领巾在风中飘扬,他道:"哥,你看我们来对了吧?"

一簇金色的烟火正好在他瞳底绽放,烟花散落,瞳底是漫天星火。

苏持垂眼看着,轻轻"嗯"了一声。

四周嘈杂的人声逐渐远去,只剩烟火炸响的声音鼓击着耳膜。

砰、砰、砰……一声接一声。

直到四周人潮散去,苏持才发现烟火表演已经结束了,但如鼓点般的声响依旧未平息。